Der Ruf des Bären

Aloha Shifters: Juwelen des Herzens

von Anna Lowe

Inhaltsverzeichnis

Kapitel 1

„Nein!", brüllte Hunter und schlug auf seinen Angreifer ein.

Er starrte in die Nacht hinaus, bereit zum Kampf. Aber dort war niemand. Außer seinem eigenen gequälten Atem gab es keinen Laut. Schweiß tropfte ihm am Hals hinunter und er krallte mit den Fäusten das Laken zusammen, als er sich im Bett aufsetzte.

„Scheiße." Er ließ sich zurückfallen und starrte an die Decke. Ein weiterer Albtraum.

Er behielt die Augen weit offen, denn dieser Albtraum führte weit in den hässlichsten Teil seiner Vergangenheit zurück. An einen Ort, den er wirklich nicht noch einmal besuchen wollte. Er war nur ein Jungtier gewesen, aber seine Erinnerung war glasklar. Der Geschmack von Salzwasser. Der Klang seiner eigenen panischen Schreie. Die Wucht der unaufhörlichen Wellen, die den Körper seiner Mutter ans Ufer trieben.

Er biss seinen Kiefer so fest zusammen, dass das Gelenk darin knackte. Dann warf er die Decke zurück und ging steif zur Veranda. Dabei mied er sein eigenes Spiegelbild in den Fensterscheiben. Er wusste bereits, dass er dunkle Ringe unter den Augen hatte, dass sein Haar in alle Richtungen abstand und sein Bart dringend gestutzt werden musste. Es wäre ihm fast egal gewesen – nur war er besser erzogen worden.

Er seufzte und beobachtete die ersten rosigen Lichtstrahlen, die durch die wogenden Palmen des Anwesens spähten. Nach dem Frühstück würde er sich frisch und seine Familie stolz machen, genauso, wie er es schon seit über zehn Jahren getan hatte – sowohl privat als auch als Soldat. Aber jetzt in diesem Moment . . .

Hunter stand reglos dort und wünschte sich, die Sonne würde sich beeilen und die Nacht vertreiben.

Bärengestaltwandler waren normalerweise Langschläfer, aber in letzter Zeit konnte die Sonne nicht schnell genug für ihn aufgehen.

Laufen. Was er brauchte, war ein guter, anstrengender Lauf. Dann würde er seinen Kopf freibekommen. Die Frage war, ob er dies in seiner Menschen- oder Bärengestalt tun sollte.

Bär, sagte sein innerer Grizzly. *Lass mich raus.*

Hunter schloss die Augen und versuchte, sich selbst davon zu überzeugen, dass dies nicht schaden würde.

Niemand wird uns sehen, sagte sein Bär. *Ich verspreche es.*

Hunter kratzte mit dem Fuß über die Holzlatten der Veranda und hasste die Tatsache, dass ihm dieser Gedanke überhaupt in den Sinn kam. Aber die Gefahr, als Bär entdeckt zu werden, war ihm als Kind so heftig eingeprügelt worden, dass ihm ein kalter Schauer über den Rücken lief.

Er trottete langsam die Treppe hinunter.

Ich habe jedes Recht, mich zu verwandeln. Ich muss mich verwandeln.

In Wahrheit wollte er sich unbedingt verwandeln. In den vergangenen drei Wochen hatte er seinen Bären unter Verschluss gehalten. Aber so sehr er sich auch bemühte, er konnte diese Seite seiner Seele nicht verleugnen.

Niemand wird es sehen, schwor ihm sein Bär. *Wir sind sicher hier an Koa Point.*

Schließlich gab er nach und ließ sich auf alle viere fallen. Langsam ließ er seinen Bären die Kontrolle übernehmen. Dann schüttelte er sein dichtes Fell, schnüffelte in der Seeluft und wälzte sich herum.

Hör auf damit, du Idiot, bellte er seinen Bären an.

Aber es fühlt sich so gut an, endlich wieder ich zu sein, jammerte das Biest.

Ja, es fühlte sich gut an. Die kühle Erde unter seinen Tatzen zu spüren. Die rohe Kraft in seinen Gliedern. Die reichen Düfte von Maui, die durch seinen scharfen Geruchssinn verstärkt wurden.

Er rannte los und schüttelte die Steifheit aus seinen Gelenken. Seine Hütte befand sich in der Nähe des Eingangstores des Anwesens, auf dem er und die Kameraden aus seiner ehemaligen Spezialeinheit wohnten. Er überquerte den perfekt gemähten Rasen, kam an der langen Reihe von Garagen vorbei und rannte immer schneller, während er versuchte, seinen eigenen Dämonen zu entkommen.

Normalerweise war Hunter nicht der schnellste Gestaltwandler, der am Koa Point lebte. Cruz, der Tigerwandler, war über kurze Distanzen blitzschnell. Boone, der Wolf, konnte jeden von ihnen über einen Kilometer schlagen. Die beiden Drachen, Silas und Kai, schossen mit unglaublicher Geschwindigkeit durch die Luft. Und Hunter – nun, er konnte einen ziemlich beeindruckenden Sprint hinlegen, aber Schnelligkeit war für gewöhnlich nicht seine Stärke.

Und doch hatte er sie vor drei Wochen alle abgehängt, um die Frau zu retten, die er liebte. Und es war ihm geglückt. Er hatte den bösartigen Wolf, der sich auf sie stürzen wollte, gerade noch rechtzeitig erwischt. Dann hatte er die Bestie zu Tode gebissen.

Zu töten fühlte sich nie gut an, aber in diesem Fall hätte es das fast – bis zu dem Moment, in dem er aufgeblickt und gesehen hatte, wie Dawn vor Entsetzen zurückgewichen war. Seine vorbestimmte Gefährtin hatte ihn zurückgewiesen.

Er donnerte weiter und drehte eine große Runde um das Anwesen. Zweieinhalb Hektar erlaubten keine allzu großen Runden und innerhalb weniger Minuten rannte er am Strand entlang. Fast wäre er wieder aufs Gelände abgebogen, aber er zwang sich, innezuhalten und den Anblick des Morgenhimmels in sich aufzunehmen. Venus näherte sich dem Horizont und die Farben des Tagesanbruchs vertieften sich. Eine herrliche Kulisse, nicht wahr?

Er knirschte mit den Zähnen und näherte sich dem Wasser, nahe genug, um sich von den Wellen über die Füße spülen zu lassen. Die Brandung stieg und die Wellen brachen sich über dem Riff, das den Strandabschnitt von Koa Point schützte. Etwas schaukelte im flachen Wasser herum und für einen Moment stockte ihm das Herz.

Es ist nur ein Stück Treibholz, sagte er zu seinem Bären.

Ein Stück Treibholz, das die Albträume zurückbrachte, in denen das raue Fell seiner Mutter mit Salzwasser und Blut verklebt gewesen war.

Er schüttelte seinen dicken Pelz. *Das war in Alaska, vor sehr langer Zeit. Dies hier ist Maui und die Sonne geht auf, nicht unter.*

Er zwang sich, die düstere Berührung des Salzwassers auf seinem Fell zu ertragen, ohne sich ganz sicher zu sein, ob dies eine Bestrafung oder eine Therapie für ihn war.

Es wird bestimmt wieder ein schöner Tag werden, bemühte sich sein innerer Bär, aber die Worte fühlten sich hohl an. Leer – genau wie er.

Er ging den Strand wieder hinauf und wanderte landeinwärts in die beruhigende Welt von Grün- und Brauntönen. Durch das Laub laufend genoss er das Kitzeln der Blätter auf seinem Rücken. Er schnupperte beim Gehen und atmete die umliegenden Düfte ein. Süßer Hibiskus, exquisite Honohonoblüten und Zuckerbusch. Wenn er lange genug weiterging, würde ein Teil der Ruhe dieses Ortes möglicherweise auf seine Seele abfärben.

Der Klang des Kicherns einer Frau hallte durch die Bäume und wurde vom leisen Murmeln eines Mannes beantwortet. Beide glücklich und zufrieden. Das mussten Nina und Boone sein, die den neuen Tag mit einem Kuss begrüßten. Nun, so wie Hunter die beiden kannte, wahrscheinlich mit viel mehr als nur einem Kuss. Aber wer konnte es ihnen übelnehmen? Schicksalsgefährten hatten jedes Recht, sich zu lieben und wahrhaft zu leben.

Hunter atmete langsam ein. Warum verursachte ihr Glück einen solchen Schmerz in seiner Brust? Er sollte sich für Boone und Nina freuen.

Ich freue mich für sie, beharrte sein Bär. *Ich wünschte nur …*

Hunter stieß ein schroffes Schnauben aus. Ein Mann konnte sich vieles wünschen, aber er konnte nicht ändern, was er war.

Er machte sich auf den Weg zu einer weiteren Runde um das Anwesen und rannte, so schnell er konnte.

Es ist nur eine Frage der Zeit, bis Nina und Boone Kinder bekommen werden, weißt du, murmelte sein Bär.

Hunter zog ein finsteres Gesicht. Er wäre begeistert für seinen Kumpel, aber es würde ihn umbringen, zu wissen, dass ihm diese Freude nie selbst vergönnt sein würde.

Wir können Onkel sein, versuchte er, seinem inneren Biest zu erklären. *Das wird auch Spaß machen.*

Sein Bär knurrte laut. *Es ist nicht dasselbe. Vielleicht sollten wir gehen.*

Boone zufolge gab es einen neuen Bärenclan, der sich in Arizona in einem abgefahrenen Laden namens Blue Moon Saloon zusammengefunden hatte. Vielleicht könnte er dort neu anfangen. Das, oder er könnte zu seinen Wurzeln nach Alaska zurückkehren. Irgendwohin, wo er nicht täglich vom Anblick seiner Gefährtin gequält werden würde – und damit sie den Anblick des Monsters, das sie so verabscheute, nicht weiter ertragen müsste.

Aber genau wie jedes andere Mal, wenn er sich darüber Gedanken machte, verwarf er sie wieder. Er würde auf gar keinen Fall in ein Flugzeug steigen und seine Gefährtin zurücklassen. Auf gar keinen Fall.

Er rannte immer weiter und zählte die Runden schon längst nicht mehr. Er rannte, bis die Sonne nicht mehr nur langsam am Horizont hinaufkletterte, sondern schnell aufstieg. Erst dann kehrte er, keuchend und schweißgebadet, zu seiner Hütte zurück.

„Guten Morgen", rief eine Stimme und er riss seinen Kopf herum. Kai saß auf Hunters Veranda und beobachtete die brillanten Farben des Himmels.

Hunter verzog das Gesicht. Kai war sein ältester Freund, aber er hatte diesen *Ich bin hier, um dich aufzumuntern*-Blick auf dem Gesicht.

„Wunderschöner Sonnenaufgang, nicht wahr?", murmelte Kai.

Hunter zuckte mit den Schultern. Auf Maui war jeder Sonnenaufgang wunderschön. Wenn das Licht doch nur nicht so auf den Fenstern seines Hauses schimmern würde und ihm sein eigenes Spiegelbild zeigte. All dieses Fell. Die Krallen. Reißzähne.

Waffen der Zerstörung, zumindest im Auge der meisten Menschen, einschließlich der Frau, die ihm am wichtigsten war.

Die Stimme seiner Pflegemutter, Georgia Mae, hallte durch seinen Kopf. *Schätzchen, du bist, wer du bist. Und du bist wundervoll.*

Dawn denkt nicht, dass ich wundervoll bin. Sein Bär ließ den Kopf hängen.

„Wie geht es dir? Gut?", fragte Kai.

Nicht wirklich, nein. Hunter holte tief Luft und zwang sich, dem neuen Tag ins Auge zu sehen, indem er sich in seine menschliche Gestalt zurückverwandelte.

„Es geht mir gut", grummelte er und knackte mit den Fingerknöcheln.

„Tessa macht gerade Haferflocken für dich", sagte Kai. „Ein neues Rezept, das sie für ihr Kochbuch ausprobiert."

Hunter blickte zum Himmel hinauf. In Tessas Kochbuch ging es ums Grillen und nicht um Frühstück. Er wusste das. Sie versuchte nur, ihn aus seiner misslichen Laune herauszureißen.

Trotz der Tatsache, dass er bereits vor Wochen seinen Appetit verloren hatte, nickte er. „Das ist nett. Ich komme gleich." Was sonst sollte er tun?

Kai stand auf und zeigte auf die Einfahrt. „Wir haben übrigens den Plan für heute geändert. Boone wird mich am Flughafen absetzen, damit ich für den neuen Hubschrauber unterschreiben kann, und er kann dich auf dem Rückweg im Resort abholen."

Hunter blinzelte ein paarmal und versuchte, sich daran zu erinnern, worum es bei alledem ging.

„Der Rolls-Royce, weißt du noch?", erinnerte ihn Kai.

Oh, stimmt ja. Diese Sache. Hunter sollte den Rolls-Royce – eine der vielen Luxuskarossen, die dem Besitzer des Anwesens gehörten – für eine Prominentenhochzeit von Koa Point zum exklusiven Kapa'akea Resort bringen.

„Zieh nicht so ein Gesicht", sagte Kai und wiederholte einen Satz, den Georgia Mae immer gesagt hatte. „Du musst ein wenig unter Leute kommen."

„Ich muss in Ruhe gelassen werden", knurrte Hunter.

„Und du musst mit Dawn sprechen", fügte Kai hinzu, als hätte Hunter gar nichts gesagt.

Er höhnte. „Na sicher. Und sie vielleicht in meiner Bärenform zum Essen einladen."

„Abendessen. Tolle Idee." Kai nickte. „In menschlicher Form. Du machst dich zurecht, zeigst ihr, was für ein toller Typ du bist ... "

Hunter marschierte an Kai vorbei und in sein Haus hinein.

„Komm schon, Hunter. Du kennst sie schon, seit du vierzehn bist."

Als würde er das nicht selbst wissen. Hunter erinnerte sich genau an den Tag, ja sogar an die Stunde, in der er Dawn Meli vor fünfzehn Jahren zum ersten Mal gesehen hatte. Er hatte von Anfang an gewusst, dass sie die für ihn vorbestimmte Gefährtin war. Aber sie wusste es ganz sicher nicht. Außerdem war sie wie eine hinreißende Ballkönigin gewesen und er der schlaksige, neue Junge in der Stadt. Zum Teufel, er fühlte sich immer noch wie der schlaksige Neuling im Ort ... zumindest, wenn er in ihrer Nähe war.

„Hunter, sie kennt dich. Sie mag dich. Die Tatsache, dass sie uns nach dem Fiasko mit Kramer und seinen Söldnern nicht verraten hat, beweist das."

Hunter drehte die Dusche auf und versuchte, Kai zu übertönen. Dass Dawn das Geheimnis über Gestaltwandler nach diesem Kampf nicht hatte auffliegen lassen, lag wahrscheinlich eher daran, dass die Polizistin von dem Erlebnis immer noch selbst erschüttert war. Und was ihre Zuneigung zu ihm anging ...

Sie mag uns wirklich, flüsterte sein Bär. *Erinnerst du dich, wie sie uns angesehen hat?*

Hunter erinnerte sich an all die Male, bei denen die Zeit stehen geblieben war, wenn sich ihre Blicke trafen. Es ließ sein Herz schneller schlagen und seinen Puls rasen. Die Art, wie Dawns Augen aufleuchteten, wenn sie ihn ansah, hatte ihm Hoffnung gegeben, dass sie vielleicht, nur vielleicht ...

Er rieb sich das Gesicht und versuchte, die Gedanken zu verdrängen. Die Erinnerung an ihren entsetzten Gesichtsausdruck war frischer in seinem Gedächtnis.

„Ihr seid füreinander geschaffen, Hunter. Ihr Nachname bedeutet sogar Honig." Hunter runzelte die Stirn. *Meli* bedeutete Honig auf Hawaiianisch. Früher hatte er geglaubt, dass dies ein Zeichen war, aber jetzt schien es nur eine weitere grausame Wendung des Schicksals zu sein.

„Wenn das kein Schicksal ist, dann weiß ich es auch nicht", rief Kai über den Lärm der Dusche hinweg. „Verdammt, Hunter. Du kannst dich deiner Schicksalsgefährtin nicht verweigern. Das habe ich mit Tessa versucht, aber es war unmöglich."

Hunter schloss die Augen und ließ den Dampf der Dusche die Welt ausblenden. Was unmöglich war, war die Annahme, dass Dawn ihn jemals akzeptieren würde. Und das wusste er ganz genau.

Kapitel 2

Die Fahrt in die Stadt verlief problemlos, besonders nachdem Hunter an der Stelle vorbeigefahren war, an der Dawn – Polizistin Meli – normalerweise ihren Streifenwagen parkte. Die Tatsache, dass sie nicht dort war, war sowohl Grund zur Erleichterung als auch zur Sorge. Erleichterung, ihr nicht begegnen zu müssen, und Sorge, weil Dawn ihre Routine nur selten brach.

In dieser Hinsicht ist sie einem Bären sehr ähnlich, murmelte das Tier in ihm.

Es war nur eine kurze Fahrt zum Kapa'akea Resort und Hunter verbrachte die meiste Zeit damit, sich zu fragen, wo Dawn sein könnte, was sie gerade tat und ob sie auch an ihn dachte. Er tat dies, anstatt dem schnurrenden Geräusch des Rolls-Royce-Motors zu lauschen. Erst als ein Wachmann am Tor des Resorts anerkennend pfiff, wurde er in die Gegenwart zurückgerissen.

„Toller Wagen." Der rundliche Mann drehte eine volle Runde um den Rolls-Royce.

Hunter trommelte mit den Fingern auf dem Lenkrad und knurrte vor sich hin. Der Kerl sollte besser den Wachsfilm nicht anfassen, für den er den größten Teil des Vortages gebraucht hatte, sonst ...

Dann fing er sich. Sonst was? Was würde er tun? Sich in einen Bären verwandeln und den Kerl zu Tode erschrecken?

Er umklammerte das Lenkrad noch fester, während der Wachmann sich entfernte, um ein Klemmbrett zu prüfen.

„Lassen Sie mich raten", sagte der zweite Wachmann. „Der wurde für die Vanderpelt-Hochzeit gemietet."

Hunter nickte knapp.

„Mann, diese Leute ziehen wirklich alle Register", sagte der erste Wachmann und hob den Schlagbaum. „Wissen Sie, wo Sie hinmüssen?"

Hunter nickte, als er hindurchfuhr. Ja, er kannte sich in diesem exklusiven Resort aus, da er ein paarmal als privater Sicherheitsdienst dort angeheuert worden war. Aber Mann, er hatte diesen Ort noch nie so geschäftig erlebt. An einem Ende des Polofeldes wurde ein riesiges Zelt errichtet und ein Außensitzbereich nahm langsam Gestalt an. Ein Fotograf baute neben dem Pavillon Lampen auf und das Geräusch einer Kettensäge schwirrte durch die Luft. Es stammte von einem Mann, der damit eine Skulptur aus einem riesigen Eisblock schuf. Hunter schüttelte den Kopf. Im Kapa'akea Resort fanden jedes Jahr mehrere Hochzeiten statt, bei denen keine Kosten gescheut wurden, aber dies hier schien das Ereignis des Jahrhunderts zu sein.

Ein eifriger Parkwächter drängte sich zu dem Rolls-Royce, als Hunter sich dem Hauptgebäude näherte. „Ich übernehme ihn gern ab hier."

Hunter winkte den Kerl ab. Dieser Parkwächter sah nicht älter als neunzehn aus – und ganz sicher nicht die neunzehn, die Hunter nach einem Jahr Militärdienst gewesen war. Nein. Nur drei Leute würden diesen Wagen fahren: Hunter, der Besitzer des Fahrzeugs – ein Mann, den er noch nie gesehen hatte – und der elegante, grauhaarige Chauffeur, den das Resort für kostspielige Aufträge anheuerte.

„Die zweite Garage von hinten, richtig?", fragte er.

Der Junge sah niedergeschlagen aus, also seufzte Hunter und deutete auf den Beifahrersitz. „Willst du mitfahren?"

Der Parkwächter strahlte, als wäre es Weihnachten, und stieg auf dem Beifahrersitz ein. „Wow. Ich meine, das ist ein tolles Auto. Ich meine ... wow. Ein echter Rolls-Royce."

Hunter fuhr langsam die Einfahrt hinunter. „Großes Ereignis, was?"

Der Parkwächter hüpfte auf seinem Sitz. „Größer als groß. Ich habe sie heute gesehen."

„Wen gesehen?"

„Sie. Regina Vanderpelt."

Der Name kam ihm bekannt vor, aber Hunter wusste nicht, woher.

„*Die* Regina Vanderpelt. Sie kennen sie doch, oder? Sie ist total berühmt."

Hunter rieb sich den frischgestutzten Bart. „Berühmt wofür?"

„Ähm ... nun ... sie ist berühmt dafür, berühmt zu sein, würde ich sagen. Reich und berühmt. Sie ist immer in allen Zeitschriften. Es ist die Hochzeit des Jahrhunderts und sie findet hier statt."

Hunter nahm sich vor, diesen Ort in der nächsten Woche zu meiden. War Regina Vanderpelt diese unverschämte Erbin, die andauernd auf den Titelseiten der Boulevardzeitungen zu sehen war? Hier ein Sexskandal, dort eine hochkarätige Trennung.

Ja, er würde sich definitiv von diesem Ort fernhalten. Er parkte, schloss den Wagen ab und prüfte die Türen dreimal.

Der Parkwächter lachte. „Der Wagen ist hier sicher. Außerdem ist er doch versichert, oder nicht?"

Natürlich war der Wagen versichert. Aber Hunter hatte genügend Zeit damit verbracht, den V12-Motor vor der salzigen Tropenluft zu schützen, dass er sich um mehr als den Wiederbeschaffungswert sorgte.

Bevor er den Schlüssel übergab, warf er dem Jungen einen langen, vernichtenden Blick zu. „Niemand außer dem Chauffeur fasst diesen Wagen an. Verstanden?"

„Verstanden. Verstanden." Der Typ schluckte.

Hunter hielt den Schlüssel noch einen Moment länger fest, als der Junge danach griff, was seine unausgesprochene Warnung noch einmal verstärkte, bevor er ihn schließlich losließ.

„Soll ich Sie zum Tor zurückfahren?", bot der Parkwächter an und deutete auf einen Golfwagen.

Hunter schaute finster. Zum einen würde er kaum in dieses lächerliche Ding hineinpassen und zum anderen schwelgte er noch immer in der Erinnerung an die sanfte Fahrt mit dem Rolls-Royce. Aber er wollte keine Minute länger als nötig in diesem überteuerten Nobelresort verbringen. Also nickte er und quetschte sich auf den Vordersitz.

„Sie haben mehr als fünfhundert Gäste eingeladen“, rief der Parkwächter, als sie an dem Eisbildhauer vorbeifuhren. Die Kettensäge lief auf Hochtouren und schleuderte Eisstückchen bis auf die Straße. „Jedes Penthouse auf dieser Seite der Insel ist ausgebucht. Ich schwöre, allein die Rechnung für die Blumen wäre genug, um meinen gesamten Studienkredit abzuzahlen.“

Hunter schnaubte. Er hatte nie viel Geld gehabt und würde es wahrscheinlich auch nie haben. Aber das, was er hatte, würde er ganz sicher nicht für Blumen ausgeben. Nun, zumindest nicht für Blumen, die nie in der Wildnis wachsen und sich in der Brise wiegen würden.

Eine Erinnerung schoss ihm durch den Kopf – eine der wenigen, die ganz weit zurückreichten. Zu einer Zeit, als er noch ein winziges Bärenjunges war, und ihm seine Mutter riesig und die Welt noch riesiger erschienen war. Die beiden waren in Bärenform über eine Wiese mit Wildblumen gelaufen, die seine Nase kitzelten, bis er niesen musste. Es war einer dieser perfekten Frühlingstage in Alaska gewesen, der durch den langen und harten Winter und das unbeschwerte Lachen seiner Mutter noch schöner gewirkt hatte. Ein unschuldiger Tag, an dem das Leben so süß und friedlich erschienen war.

„Manche Menschen haben einfach alles, nicht wahr?“ Der Parkwächter deutete auf einen entgegenkommenden Lastwagen von Mauis exklusivstem Cateringunternehmen.

Hunter blinzelte ein paarmal und atmete lange und tief ein. Ja, manche Menschen hatten alles. Er hatte auch alles gehabt, was sich ein Bär hätte wünschen können, bis ihm alles entrissen worden war. In den letzten Monaten hatte er sogar Fantasien gehegt, dass er irgendwann wieder ein so großartiges Leben führen würde, wenn er seine Gefährtin für sich gewinnen könnte. Wenn er Dawn hätte, bräuchte er nicht viel mehr. Er hätte seine Gefährtin und jede Menge Liebe. Er könnte jeden Morgen an ihrer Seite aufwachen und sie jede Nacht in seinen Armen halten. Er könnte …

Er biss sich auf die Lippe und unterbrach seine Fantasien. Es würde nie dazu kommen. Er hatte seine Chance an dem Tag verspielt, an dem er Dawn seine Bärenseite auf die schlimmstmögliche Art und Weise offenbart hatte.

Was hätte ich denn tun sollen? Dieser abscheuliche Wolf wollte sie töten, heulte sein Bär.

„Nun, ich schätze, wir sehen uns nächste Woche", sagte der Parkwächter, als er ihn am Eingangstor absetzte.

Hunter stemmte sich aus dem Golfwagen und murmelte seinen Dank, als diese Worte in seinem Kopf herumschwirrten. Nächste Woche wäre genauso erbärmlich wie diese Woche und die Woche danach. Irgendwie musste er sich mit dem Gedanken an ein Leben ohne seine Gefährtin abfinden.

Ein Hupen ertönte und alle blickten auf. Hunter entdeckte einen roten Blitz, der von der Hauptstraße hereingerast kam.

„Der schon wieder", murmelte der Wachmann beim Anblick von Boone, der im Ferrari vorfuhr.

Der Wolfsgestaltwandler ließ sein typisches Siegergrinsen aufblitzen, als er anhielt. „Spring rein."

„Springen?", seufzte Hunter, als er sich in den tiefergelegten Wagen quetschte. „Hättest du nicht mit dem Land Rover fahren können?"

„Keine Zeit zu verlieren", sagte Boone, als er zur Hauptstraße zurück raste und nach links in Richtung Heimat abbog. „Es hat ewig gedauert, Kai zum Flughafen zu bringen. Ich muss zu meiner Gefährtin und … " Er verstummte. „Oh. Ich meine … "

Hunter starrte auf seine Füße, als sich ein unbehagliches Schweigen im Auto breitmachte – ein Schweigen, das ein paar Minuten später unterbrochen wurde, als ein Hubschrauber über ihnen entlang sauste.

Boone hupte und winkte durch das offene Dach des Ferraris. „Das ist Kai mit dem neuen Hubschrauber."

„Behalte den Blick auf der Straße", murmelte Hunter, als sich die Geschwindigkeit des Wagens langsam erhöhte.

„Kein Problem." Boone riss das Lenkrad herum, um den Wagen wieder auszurichten.

„Und du musst auch langsamer fahren."

„Nein. Wie ich schon sagte, keine Zeit zu verlieren."

Hunter stemmte seine Arme gegen das Armaturenbrett, als die Landschaft an ihnen vorbeirauschte. „Boone … "

„Ich habe alles im Griff, Mann. Wir sind fast da."

Sie hatten auch fast die Kurve erreicht, die von Officer Dawn Meli von der Polizei von Maui überwacht wurde. Wenn sie im Dienst war, wäre sie gezwungen, Boone anzuhalten, und Hunter war noch nicht bereit, ihr gegenüberzutreten.

„Boone … "

„Leb' mal ein bisschen, Mann", sagte Boone und raste um die Ecke.

Hunter blickte nach rechts und sein Herz klopfte höher, als er Dawns weiß-blauen Streifenwagen entdeckte.

Sie ist zurück! Sein Bär sprang regelrecht vor Freude. *Sie ist zurück! Vielleicht hält sie uns an.*

Der Ferrari raste weiter und Hunter starrte mit festem Blick in den Seitenspiegel, als er darauf wartete, dass die Polizeilichter hinter ihnen aufblitzten.

„Hey." Boone wurde langsamer. „Sie hält mich nicht an?"

Die Freude, die in Hunters Seele ausgebrochen war, versickerte langsam. Dawn wich ihm aus, genau wie er ihr ausgewichen war.

Boone bremste ab und blinkte, um nach links in eine Privatstraße abzubiegen.

Hunter zog ein langes Gesicht. „Moment. Was machst du denn? Das ist nicht die Auffahrt nach Koa Point."

Boone legte den Rückwärtsgang ein und schleuderte Dreck auf, als er den Weg zurückfuhr, den sie gekommen waren. „Ich fahre wieder zurück."

Hunter grub seine Nägel ins Armaturenbrett. „Was?"

„Ich habe ein Recht darauf, angehalten zu werden, verdammt noch mal", sagte Boone mit einem listigen Gesichtsausdruck.

„Ich dachte, du hättest es eilig, zu deiner Gefährtin zurückzukommen."

„Das habe ich auch, aber das hier ist genauso wichtig."

„Boone", knurrte Hunter vergeblich. Er versank so tief in den Sitz, wie er konnte, als Boone erneut an dem Streifenwagen vorbeifuhr. „Tu es nicht."

„Zeit, deinen Mann zu stehen, Bär." Boone lachte leise, als er den Wagen erneut wendete. Er fuhr direkt auf den Parkplatz und hielt neben dem Streifenwagen an. Hunter saß nun Fenster an Fenster mit Officer Meli, die ihre Augen weit aufgerissen hatte.

Sein Atem stockte und das Blut in seinen Adern wurde warm.

Gefährtin, brummte sein Bär. *Meine perfekte Gefährtin.*

Sie war in jeder erdenklichen Hinsicht perfekt. Ihre zarten Gesichtszüge, das glänzende schwarze Haar. Die dunklen suchenden Augen. Damals zu Schulzeiten hatten alle prophezeit, dass Dawn dank ihrer hinreißenden Mischung aus polynesischen, asiatischen und kaukasischen Zügen Modellverträge abschließen und groß rauskommen würde. Aber sie hatte diese Gedanken abgewiesen und stattdessen lieber Jura studiert. Und nach dem Jurastudium hatte sie alle wieder überrascht, als sie in die Strafverfolgung ging.

Meine Gefährtin tut immer das Unerwartete, sagte sein Bär mit einem verträumten Seufzen.

„Officer Meli!", rief Boone fröhlich.

Hunter schloss die Augen und genoss einen Hauch ihres blumigen Duftes.

„Mr. Hawthorne", sagte sie mit einer eisigen Stimme, die etwas wärmer wurde und schwankte, als sie Hunter ansah. „Mr. Bjornvald."

Hunter riss die Augen wieder auf. „Dawn", flüsterte er.

„Sie haben mich nicht angehalten", sagte Boone.

„Nein, das habe ich nicht." Ihre dunklen Augen waren hart und nicht amüsiert, aber als sie ihren Blick auf Hunter richtete, flackerten sie auf – und das nicht aus Angst. Es war eher wie … ein Erkennen. Vielleicht sogar Wärme.

Ich habe es doch gesagt! brüllte sein Bär. *Ich habe dir gesagt, dass sie uns liebt.*

Aber warum sollte sie? Menschen wussten nichts von vorbestimmten Gefährten.

Tief in ihrem Inneren weiß unsere Gefährtin Bescheid, beharrte sein Bär. *Das Schicksal hat es ihr auch gesagt.*

„Ich bin zu schnell gefahren", sagte Boone.

Officer Meli runzelte die Stirn. „Ich habe beschlossen, es dieses Mal durchgehen zu lassen."

„Aber es verstößt gegen das Gesetz, die Geschwindigkeit zu übertreten. Ich finde wirklich, dass sie mir einen Strafzettel geben sollten."

Sie schob die Tür ihres Streifenwagens auf und stellte sich mit den Händen an den Hüften vor ihnen hin. „Mr. Hawthorne, ich entscheide, wann ich einen Strafzettel ausstelle. Ist das klar?"

Wie es ihr gelang, schön und bedrohlich zugleich zu wirken, wusste Hunter nicht.

Sie würde einen großartigen Bären abgeben, seufzte sein inneres Tier.

„Ja, Ma'am." Boone setzte seinen besten bekümmerten Schuljungenblick auf, als er die Autotür aufschwang.

Officer Meli ging sofort in eine defensive Haltung über und ließ eine Hand über der Waffe an ihrer Hüfte schweben. „Bleiben Sie genau dort stehen."

Boone reckte und streckte sich. „Entschuldigung. Eine alte Armeeverletzung ist plötzlich wieder aufgeflammt. Ich muss ein Stück laufen."

„Alte Armee-was?", murmelte Hunter, als auch er aus dem Auto stieg. Boone hatte eine Reihe alter Kriegsverletzungen, genau wie jedes Mitglied ihrer Spezialeinheit, aber schnell heilende Gestaltandler spürten davon keine langfristigen Auswirkungen. Was hatte Boone vor?

Dawn wirbelte herum. „Oha. Du bleibst auch stehen."

Hunter riss die Hände hoch, als Boone eine Grimasse vortäuschte und den Feldweg hinaufhumpelte, der vom Parkplatz in Richtung West Maui Gebirge führte. „In ein paar Minuten geht es mir gleich wieder besser. Machen Sie sich keine Sorgen."

„Sorgen?" Dawn klang nicht im Geringsten besorgt. Ihr Blick huschte von Boones Rücken zu Hunters Gesicht.

Hunter drückte die Autotür zu, lehnte sich dagegen und behielt seine Hände dabei klar sichtbar. Mein Gott, was hatte er sich dabei gedacht, einfach so aus dem Wagen zu springen?

Ich dachte, ich wollte näher bei meiner Gefährtin sein, murmelte der Bär in ihm.

Wir werden sie verängstigten, zischte er zurück.

Boone verschwand in der Ferne und ließ Hunter mit Dawn allein. Er rieb sich mit der Hand über den Kiefer und fragte sich, was er tun sollte.

Zeit, deinen Mann zu stehen, Bär. Boones Worte hallten in seinem Kopf wider und ein paar unbeholfene Sekunden später sprach er schließlich: „Schau mal …"

„Schau mal", sagte Dawn im gleichen Augenblick.

Sie verstummten beide und starrten einander an.

Hunter kratzte mit dem Stiefel durch den Dreck. „Die Dame zuerst."

„Nein, du zuerst." Sie verschränkte die Arme.

In Ordnung. Wenn er doch nur wüsste, was er außer *Schau mal* sagen sollte.

Sag, ich liebe dich, drängte sein Bär.

Hunter schüttelte den Kopf. Auf gar keinen Fall würde er damit anfangen.

Sag, du kannst mir vertrauen.

Hunter schob seine Hände in die Taschen. Verdammt, als Bär hatte er vor überhaupt nichts Angst. Warum war er dann so ängstlich, ein paar Worte zu sagen?

Dann küss' sie.

Er knirschte mit den Zähnen. So sehr er dies auch wollte, es würde ebenfalls nicht funktionieren.

Sie seufzte. „Sprachlos wie immer, wie ich sehe."

Hunter sah zu ihr auf. Jede andere Frau hätte die Worte vielleicht mit Verachtung gesagt, aber nicht Dawn. Wenn überhaupt, schwang ein Hauch von Zuneigung in ihrer Stimme mit. Oder bildete er sich Dinge ein?

Sie standen sich eine ganze Minute lang schweigend gegenüber. Hunter nahm an, dass dieser kurze Aufenthalt im Himmel jede Sekunde vorbei sein würde. Also prägte er sich den Augenblick in seinem Gedächtnis ein. Eine einzelne Haarsträhne hatte sich aus ihrem Zopf gelöst und die Meeresbrise verwirbelte sie genauso, wie er es selbst gern getan hätte. Über ihnen schien die Sonne und tauchte ihr Gesicht in glatte Ebenen aus Schatten und Licht. Als ihr Blick auf seine Brust fiel und sie ihm dann erneut in die Augen sah, bewegte sich ihre Kehle mit einem winzigen Schlucken.

Hunter schluckte ebenfalls, weil es wieder passierte. Diese magische Aura, die ihn jedes Mal überwältigte, wenn er in der Nähe seiner Gefährtin war. Das Gefühl, das aus dem Nichts heraus aufstieg und sie beide umgab, während es die Außenwelt abschirmte. Das Brummen vorbeifahrender Fahrzeuge, das Rascheln der Insekten im umliegenden Gestrüpp – alle Geräusche verstummten, bis Hunter nur noch das Schlagen seines eigenen Herzens hörte. Er sah nichts außer das schwache Auf und Ab von Dawns Schultern bei jedem tiefen Atemzug. Ihr Gesicht war strahlend und klar, während alles andere verschwamm, so als hätte die Sonne langsam an einer Linse gedreht und all ihr Licht nur auf sie gerichtet.

Dies ist deine Gefährtin. Ein Flüstern stieg von irgendwo tief aus der Erde auf. *Dies ist dein Schicksal.*

Dawns Augen strahlten heller und sie lehnte sich leicht nach vorn.

Sie braucht dich genauso sehr, wie du sie brauchst, sagte die Stimme, die ihn zum Weitermachen drängte.

Zwischen ihnen flatterte ein gelber Schmetterling, aber selbst der war verschwommen. Nichts zählte außer Dawn.

Seine Lippen bewegten sich mit Worten, die er nicht bilden konnte, und als er ihre Hand berührte, zuckte sie nicht von ihm weg.

„Hunter", flüsterte sie.

Die strenge Polizistin war verschwunden, genau wie die Frau, die vor ein paar Wochen so schockiert gewesen war, als sie einen Grizzlybären gesehen hatte. Alles, was zurückblieb, war das Mädchen, das er einst gekannt hatte. Lebhaft und eifrig und ihm so nah, dass sein Körper vor Verlangen brannte.

Hunter beugte sich hinunter und schwebte einen Zentimeter von ihren Lippen entfernt. Sein Instinkt hatte die Oberhand gewonnen und er war machtlos, irgendetwas anderes zu tun, als zu reagieren. Seine Augenlider senkten sich und sein Fokus richtete sich auf die fein geschwungene Linie ihrer Lippen. Dawn neigte leicht ihren Kopf und schloss den winzigen Abstand auf Zehenspitzen.

Und dann, *wrooom!* Ein Lastwagen rauschte vorbei. Sein Sog rüttelte sie beide auf und die Realität brach erneut über sie herein.

Kapitel 3

Dawn riss die Augen auf und blinzelte. Heiliger Strohsack. Was machte sie denn? Müsste sie später einen Bericht über diesen Vorfall schreiben, wüsste sie überhaupt nicht, wo sie anfangen sollte.

In einer Sekunde war ich bereit, ihm zu sagen, er solle zurücktreten, und in der nächsten hätten wir uns fast geküsst.

Sie konnte das Gelächter ihrer Beamtenkollegen fast schon hören. Gut, dass es an diesem glorreichen Tag in West Maui keine Zeugen hier am Straßenrand gab. Nicht, dass es ein glorreicher Tag gewesen wäre, als er begonnen hatte. Sie war den ganzen Morgen mürrisch und unkonzentriert gewesen, genau wie bereits in den letzten paar Wochen. Egal wie viel Tai-Chi oder Yoga sie praktizierte, sie konnte sich einfach nicht beruhigen. Jeden Morgen rannte sie, um sich selbst zu bestrafen. Jeden Abend verbrachte sie eine Ewigkeit damit, ihren bereits perfekt sauberen Bungalow aufzuräumen. Sie ordnete ihre Bücherregale, sodass die Buchrücken perfekt ausgerichtet waren, rückte ihre Bilderrahmen herum, obwohl diese gar nicht schief hingen, und suchte zwanghaft nach der Ordnung und Kontrolle, die in ihrer Seele fehlten.

Kontrolle, die sie immer dann verlor, wenn es um Hunter ging. Sie war noch nie so frustriert oder verwirrt gewesen.

Aber wenn er in ihrer Nähe war – so nah wie gerade eben – verflogen all ihre Zweifel und Ängste. Sie tauchte in eine strahlende Welt der Behaglichkeit und Glückseligkeit ein. Jeder Nerv in ihrem Körper flatterte genau wie der Schmetterling, der soeben zwischen ihnen herumgeschwirrt war, und ihr ganzer Körper kribbelte vor Wonne.

Der Mann brauchte lediglich mit seinen unglaublich langen Wimpern zu klimpern und sie war erledigt. Sie, die Polizistin, mit der man sich lieber nicht anlegen sollte. Sie, die Dutzende von Männern eingebuchtet hatte, die doppelt so groß waren wie sie selbst, von abscheulichen Kriminellen, zu großen, randalierenden Betrunkenen und allem dazwischen. Aber wenn es zu Hunter kam, wurde sie irgendwie ganz verträumt und unkonzentriert.

Hunter, der Mann, den sie schon seit Jahren insgeheim geliebt hatte.

Ein Teil von ihr hatte den Kuss schon fast spüren können und es schmerzte sie sogar, wenn sie daran dachte, was sie soeben verpasst hatte. Sie hätte den einen Kuss nacherleben können, den sie und Hunter vor Jahren einmal geteilt hatten – der einzige Kuss, den sie je freizügig einem Mann gegeben hatte. Sie hätte seine weichen Lippen auf ihren spüren und ihre Arme langsam um seinen massigen Körper schlingen können. Sie hätte fühlen können, wie Hunter sie sanft an sich zog, genauso wie er es in diesem einen perfekten Moment vor mehr als einem Jahrzehnt unter ihrem geheimen Wasserfall getan hatte. Damals waren sie Teenager gewesen, aber sogar dann war sie sich so sicher gewesen, dass Hunter der Richtige für sie war.

Natürlich abgesehen davon, dass er danach abrupt aufgehört hatte, sich mit ihr zu treffen. Er hatte sich, sobald er die High-School beendet hatte, der Armee angeschlossen. Aber seit Hunter nach so vielen Jahren der Abwesenheit nach Maui zurückgekehrt war, hatte sie davon geträumt, ihn noch einmal zu küssen. Ja, sie, Dawn Meli, hatte tatsächlich davon geträumt, einen Mann zu küssen, anstatt sich mit Albträumen darüber zu quälen, sich verzweifelt gegen einen zu wehren.

Vergiss, dass das je passiert ist, erinnerte sie sich selbst. *Ich kann Hunter vertrauen.*

Man kann keinem Mann vertrauen, murmelte eine dunkle Stimme aus den Tiefen ihres Hinterkopfes.

Aber es war nicht so sehr die Tatsache, dass er ein *Mann* war, warum sie in diesem Augenblick zurücktrat. Denn Hunter war nicht nur ein Mann. Er hatte eine versteckte, animalische Seite, die zu den brutalsten Handlungen fähig war. Es war noch nicht lange genug her, um dies zu vergessen, seit sie den Haufen der Leichen gesehen hatte.

Es war alles auf einem abgelegenen Grundstück am Meer geschehen, nur wenige Kilometer von Kihei entfernt. Sie hatte auf einen Bericht über seltsame Geräusche und einen Kampf reagiert – nur um Hunter und seine Freunde inmitten eines Gemetzels vorzufinden, wie sie es noch nie zuvor gesehen hatte. Überall lagen Leichen verstreut und Dawn wollte gerade eine Erklärung verlangen, als ein riesiger Wolf aus dem Nichts auftauchte und ihr an die Gurgel springen wollte. Sie hatte die Mordlust im Glanz seiner roten Augen und den weißen Schaum auf seinen riesigen Reißzähnen gesehen. Es war ihr gelungen, einen Schuss abzugeben, aber die Bestie war einfach weitergerannt. Sie dachte bereits, sie wäre erledigt, als ein weiteres wildes Knurren die Luft zerrissen hatte. Ein Bär – ein riesiger Grizzlybär mit Fell, das genau den gleichen Farbton wie Hunters Haare hatte – hatte den Wolf erwischt und ihn in Stücke gerissen. Nur Augenblicke später hatte sich der Bär zusammengekauert, gestöhnt und langsam in einen Menschen verwandelt. Hunter.

Hunter war ein Bär.

Sie hätte den Vorfall beinahe im Polizeipräsidium gemeldet, aber der flehende Blick in Hunters Augen hatte sie überzeugt, ihm zuzuhören. Am Ende hatte sie seinem Freund Boone zugehört, denn Hunter war wie immer sprachlos gewesen.

Gestaltwandler, hatte Boone erklärt. *Wir sind alle Gestaltwandler. Die toten Männer sind auch Gestaltwandler, genau wie der Wolf, der Sie angegriffen hat.*

Sie hätte seine verrückten Behauptungen vielleicht abweisen können, wenn sich der tote Wolf nicht vor ihren Augen in seine Menschengestalt zurückverwandelt hätte.

Ich bin ein Wolf. Cruz ist ein Tiger, hatte Boone erklärt. *Und Hunter ist ein Grizzlybär.*

Das hier sind nicht die Verbrecher, Officer, hatte die einzige Frau am Tatort gesagt. Nina war ihr Name. *Bitte, lassen Sie uns hören, was sie zu sagen haben.*

Dawn hatte ihnen zugehört. Welche Wahl hatte sie denn gehabt? Und am Ende hatte sie gegen jeden Eid verstoßen, den sie als Gesetzeshüter je abgelegt hatte, und sich entschieden, das Verbrechen nicht zur Anzeige zu bringen.

Warum? Weil sie Hunter bereits als Kind gekannt hatte. Weil er und seine Freunde eine Art schroffe Ehrlichkeit ausstrahlten, die zu etwas tief in ihrer Seele sprach. Und wie zum Teufel hätte sie auch jemals erklären sollen, was sie gesehen hatte? Auf Hawaii gab es eine ganze Reihe von Geschichten über Gestaltwandler – Geschichten über Männer, die sich in Haie verwandeln konnten, oder über Frauen, die zu Drachen wurden und klare Gebirgsbäche bewachten. Aber das waren nur Geschichten, nicht wahr?

Sicher. Geschichten. Ganz genau.

Dennoch hatte ihr Herz in diesem Fall für Hunter plädiert. Ihre diskreten Nachforschungen hatten ergeben, dass die Toten alle eine skrupellose, kriminelle Vergangenheit teilten. Am Ende kam sie nicht umhin, zu denken, dass der Gerechtigkeit damit gedient worden war, wenn auch mit unkonventionellen Mitteln. Also hatte sie das vertuschte Verbrechen ruhen lassen und sich mit ihrer Rolle darin abgefunden. Nun, überwiegend. Aber mit der Gestaltwandler-Sache konnte sie sich nicht abfinden. Sie konnte nicht aufhören, immer wieder an den Moment zu denken, in dem sich der Bär in Hunter verwandelt hatte – sich windend, stöhnend, verrenkend ...

Und dort standen sie nun am helllichten Tage – zwei sprachlose Menschen voller Sehnsucht und Schmerz.

Etwas bewegte sich im Ferrari und sie schaute hinein. Es war nur ein Zettel, einer von vielen, die den Rücksitz übersäten. Zweifellos Boones Strafzettel. Sie kämpfte gegen den Drang an, hineinzugreifen und sie zusammenzusammeln. Stattdessen wandte sie sich wieder an Hunter – an Hunter, den Bären – und wich zurück.

Sein Gesicht wurde lang.

„Hunter", sagte sie und zwang sich, sich ihm erneut zu nähern.

Er blickte zu Boden und schob seine Hände tiefer in seine Taschen.

„Bitte, Hunter. Sieh mich an", flüsterte sie.

Langsam hob er sein Kinn, um ihrem Blick zu begegnen. In seinen schokoladenbraunen Augen konnte sie eine Welt des Schmerzes und der Reue wirbeln sehen.

„Ich würde dir nie wehtun, Dawn. Wenn schon nichts anderes, dann glaube mir bitte das."

Männer gaben viele Versprechen. Aber Hunters, glaubte sie.

„Ich weiß", flüsterte sie. „Es ist nur ... nur ... " Jetzt war sie diejenige, die nach Worten rang. Die klitzekleinen Stromschläge, die sie immer in Hunters Nähe spürte, waren jetzt stärker als je zuvor. Eine magnetische Anziehungskraft, der Drang, sich ihm zu nähern und ihre Körper aneinander streifen zu lassen. Wie sollte sie erklären, wie stark sie sich zu ihm hingezogen fühlte – und wie viel Angst sie davor hatte, die Kontrolle zu verlieren.

„Du hast mich jetzt schon zweimal gerettet", murmelte sie. Das erste Mal war damals an der High-School gewesen, als... Sie unterband den Gedanken schnell. „Und ich weiß es zu schätzen. Mehr, als ich es sagen kann. Aber ich versuche immer noch, mit dieser Bärensache zurechtzukommen."

Da, sie hatte es gesagt. Aber Hunter sah betrübter aus als je zuvor und ihr wurde bewusst, wie es für ihn sein musste. Als Person von gemischter Herkunft hatte sie als Kind so einige rassistische Beleidigungen ertragen müssen, obwohl sie zu akzeptieren gelernt hatte, wer sie war.

Hatte Hunter dies auch getan? Er konnte doch auch nichts dafür, wer er war, oder?

Aber trotzdem – ein Bär?

Sie versuchte, die unbeabsichtigte Beleidigung zu mildern. „Ich meine, ich hätte es mir denken können."

Hunters buschige Augenbrauen schnellten in die Höhe und sie konnte sich ein winziges Lächeln nicht verkneifen. Sie deutete auf ihn. „Die Größe passt."

Sein Gesicht wurde wieder lang und sie klopfte ihm auf den Arm. „Hey. Es ist wahr. Bären sind auch irgendwie schweigsam. Nicht wahr?"

Er nickte, wurde aber kein bisschen fröhlicher. Und wirklich, was versuchte sie eigentlich zu sagen? Dass es ihr nichts ausmachte, dass er sich in einen Bären verwandelte? Er hatte sie zu Tode erschreckt. Und schlimmer noch, er hatte ihre Theorie bestätigt, dass die meisten Männer eine versteckte, höhlenmenschenartige Seite in sich trugen, die zu schrecklicher Gewalt und furchtbaren Taten fähig war. Männer führten Kriege und begingen abscheuliche Verbrechen. Männer vergewaltigten und töteten. Manche von ihnen schlugen sogar die Menschen, die sie angeblich liebten. Sie hatte Jura studiert, um diese Art von Verbrechen zu bekämpfen, aber sich dann entschieden, dass sie bei der Polizei ihren eigenen persönlichen Kreuzzug besser führen konnte.

Natürlich gab es auch ehrbare Männer. Aber wenn Hunter zu einem so kaltherzigen Mörder werden konnte, konnte es jeder.

Sie trat erneut zurück. Was auch immer sie für Hunter empfand, sie durfte dem Drang nicht nachgeben. Das Herz hatte eine Art, den Verstand auszutricksen, und sie musste wachsam sein. Sie musste sich auch daran erinnern, wer sie war – eine Hüterin des Gesetzes. Sie hatte um Hunters Willen bereits ein Verbrechen vertuscht. Wenn es noch mehr Ärger gäbe, müsste sie vielleicht irgendwann den Mann, den sie liebte, zur Anzeige bringen. Und das trotz der Konsequenzen, die dies für ihn und seinesgleichen haben könnte.

Nein, es war definitiv besser, ledig, klaren Kopfes und von diesem Mann fernzubleiben.

„Ich schätze, ich will damit sagen, dass ich einfach etwas Freiraum brauche. In Ordnung?"

Hunter öffnete den Mund, um etwas zu antworten, aber das Funkgerät in ihrem Streifenwagen krächzte. „Einheit 239, Einheit 239. Bitte kommen, Over."

Sie und Hunter standen noch eine weitere lange Minute dort und starrten einander an, bevor sie flüsterte: „Ich muss gehen."

Sie bewegte sich jedoch nicht, bis das Funkgerät erneut ertönte. „Einheit 239. Bitte kommen, Over."

Wäre Boone nicht überaus fröhlich auf dem Feldweg zurückgeschlendert gekommen – ohne auch nur im Geringsten zu humpeln – wäre sie vielleicht den ganzen Tag dort wie angewurzelt stehen geblieben. Es gab noch so viel mehr, was sie zu sagen hatte. Und so vieles, das Hunter ihr erklären musste. Aber sie konnte – und wollte – sich selbst nicht erlauben, diesen Weg einzuschlagen.

Sie griff nach dem Funkgerät. „Einheit 239, Over."

Hunter schüttelte ein letztes Mal traurig den Kopf und ließ sich zurück in den Ferrari sinken. Als Boone den Motor aufheulen ließ und mit quietschenden Reifen auf den Highway raste, behielt Dawn das Fahrzeug im Auge. Das heißt, eigentlich behielt sie Hunter im Auge. Als sie ihn aus ihrer Sicht verlor – Boone war auf dem besten Wege, das Tempolimit erneut zu überschreiten – spürte sie tief in ihrem Inneren einen Schmerz, der immer auftrat, wenn sich ihre und Hunters Wege trennten.

„Der Sergeant möchte, dass Sie für einen Spezialauftrag zurück ins Hauptquartier kommen. Over."

Nur ein Teil von Dawns Gedanken drehte sich darum, welcher Art Aufgabe sie zugeteilt werden würde. Der Rest befasste sich immer noch mit Hunter. Was war es, das sie so an ihm anzog? Hatten Bärengestaltwandler extra starke Hormone oder so etwas?

„Einheit 239, haben Sie verstanden?", wiederholte der Beamte eine Sekunde später.

„Verstanden", seufzte Dawn und sah Hunter hinter der Kurve verschwinden.

Kapitel 4

Hunter klammerte sich am Türgriff fest, als Boone davonraste.

„Also, wie ist es gelaufen?", fragte der Wolfsgestaltwandler.

Hunter hätte fast seine Reißzähne aufblitzen lassen. Was erwartete Boone denn zu hören? *Ich glaube, es wird klappen?* Zwischen ihm und Dawn würde es niemals klappen. Und wenn er ganz ehrlich mit sich selbst war, war es auch besser so. Die Welt der Gestaltwandler war gefährlich und er hatte Dawn bereits mehr mit hineingezogen, als er es jemals beabsichtigt hatte.

Wenn du ehrlich mit dir selbst wärst, würdest du zugeben, dass wir ohne sie nicht leben können, knurrte sein Bär.

Oh, das wollte er gern zugeben. Aber er musste an Dawn denken, nicht an sich selbst.

Glücklicherweise blieb Boone still auf der kurzen Fahrt zurück nach Koa Point. Hunter konnte es kaum erwarten, sich wieder in die Arbeit zu stürzen. Er war für die Wartung des Fuhrparks auf dem Anwesen verantwortlich und obwohl die Fahrzeuge stets in perfektem Zustand waren, gab es immer etwas zu prüfen oder zu tun. Oder er konnte weiter den 1971er Porsche 911 restaurieren, der im hinteren Bereich der Garage auf ihn wartete. Seine Arbeit war so ziemlich das Einzige, was ihn davon abhielt, den Verstand zu verlieren.

Aber Silas hatte andere Vorstellungen. Sobald Hunter und Boone aus dem Wagen stiegen, kam der große Drachengestaltwandler, der einst ihre Spezialeinheit angeführt hatte, auf sie zu. Er zeigte auf Hunter.

„Wir haben gerade einen Auftrag für einen neuen Job reinbekommen", sagte Silas. „Sicherheitsdienst im Kapa'akea Resort."

Hunter knirschte mit den Zähnen. Er war gerade erst aus dem Resort zurückgekommen und hatte im Moment wirklich nicht genügend Fokus, ein effektiver Sicherheitswächter zu sein. Nicht, wenn sein Bär die ganze Zeit so besessen von seiner Gefährtin war.

Silas schien seine Gedanken zu lesen. „Es ist genau, was du brauchst.“

Hunter trat in den Dreck. Was er brauchte, war seine Gefährtin. Und abgesehen davon brauchte er die Zuflucht der Garage. Warum ließen sie ihn nicht alle in Ruhe?

„Kai wäre besser geeignet“, grunzte er.

„Kai wird auch dort sein.“ Silas nickte. „Sie haben den Hubschrauber für die Woche gemietet.“

Hunter fragte sich, wer *sie* waren.

„Was ist mit Boone?“

Der Wolfsgestaltwandler grinste. „Tut mir leid, Mann. Aber ich arbeite bereits als Sicherheitsdienst bei den Surfmeisterschaften.“

Hunter hätte fast widersprochen, aber es machte Sinn. Der stets fröhliche Boone – der jetzt sogar doppelt fröhlich war, weil er seine Schicksalsgefährtin Nina gefunden hatte – würde bei dem Surfwettbewerb gut reinpassen.

„Was ist mit Cruz? Er könnte es doch machen.“

„Cruz wurde ebenfalls angeheuert“, sagte Silas, als der Tigergestaltwandler auftauchte und genauso unlustig aussah, wie Hunter sich fühlte. „Ihr fangt in einer Stunde an, also zieht euch was an und fahrt los.“

Silas’ Tonfall ließ keinen Raum für Diskussionen und eine Stunde später befand sich Hunter, dieses Mal zusammen mit Cruz, zurück auf dem gepflegten Gelände des Kapa’akea Resorts. Sie zupfen beide an ihren Krawatten herum und blickten finster drein, als Lorraine, eine Frau vom Sicherheitsdienst des Hotels, sie herumführte.

„Dort drüben ist das Zelt für den Hochzeitsempfang und dahinter befindet sich das Catering.“ Sie zeigte über die riesige Fläche mit üppigem Gras, die das dritte Loch des Golfplatzes vom Strand trennte.

„Wer heiratet denn?“, meckerte Cruz.

„Regina irgendwer oder so", seufzte Hunter.

Lorraine drehte sich um und starrte sie mit offenem Mund an. „Regina Vanderpelt. *Die* Regina Vanderpelt." Sie blickte von Cruz zu Hunter und wieder zurück zu Cruz. „Sie kennen sie, oder nicht?"

Hunter erinnerte sich daran, was der Parkwächter gesagt hatte. *Sie ist berühmt dafür, berühmt zu sein.*

„Ist das die mit dem Sexfilmskandal?" Cruz gähnte hinter seinem Handrücken.

Lorraine drückte schnell den Finger auf ihre Lippen. „Psst. Das sollen wir nicht erwähnen. Aber ja. Die mit dem Sexfilmskandal – und dem Drogenskandal. Und dem Skandal mit der Mode, die in Kinderarbeit in Bangladesch produziert wurde. Sie hat alle möglichen Dinge getan."

Witzig, die sonst so adrette Hotelangestellte klang fast etwas wehmütig, als sie die Braut beschrieb.

Nur der Nachname macht mich irgendwie misstrauisch, witterte Cruz und sandte die Worte in Hunters Kopf – was zwischen sich nahestehenden Gestaltwandlern funktionierte. *Im Ernst – Vanderpelt?*

Hunter verzog das Gesicht. Soweit er sich erinnern konnte, hatte die Familie ihr Vermögen mit Öl verdient. Was schlimm genug war, wenn man bedachte, welche Schäden die Industrie in den wildesten Gegenden Alaskas verursacht hatte. Visionen aus seiner Kindheit stiegen in seinem Gedächtnis auf und er zwang sich, sich auf die guten anstatt auf die schlechten Dinge zu konzentrieren. Die bösartigen Männer, die ihm seine Lieben genommen hatten, waren längst tot und verschwunden. Es gab keinen Grund, sich weiter mit ihnen herumzuschlagen.

Der Bär in ihm knurrte. *Jericho Deroux ...*

Er schloss die Augen und drängte den Gedanken – und den Namen – aus seinem Kopf. Eine sanfte Brise wehte durch den gepflegten Garten und der süße Duft tropischer Blumen erinnerte ihn daran, dass er auf Maui ein ganz neues Leben führte. Ein gutes Leben. Er hatte einen wundervollen Ort gefunden, an dem er gemeinsam mit seinen Gestaltwandlerbrüdern leben konnte. Auch wenn die anderen technisch gesehen nicht seine Brüder waren, so standen sie ihm doch durch ihre gemeinsamen Jahre beim Militär so nahe wie eine Familie – oder sogar noch näher. Also wirklich, was könnte sich ein Bär denn sonst noch wünschen?

Seine Gefährtin, knurrte eine tiefe Stimme in ihm.

Er runzelte die Stirn und schnupperte in der Luft herum. Inmitten des Geruchs von Schweiß, Sonnencreme und Blumen schwebte der schwächste Hauch von … etwas, das er nicht genau zuordnen konnte. Er sah sich um und studierte die Umgebung nach jemandem oder etwas Ungewöhnlichen.

Riechst du das? fragte er Cruz.

Cruz zuckte desinteressiert mit den Schultern. *Ich rieche Ärger, soviel ist sicher. All diese Menschen …*

Hunter hätte fast gemeckert, *natürlich sind es alles Menschen.* Es gab nur eine Handvoll Gestaltwandler auf Maui und er und Cruz kannten jeden einzelnen von ihnen.

Er schnüffelte wieder. War das der Geruch eines Wandlers, den er wahrgenommen hatte? Er war so schwach, dass er sich nicht sicher sein konnte, noch nicht einmal mit seinen scharfen Bärensinnen.

Was? fragte Cruz, dem seine Besorgnis auffiel.

Nicht sicher, sagte er, schwang den Kopf herum und musterte die Schatten rund um die Kante des Rasens. Auf dem Gelände wimmelte es nur so von Arbeitern, die Ausrüstung ausluden, Stühle aufstellten und Pläne studierten. Ein Geruch, der so schwach war, war nur schwer zuzuordnen. Vielleicht handelte es sich auch gar nicht um einen Gestaltwandler.

„Die Hochzeit selbst wird am Strand stattfinden", erklärte Lorraine, die ihren gedanklichen Austausch nicht hören konnte. „Und ich schwöre Ihnen, wenn diese Leute das richtige Wetter bestellen könnten, würden sie auch das tun." Sie führte Hunter und Cruz auf die schattige Veranda des Hauptgebäudes. „Sie beide unterstehen Armor Security, der Firma, die mit der Koordinierung der Sicherheit für dieses Ereignis beauftragt wurde. Wir haben unsere eigene gesamte Sicherheitstruppe für diese Woche auf Abruf, aber Armor ist uns zahlenmäßig fünf zu eins überlegen. Deshalb haben sie hier das Sagen. Sie und Veronica, die persönliche Assistentin der Braut."

Sie zeigte auf eine seriös wirkende Frau in einem Hosenanzug, die auf einem Tablet-Computer herumdrückte und eine Geste zu einem Elektriker machte. Alles an der Mittfünfzigerin schien *professionell* und *ruhig* – das genaue Gegenteil des Wirbelsturms, der sich ihr von rechts näherte.

„Oh, oh. Machen Sie Platz für Brautzilla", flüsterte Lorraine, als ein schriller Schrei ertönte.

Eine junge Frau kam hereingestampft und die Menschen teilten sich, um ihr Platz zu machen, so wie sich das Wasser vor Moses geteilt hatte.

„Nein, nein, nein! Das ist alles falsch."

Wie sich jemand so schnell auf Plateau-Espadrilles bewegen konnte, war Hunter ein Rätsel, aber die junge Frau stürmte mit der Wucht eines Tornados herein, der alles zerstören würde, was sich ihm in den Weg stellte. Sie trug eine übergroße Sonnenbrille und ein hauchdünnes, durchsichtiges Oberteil mit einem leuchtend pinkfarbenen Bikini darunter – alles in allem das Klischee eines hochmütigen Supermodels. Bei ihrem zusammengekniffenen Gesichtsausdruck zweifelte Hunter jedoch daran, dass sie je für etwas anderes als ihren Reichtum oder ihre verwöhnten Eskapaden auf das Titelblatt eines Magazins gelangen würde. An ihrem Handgelenk strahlte ein breites Goldarmband und ihre Diamantohrringe fingen das Sonnenlicht ein. Eine Kette exquisiter Perlen schimmerte an ihrem Hals und etwas Violettes blitzte an ihrem Ringfinger auf und erregte Hunters Aufmerksamkeit.

„Veronica!", kreischte sie.

Jeder im Umkreis von dreißig Metern zuckte zusammen.

„Ja, Regina?", fragte die persönliche Assistentin in einem völlig neutralen Ton.

Hunter fragte sich, warum reiche Mädchen immer so unterernährt – und so unglücklich – wirkten.

„Das ist eine Katastrophe!", verkündete die zukünftige Braut.

Cruz warf Hunter einen Blick zu. *Nächstes Mal machen wir den Job bei den Surfmeisterschaften.*

„Komm mit und sieh es dir an", befahl die junge Braut und alle stürzten entweder gehorsam nach vorn oder wichen verdammt noch mal zurück. Hunter und Cruz waren die einzigen beiden, die stehen blieben. Aber als Hunter die Braut in die Richtung der Garage laufen sah, in der er zuvor den Rolls-Royce geparkt hatte, folgte auch er.

Regina blieb neben dem Fahrzeug stehen und stemmte die Hände in die Hüften. „Das ist eine Katastrophe!“

Hunter stand neben Toby, dem Parkwächter, der ebenfalls zu dem Spektakel geeilt war, und spähte in die Garage. Wenn Toby irgendetwas mit dem Rolls-Royce angestellt hatte, würde er ihn umbringen. Aber das Fahrzeug schimmerte unbeschädigt in der Sonne.

„Was stimmt denn nicht?“, fragte Veronica.

Die hochmütige junge Frau strich mit einem Finger über die perfekt gewachste Oberfläche, mit der Hunter Stunden verbracht hatte. „Das ist nicht der Wagen, den ich wollte.“

Hunter presste die Lippen zusammen. Er hatte noch nie jemanden getroffen, der wählerisch darüber war, welchen Rolls-Royce er fuhr, solange es ein Rolls-Royce war.

„Ich will den gleichen Wagen, den die Queen hat“, schniefte Regina. „Wer hat mir denn diesen Schrotthaufen gebracht?“

Schrotthaufen? Hunters Blick fiel auf Cruz. Wurde tatsächlich von ihnen erwartet, dass sie sich mit dieser Göre herumschlugen?

Ihr Gefolge tippte auf Tablet-Computern herum oder schaute zu Boden, nur Toby sah Hunter an. Regina wirbelte herum. „Ich sagte, ich wollte den gleichen, den Queen Elizabeth hat.“

„Ähm … Welcher ist das genau?“ Hunter konnte ein paar Dutzend Modelle und Sondereditionen aufführen, aber zum Teufel. Woher sollte er denn wissen, welches Modell die Queen besaß?

Ganz offensichtlich wusste Regina Vanderpelt dies selbst nicht, aber sie stampfte trotzdem mit dem Fuß auf den Boden. „Der Große.“

Cruz rümpfte die Nase. Hunter zuckte nur mit den Schultern.

„Und was macht dieses Ding dort neben meinem Wagen?“, kreischte Regina und zeigte auf etwas. „Hol es dort raus.“

Der Amethyst an ihrem Verlobungsring blitzte in der Sonne auf, aber Hunters Aufmerksamkeit richtete sich auf den großen Kerl auf der linken Seite – zweifellos ein persönlicher Leibwächter – als der Mann sich einen Besen schnappte und in die Garage stürzte.

Hunter war zunächst nur besorgt, dass der Kerl das Fahrzeug zerbeulen könnte, doch dann hörte er ein jämmerliches Miauen und das Geräusch winziger Pfötchen. Er stürzte hinein, schob den Bodyguard zur Seite und schnappte sich ein winziges Kaliko-Kätzchen, bevor der Mann es treffen konnte.

„Es ist nur ein Kätzchen.“ Er hob es an seine Brust.

„Es sieht schmutzig aus. Ich will es nicht in der Nähe meines Wagens haben – selbst wenn es nicht das Fahrzeug ist, das ich haben wollte“, schniefte Regina. „Und jetzt wegen dieser Eisskulptur, Veronica …“ Sie brauste weiter und Hunter und Cruz sahen ihr hinterher.

Wir werden diesen Job auf gar keinen Fall annehmen, murmelte Cruz in seinen Gedanken.

Hunter nickte. Er wollte ganz und gar nicht für diese verwöhnte Göre arbeiten.

„Komm mir bloß nicht noch mal in den Weg“, murmelte Reginas Bodyguard, als er sich an ihm vorbei drängte. Er hielt seinen Blick jedoch nach unten gerichtet – ein sicheres Zeichen dafür, dass er erkannte, wer hier der Platzhirsch war.

Hunter drehte sich um und beschützte das Kätzchen, während er es mit seinem Kinn streichelte. „Armer kleiner Kerl.“

„Schildpattkatzen sind immer weiblich“, betonte Cruz.

Es war klar, dass ein Tiger so etwas wissen würde.

Hunter streichelte das Kätzchen sanft und konnte sich die Panik und Verwirrung des winzigen Wesens nur allzu gut vorstellen. „Hast du deine Mama verloren?“, flüsterte er und hielt sie fest. „Keine Angst, ich werde nicht zulassen, dass die bösen Männer dich kriegen.“ Er warf Regina Vanderpelt einen Blick zu. „Wir werden dich hier rausbringen, mein Kleines.“

Ich würde mich liebend gern vor all diesen Menschen verwandeln und ihnen eine Lektion erteilen. Die sollten sich besser mit jemandem ihrer eigenen Größe anlegen, knurrte Cruz in seinen Gedanken. *Du weißt schon – unsere Reißzähne zeigen, ein paarmal knurren. Das würde ja schon reichen.*

Auch für Hunter war die Versuchung groß und für seinen inneren Bären sogar noch mehr. Aber er und Cruz wussten es besser, als sich vor Menschen zu verwandeln – er ganz besonders. Die meisten Gestaltwandler genossen ihre Fähigkeit, zwischen ihren Formen zu wechseln, aber ihm war die Freude darüber schon in jungen Jahren herausgeprügelt worden. Die entfernten Verwandten, die ihn nach dem Tod seiner Mutter widerwillig aufgenommen hatten, hatten ihm verboten, sich zu verwandeln.

Dein Vater, hatten sie missbilligend geschimpft.

Sein Vater war halb wilder Grizzlybär und halb Gestaltwandler gewesen, was Hunter die seltene Fähigkeit verlieh, sich bereits als Kind verwandeln zu können, anstatt erst als junger Erwachsener damit anzufangen. Seine Mutter hatte es als einen Segen betrachtet, aber seine in der Stadt lebende Tante hielt es für einen Fluch.

Verwandle dich niemals, wirklich niemals irgendwo, wo ein Mensch dich sehen könnte. Hast du das verstanden?

Die meisten Menschen wussten nichts über die Existenz von Gestaltwandlern. Wenn sie die Wahrheit entdeckten, würden ihre Ängste die Art von wilder Hexenjagd auslösen, die vor Jahrhunderten fast alle Gestaltwandler ausgelöscht hatte.

Verstecke deine Bärenseite. Niemand darf etwas über uns erfahren.

Wenn die Menschen doch nur verstehen würden, dass es gute und böse Gestaltwandler gab, genauso wie es gute und böse Menschen gab.

Lass deinen Bären niemals frei. Wer weiß, wie wild deine innere Bestie sein könnte.

Also hatte er sein Bestes getan, so zu tun, als trüge er keine zweite Seele in sich. Seine Verwandten bestanden darauf und er wollte – ja, musste – es ihnen recht machen. Er hatte sein Bestes getan, um sich anzupassen, aber die ganze Zeit über hatte sein innerer Bär gelitten und geweint.

Bitte lass mich raus. Bitte. Ich verspreche, dass ich brav sein werde.

Sein Leiden erstreckte sich über Jahre, bis eine gütige, alte Eulenwanderin namens Georgia Mae aufgetaucht war und ihn in ihr Waisenhaus nach Maui gebracht hatte. Dort hatte er Kai und Ella, eine verwaiste Fuchsgestaltwandlerin, kennengelernt und sein Leben hatte sich verändert. Georgia Mae erlaubte ihm, sich zu verwandeln. Tatsächlich hatte sie ihn sogar dazu ermutigt und ihre drei Schützlinge in entlegene Teile des Nationalparks mitgenommen. Georgia Mae würde mit Kai am Himmel schweben und Hunter und Ella im Auge behalten, während sie die Welt in ihrer Gestaltwandlerform entdeckten.

Ich bin freeeiiii! hatte sein Bär gebrüllt. Er war herumgesprungen und hatte versucht, alles auf einmal zu beschnuppern. *Ich bin frei.*

Es hatte Jahre gedauert, aber schließlich hatte er begonnen, Georgia Maes Worte zu verinnerlichen. *Du bist, wer du bist. Und du bist wundervoll.*

Aber vor drei Wochen war alles in ihm zusammengebrochen, als er sich in seine Bärengestalt verwandelt hatte, um Dawn zu retten. Der Blick des Grauens auf ihrem Gesicht hatte ihn seitdem verfolgt.

Komm schon, grummelte Cruz in seinen Gedanken. *Lass uns von hier verschwinden. Ich muss nach diesen Leuten hier ein paar Bäume zerkratzen.*

Hunter presste die Lippen zusammen. Er könnte alle Bäume in West Maui zerkratzen, aber das würde ihm nicht dabei helfen, seine Gefährtin für sich zu gewinnen. Aber zu arbeiten würde ihn vielleicht von den Launen des Schicksals ablenken.

Als würde die Arbeit für diesen Rotzlöffel helfen. Cruz zeigte mit einer angewiderten Handbewegung in Richtung Regina Vanderpelt.

Veronica, die persönliche Assistentin, blieb noch eine halbe Sekunde zurück, als ein Mann mit hochrotem Kopf zu ihr geeilt kam.

„Wegen der Änderung, die sie an der Hochzeitstorte vornehmen wollte", fragte der Mann. „Ich meine, die letzte der Änderungen."

„Ja?", seufzte Veronica.

„Wird das die endgültige Version sein?" Er sah sie mit flehendem Blick an.

Veronicas Lippen zuckten ganz leicht. „Lassen Sie es uns endgültig nennen – für den Moment."

„Veronica!", brüllte Regina und stieß einen Mann aus dem Weg. Er war ein großer, stämmiger *Kanaka* – ein gebürtiger Hawaiianer – aber er stolperte und der Wagen, den er vor sich hergeschoben hatte, wäre fast umgekippt.

„Wow. Die kleine Schlampe ist ganz schön stark, was?", murmelte Cruz.

Veronica kniff kurz die Augen zu und eilte dann zu ihrer Chefin hinüber.

Hunter drehte sich um und schnüffelte. Da war es wieder. Dieser Geruch, von dem sich die Haare in seinem Nacken aufstellten, so wie es immer der Fall war, wenn Gefahr lauerte. Noch immer weit weg, aber sich nähernd, wie ihn seine Fantasie glauben machen wollte. Er umarmte das Kätzchen fester.

Lorraine vom Sicherheitsdienst des Resorts sprach erneut. „Mr. Bjornvald, Mr. Khala, ich möchte Ihnen unsere Verbindungsperson zur Polizei von Maui vorstellen."

In dem Moment, als Hunter aufblickte und den Neuankömmling entdeckte, versteifte er sich. Die schönste Frau der Welt kam auf ihn zu. Dawns schwarzes Haar, zum üblichen Zopf geflochten, glänzte in der Sonne und ihre dunklen Augen waren so geheimnisvoll wie eh und je. War sie es wirklich oder wurden seine Träume von Tag zu Tag lebhafter?

Dawn blieb auf der Stelle stehen und starrte ihn an.

„Hunter", flüsterte sie.

„Dawn", murmelte er und genoss den einfachen Akt, ihren Namen auszusprechen.

Lorraine blickte von einem zum anderen. „Sie kennen sich? Großartig. Dann lassen Sie mich Ihnen zeigen, wo wir unsere Sicherheitszentrale für diese Veranstaltung eingerichtet haben." Sie ging los, aber weder Hunter noch Dawn rührten sich.

Cruz räusperte sich. „Dies wäre ein guter Moment für unseren Abgang, Kumpel."

Hunter bewegte sich nicht, aber seine Gedanken rasten. Er wollte wirklich nichts mit dieser extravaganten Hochzeit zu tun haben, noch nicht einmal als Aushilfe. Aber wenn Dawn hier war ...

Wir könnten hierbleiben und in der Nähe unserer Gefährtin sein, flüsterte sein innerer Bär.

Er schüttelte den Kopf. In Dawns Nähe zu sein, würde ihn innerlich töten, weil es ihn an das Happy End erinnerte, das er nie bekommen würde.

Dieser Job wird die Hölle, murmelte Cruz.

Die Brise neckte Hunters Nasenlöcher mit einem weiteren Hauch des Geruchs von Ärger, der sich irgendwo am Horizont zusammenbraute.

Wir müssen hierbleiben, um unsere Gefährtin zu beschützen, sagte sein Bär.

Aber wie real war diese Gefahr? Insbesondere, wenn hierzubleiben bedeutete, dass er sich erneut quälen würde – und auch Dawn quälen würde.

„Kommen Sie?", rief Lorraine über ihre Schulter hinweg.

Cruz schien bereit zu sein, über alle Berge zu rennen. Dawn sah nicht viel glücklicher über den Auftrag aus als Hunter, aber sie streckte ihre Schultern durch und ging los.

„Ich komme."

„Was ist mit Ihnen?" Lorraine zeigte ungeduldig auf Hunter.

Komm schon, Mann. Tu dir das nicht an, murmelte Cruz. *Und tu es mir auch nicht an.*

Hunter schloss die Augen. Warum war das Leben eine Reihe solch schwerer Entscheidungen? Sein Freund oder die Frau, die er nicht haben konnte. Sein Herz oder sein Verstand. Die Pflicht oder das Schicksal.

Er dachte genau eine Sekunde länger darüber nach, bevor er Cruz das Kätzchen reichte. „Kümmere dich um das Kleine für mich", flüsterte er, bevor er seine Stimme hob und Dawn folgte. „Ich komme."

Kapitel 5

Als Dawn an diesem Abend nach Hause kam, war sie erschöpft – von der Sonne, vom stundenlangen Durchsehen der Sicherheitspläne und von endlosen Telefongesprächen. Vor allem aber von der Anstrengung, den ganzen Tag neben Hunter arbeiten zu müssen.

Seine dunklen, traurigen Augen ließen ihr Herz weinen. Seine raue Stimme berührte sie in der Tiefe ihrer Seele und entfachte eine Glut, die sie für längst erloschen gehalten hatte. Bei den wenigen Malen, die sie aneinandergestoßen waren, hatten Tausende sinnliche Funken durch ihre Nerven gesprüht. Aber jedes Mal hatten sie sich schnell voneinander entfernt und die kurzen Gespräche, die sie geführt hatten, waren rein geschäftlich gewesen. Wenn er sie noch ein einziges Mal Officer Meli nannte, würde sie schreien.

Natürlich hatte sie sich das nur selbst zuzuschreiben, denn Hunter war wie immer der zurückhaltende Gentleman gewesen. Sie war es, die sich gezwungen hatte, ihre härteste mentale Rüstung anzulegen und ihm den ganzen Tag lang die kalte Schulter zu zeigen. Das musste sie, wenn sie dieser Anziehungskraft widerstehen wollte, die sie immer wieder zu ihm hinzog. Welche Form von schwarzer Magie Hunter auch immer die Fähigkeit verlieh, sich in einen Bären zu verwandeln, sie musste auf sie abgefärbt haben. Und sie würde ihr widerstehen müssen, bevor es sie auf die dunkle Seite zog.

„Langer Tag?" rief Lily Takeo, ihre Vermieterin, ihr von der Veranda ihres gepflegten, weit oben auf dem Hügel gelegenen Häuschens aus zu.

Dawn nickte. Ein langer Tag, an dem sich die Hitze tief in ihrem Körper angestaut hatte, wie eine ursprüngliche Sehnsucht in ihren Knochen. Allein in Hunters Nähe zu sein gab ihr das Gefühl, sie wäre eine läufige Katze.

Bei der Ironie des Ganzen wollte sie sich am liebsten die Haare ausreißen. Der einzige Mann, nachdem sich ihr Körper sehnte, war insgeheim eine Bestie.

„Langer Tag", wiederholte sie und ging langsam auf das winzige Gästehaus weiter hinten zu. Ihr Zuhause. Ihre Rettungsinsel. Ihre Ecke des Universums, in der sie sich völlig unter Kontrolle fühlen konnte.

Was wahrscheinlich Teil ihres Problems mit Hunter war – in seiner Nähe wollte sie die Vorsicht stets in den Wind schlagen. Wollte sich wild und frei fühlen.

Sie runzelte die Stirn. Das eine Mal, als sie versucht hatte, die Dinge wild und frei laufen zu lassen ... das war nicht gerade gut ausgegangen.

„Hast du was von deinem Verehrer gehört?", fragte Lily.

Dawn biss sich auf die Lippe. Bevor sie die Wahrheit über Hunter herausfand, hatte sie schon lange versucht, den Mut aufzubringen, ihn um eine Verabredung zu bitten. Sie hatte Lily nichts davon erzählt, dass Hunter tatsächlich ein Bär war, weil sie versprochen hatte, sein Geheimnis zu hüten. Und selbst wenn sie dies nicht versprochen hätte, wie hätte sie etwas so Unmögliches erklären sollen?

Ich kann nicht mit dem Mann ausgehen, in den ich die letzten fünfzehn Jahre verliebt gewesen bin. Was wäre, wenn er sich wieder in einen Grizzlybär verwandelt?

Lily – die süße, gutherzige Lily, die in jüngeren Jahren sicher ein verdammt guter Flirt gewesen sein musste – würde dieses kleine Detail wahrscheinlich mit einem Winken ihrer Hände völlig abtun. *So ein netter junger Mann.* Dawn konnte sich vorstellen, wie sich Lily mit einem frechen Lächeln vorbeugen würde. *Und so große Hände. Du weißt aber schon, was man über große Hände sagt, oder?*

Dawn schnaubte. Was würde Lily wohl über Bärentatzen sagen?

„Ich habe es dir doch schon gesagt, Lily. Ich habe mich entschieden, dass ich noch nicht bereit bin." Da, Bitteschön. Eine billige Ausrede. Das sollte funktionieren.

Aber nicht mit Lily. „Schätzchen, es ist an der Zeit, dass du die Vergangenheit hinter dir lässt. Nicht alle Männer sind Tiere."

Dawn konnte sich ihre Antwort kaum verkneifen. *Dieser schon. Buchstäblich.*

„Eine wunderschöne Frau wie du ... ", begann Lily wieder.

Dawn rümpfte die Nase. Genau das war das Problem. Sie zog Männer aus den falschen Gründen an. Niemand sah sie so, wie sie wirklich war.

Außer Hunter, flüsterte die kleine Stimme in ihrem Hinterkopf.

Sie ging schneller, bereit, sich in ihren eigenen vier Wänden zu verstecken, als Lily das Thema wechselte. „Ich wette, dir ist heute Abend nicht nach kochen zumute."

Dawn ließ die Schultern hängen. Nein, das war es tatsächlich nicht.

„Nun, du hast Glück. Erinnerst du dich an den Kochkurs, den ich belege?"

Nein, aber es passte. So wie es schien, war Lily die meistbeschäftigte Witwe im Bundesstaat Hawaii. Diese Frau meldete sich für jeden Kurs und jeden ehrenamtlichen Job auf West Maui an. Vormittage im Tierheim, an den Wochenenden bei der Gartenbaugesellschaft, Abende in der Bibliothek. Lily war immerzu unterwegs und versprühte dabei immer ihre eigene Art von hawaiianischem Sonnenschein und guter Laune.

„Ich habe die netteste Frau in meinem Kochkurs kennengelernt. Und sie hat mich zum Abendessen eingeladen – mich und einen Freund. Du bist der Freund." Lily zwinkerte. „Sie schreibt ein Kochbuch und braucht uns, damit wir ihre Rezepte probieren."

„Wenn sie ein Kochbuch schreibt, warum macht sie dann einen Kurs?"

Lily wedelte mit ihrem Lieblingsfächer herum – der mit einem chinesischen Drachen, der mit einem Tiger kämpfte. „Es ist ein traditioneller hawaiianischer Kochkurs und sie kommt vom Festland. Aus Nevada glaube ich. Oder war es Arizona?" Lily zuckte mit den Schultern. „Irgendeiner von diesen Orten, an denen nichts wächst. Kein Wunder, dass sie nach Maui gezogen ist. Wie dem auch sei, sie ist jedenfalls die beste Köchin im Kurs. Was auch immer sie kocht, es wird mit Sicherheit köstlich sein.“

Abendessen klang wirklich verlockend und das nicht nur wegen des Essens selbst. Dawn musste sich von Hunter und dem ständigen Hin und Her in ihrem Kopf ablenken. Konnte sie ihm vertrauen? Konnte sie es nicht?

„Ich fahre“, fügte Lily hinzu. „Du musst dich nur zurücklehnen und entspannen. Und jetzt leg diese altbackene Uniform ab und zieh dir etwas Nettes an.“

Dawn stemmte die Hände gegen die Hüften. „Altbacken?“ Dies war ihre Polizeiuniform und sie war stolz darauf.

„Altbacken.“ Lily nickte bestimmt. „Nun, husch. Wir fahren in fünfzehn Minuten los.“

Dawn brauchte fast zwanzig, um sich zu duschen, ein rosafarbenes Trägerkleid, ein Tuch in der Farbe ihrer Augen und ihr Lieblingspaar hübscher Sandalen anzuziehen. Die perfekte Methode, ihre innere Polizistin abzuschalten und einfach nur sie selbst zu sein – oder es zumindest zu probieren.

Es war bereits dunkel, als sie in Lilys alternden Toyota stieg, und die Sterne strahlten hell über ihnen. Sie lehnte sich im Beifahrersitz zurück und drehte den Kopf, um die Landschaft vorbeiziehen zu sehen und die frische Nachtluft einzuatmen. Gott, sie liebte Maui.

Lily plauderte über dieses und jenes und fuhr behäbige vierzig Stundenkilometer. Zwanzig Minuten später bog sie um eine weitere Kurve des Honoapi’ilani Highway und setzte den Blinker, um in eine schwachbeleuchtete Privatstraße abzubiegen. „Wir sind fast da.“

Dawn blinzelte, um sich wieder zu konzentrieren, und setzte sich langsam aufrecht hin. Moment mal. Was wollten sie denn hier draußen?

Lily summte, als sie vor einem imposanten Tor mit einem geschwungenen ins Eisenholz geschnitzten Muster zum Stehen kam.

Dawn riss die Augen weit auf. „Moment. Was machen wir denn an Koa Point?“

„Zu Abend essen, Schätzchen", säuselte Lily und streckte die Hand aus dem Fenster, um willkürlich auf ein paar Knöpfe an der Sprechanlage zu drücken. „Hallo?", brüllte sie. „Hallo?"

Auf Dawns Stirn brach Schweiß aus. „Lily ... "

„Leise, Schätzchen. Ich muss diesem Apparat zuhören. Hallo? Ist da jemand? Ich bin es."

Die gute, alte Lily brüllte herum, als wäre sie hier zu Hause, während Dawn sich an ihrem Sicherheitsgurt festklammerte.

„Das kann nicht stimmen. Es muss ein Irrtum sein."

Hunter lebte im Koa Point Estate. Sie konnte dort nicht zum Abendessen hingehen.

Lily tätschelte ihre Hand. „Ich bin mir sicher, dass wir hier richtig sind."

„Hallo Lily." Eine Frauenstimme erklang über die Sprechanlage. „Komm doch rein. Wir treffen euch an der Garage."

Wir? Dawn wollte am liebsten schreien. Wie viele Gestaltwandler lauerten denn auf der anderen Seite dieses Zauns?

Das Tor öffnete sich und Lily fuhr hinein. Dawn drehte sich um und schluckte, als das Tor sich hinter ihnen wieder schloss. „Lily ... " *Dieser Ort ist voller Gestaltwandler*, wollte sie sagen. *Männer, die sich im Handumdrehen in Tiere verwandeln und sich gegenseitig die Kehle herausreißen können.*

„Ach, still, Schätzchen. Es wird toll werden."

Dawn wäre am liebsten in ihrem Sitz versunken. Oder besser noch, sie hätte sich am liebsten die Boxhandschuhe angezogen, die sie im Fitnessstudio hatte. Aber Lily murmelte nur fröhlich vor sich hin, als sie sich umsah.

„Meine Güte, ist das nicht hübsch hier?"

Nun, natürlich war das Anwesen am Meer hübsch. Dawn hatte das Grundstück vor zwei Jahren ein Mal besucht, bevor es in einem Multi-Millionen-Dollar-Geschäft den Besitzer gewechselt hatte. Etwas, worüber jeder auf Maui wochenlang getratscht hatte. Sie wusste genau, wie schön dieses Anwesen war. Aber die Tatsache, dass Hunter dort lebte ...

Eine Eule schrie in den Bäumen. Für gewöhnlich beruhigte sie dieses Geräusch. Aber heute Abend ...

„Wunderbar", rief Lily beim Anblick der geschwungenen mit Hibiskus und Helikonien übersäten Hecken.

Eine gertenschlanke Gestalt mit rotem Haar, das zu einem Dutt gebunden war, winkte Lily zu und umarmte sie, als sie aus dem Fahrzeug stieg. „Ich freue mich so, dass ihr kommen konntet."

„Dawn", rief Lily und sah sich um. Ihre Stimme wurde tiefer, als sie zum zweiten Mal Dawns Namen rief – nicht unbedingt ein Befehl, aber nahe dran. „Steig aus, Dawn, und lerne meine Freundin Tessa kennen."

Dawn quälte sich aus dem Auto und setzte ein Lächeln auf. Ihr Blick huschte von links nach rechts, die Polizistin in ihr war in höchster Alarmbereitschaft.

„Schön, dich kennenzulernen." Tessa schüttelte ihre Hand.

Dawn hatte die Frau im Vorbeifahren gesehen, aber sie waren sich nie vorgestellt worden. Sie musterte Tessa genau, konnte jedoch keine Anzeichen für Fell oder Reißzähne finden. Aber andererseits hätte sie auch nie vermutet, dass Hunter ein Bär sein würde. War diese Frau auch ein Bär? Oder vielleicht ein Wolf, so wie Boone?

„Freut mich ebenfalls, dich kennenzulernen."

Tessa führte sie einen Pfad entlang, der von Tiki-Fackeln beleuchtet wurde, die Schatten flimmern und tanzen ließen. Grillen zirpten und Palmwedel rauschten über ihnen. Alles in allem eine wunderschöne, friedliche Umgebung. Aber Dawns Hand zuckte an ihrer Hüfte und sie wünschte sich, sie trüge noch immer ihre Waffe an ihrer Seite. Natürlich würde ihr eine Waffe nicht helfen, erinnerte sie sich einen Moment später. Der sie angreifende Wolf, vor dem Hunter sie gerettet hatte, hatte bei einer Kugel aus nächster Nähe nicht einmal gezuckt. Sie zitterte trotz der warmen Abendluft und hielt den Atem an, bereit für Ärger aus jeglicher Richtung.

Hunter hat dich gerettet. Die Betonung liegt auf: Gerettet, weinte die kleine Stimme in ihrem Kopf.

Als sie weiterging, erwartete sie trotzdem hinter jeder nächsten Ecke einen Hinterhalt. Die Nacht hatte eine Art an sich, die jeden Schatten und jedes Geräusch zu einer Bedrohung werden ließ, und ihre Nerven lagen blank.

Lily hingegen tanzte in ihrem gewohnt schwungvollen Gang den Weg entlang. Ihr blumengemustertes *Mu'umu'u* hing weitfließend an ihrem Körper hinunter und sie zeigte in diese und jene Richtung. „So hübsche Bougainvilleen. Und schau dir mal den Hibiskus an." Sie steckte sich eine der Blüten ans Ohr, das Symbol von Inselfröhlichkeit.

Dawn folgte ihnen mit angespannten Schultern und steifen Händen, bereit, sich und Lily zu verteidigen. Aber es gab keinen Ärger. Auch nicht weiter den Weg entlang, als Tessa auf ein wunderschönes offenes *Hale* zeigte, das im traditionell hawaiianischen Stil eines Versammlungshauses mit Stroh gedeckt war. Aufgereihte Fackeln beleuchteten die letzten Stufen zu dem offenen Gebäude und ein großer Mann trat aus den Schatten hervor.

Dawn zögerte, aber es war nicht Hunter. Dieser Mann war größer, aber bei Weitem nicht so breit gebaut.

„Das ist Kai", sagte Tessa. Ihr ganzes Gesicht strahlte, als sie ihm auf die Brust klopfte.

„Hi." Er streckte die Hand zu einem freundlichen Händedruck aus. Kein Aufblitzen von Zähnen oder das Klappern gieriger Fänge. Keine hungrigen Blicke, kein rotes Glühen in den Augen. Trotzdem blieb Dawn auf der Hut.

„Aloha", säuselte Lily und tätschelte seinen Arm. Dann zwinkerte sie Tessa zu, als wollte sie sagen: *Ich weiß, dass er dir gehört, aber lass mich einfach ein bisschen träumen, ja?*

Tessa lachte laut los und gab Lily grünes Licht, nach Herzenslust mit ihm zu flirten. Kai versteckte ein Grinsen und nickte Dawn zu. „Wir kennen uns noch aus Schulzeiten. Es scheint eine Ewigkeit her zu sein, nicht wahr?"

„Allerdings", murmelte sie. Hunter war nicht allzu weit von ihr entfernt auf der Hana-Seite von Maui aufgewachsen – zusammen mit ein paar anderen Kinder in einem Waisenhaus, das von einer exzentrischen alten Frau namens Georgia Mae geführt worden war. Kai war ein oder zwei Jahre älter und ein schüchternes Mädchen namens Ella hatte ebenfalls dort gelebt. Genau wie Hunter war auch Kai seit seiner High-School-Zeit deutlich gewachsen. Seine einst dünnen Schultern und Arme waren nun stark und muskulös. Sein Oberkörper ging in einem perfekten V in seine Hüften über. Sie hatte Kai in letzter

Zeit öfter gesehen, obwohl sie nie vermutet hatte, dass er ein Gestaltwandler war. Welche Art er wohl war?

„Das ist Boone", fuhr Tessa fort, als ein weiterer großer, muskulöser Mann ins Licht hereintrat.

Dawn holte tief Luft. Boone war an dem Tag dabei gewesen, an dem alles passiert war – an dem Tag des Kampfes, der ihr offenbart hatte, was diese Männer wirklich waren. Boone hatte gestanden, ein Wolf zu sein. Cruz, so hatte er erklärt, war ein Tiger. Dawn sah sich um und war dankbar, dass Cruz nicht da war.

Lily ließ frech ihren Fächer aufschnappen und klimperte mit ihren Wimpern. „Aber hallo, Boone", hauchte sie und zog die Vokale lang.

„Hi." Er grinste.

Lily fächelte sich schneller Luft zu.

„Ich bin Nina." Eine hübsche Brünette schüttelte Lily die Hand. Ihr Lächeln war aufrichtiger und freundlicher, als Dawn es je gesehen hatte. Nina war diejenige gewesen, die darum gebeten hatte, Hunter und den anderen eine Chance zu geben, sich zu erklären.

Ich verstehe es auch nicht alles, hatte Nina gesagt, als sie an diesem Tag inmitten des Gemetzels eines Gestaltwandlerkampfes gestanden hatten. *Aber eine Sache ist mir völlig klar und ich weiß, dass sie Ihnen auch klar sein muss. Das hier sind nicht die Verbrecher, Officer. Bitte lassen Sie uns hören, was sie zu sagen haben.*

Dawn hatte gezögert, aber ja. Sie hatte ihnen zugehört. Sie war allerdings noch immer erschüttert von dem, was sie gehört hatte.

„Wir warten nur noch auf eine weitere Person." Tessa sah sich um. „Oh, da bist du ja, Hunter", sagte sie beiläufig, als Kai ihn mit festem Griff aus dem Halbschatten zerrte.

Dawns Knie schwankten. Ihre Finger zuckten. Dann richtete sie sich zu ihren gesamten ein Meter siebzig auf und zwang sich, zu antworten. Verdammt noch mal, sie war Polizistin Dawn Meli von der Polizei von Maui. Sie würde kein Opfer ihrer eigenen Ängste werden.

„Hallo, Hunter", murmelte sie.

„Oh, ihr kennt euch?", rief Lily und freute sich wie eine Schneekönigin.

Dawn warf der älteren Frau einen misstrauischen Blick zu.

Hunter schien genauso geschockt, wie Dawn sich fühlte. Als er ihr die Hand schüttelte, formten seine Lippen ihren Namen, aber es kam kein Ton heraus. Er räusperte sich laut und wandte sich dann leise an Lily: „Freut mich, dich kennenzulernen."

Dawn presste die Lippen zusammen. Trotz der Tatsache, dass Hunter zu einem großen, starken Koloss von einem Mann herangewachsen war, gab es immer noch Momente, in denen das schüchterne, schlaksige Kind der Vergangenheit durchschien.

Der gute alte Hunter, seufzte eine kleine Stimme in ihrem Kopf.

Sie unterdrückte ein inneres Schnauben. Wenn der gute alte Hunter nur kein Bär wäre.

„So ein netter junger Mann." Lily zwinkerte über den Rand ihres Fächers hinweg.

Dawn runzelte die Stirn. Wurde wirklich von ihr erwartet, dass sie ein ganzes Abendessen mit ihm durchstand?

Hunter starrte sie an und sie machte sich gefasst. Es passierte schon wieder. Diese geheimnisvolle Kraft, gegen die sie den ganzen Tag angekämpft hatte, wirbelte um sie beide herum und versuchte, sie näher an ihn zu ziehen. Es hatte sie all ihre Willenskraft gekostet, sich bei der Arbeit von Hunter fernzuhalten, aber jetzt war sie müde. So, so müde. Ihre Sicht verschwamm ein wenig, bis sie nur noch sein Gesicht und die flackernden Fackeln im Hintergrund sehen konnte.

Auch Hunters Augen waren verträumt, bis er zusammenzuckte, hinunter auf seine Füße schaute und damit den Bann zwischen ihnen brach.

Dawn sank auf ihre Fersen zurück und blinzelte zu dem Kätzchen hinunter, das aus den Schatten herausgeschlichen kam. Es schlängelte sich zwischen Hunters Beinen hindurch und miaute laut.

„Hoppla, *Keiki*", murmelte er, schnappte es sich und kraulte es zwischen den Ohren.

Keiki bedeutete *Kind*. Lily seufzte beim Anblick eines solch großen Mannes, der ein winziges Fellknäuel in der Hand hielt, und Dawn hätte es fast auch getan.

„Brauchst du etwas Milch?", flüsterte Hunter und trug das Kätzchen in den Küchenbereich des Gebäudes.

„Beruhige dich, mein schlagendes Herz", murmelte Lily und fächelte sich doppelt so schnell Luft zu.

Dawn atmete aus und konzentrierte sich wieder. Gott, sie hoffte, sie würde Hunter am Tisch gegenübersitzen und nicht direkt neben ihm. Sonst würde sie möglicherweise zum Schluss auf seinem Schoß enden und genau wie dieses Kätzchen schnurren.

Sie sah sich um und versuchte, wachsam zu bleiben. Das Gebäude bestand aus einem riesigen, offenen Raum, genau wie die anderen traditionellen *Hale*, die sie kannte. Allerdings gab es hier an einer Seite eine voll ausgestattete Küche und auf der anderen einen Wohn- und Essbereich, komplett mit Sofas und etwas, das wie die gemütlichste Leseecke der Welt aussah. Keinerlei Anzeichen für irgendwas Ungewöhnliches, wie Schädelknochen oder Trophäen von Opfern, wie ihre Fantasie ihr hatte weismachen wollen. Alles war völlig normal – zumindest, wenn man ein Milliardär wäre.

Sie blickte zu Hunter hinüber, der beim Kühlschrank über dem Kätzchen kniete, und dann zu den anderen Männern. Schließlich sah sie zu dem auf einer Anhöhe gelegenen Haupthaus auf. Die Gerüchteküche von Maui war übergekocht, als Koa Point ein paar Jahre zuvor verkauft worden war, aber niemand hatte den neuen Besitzer eindeutig identifizieren können.

Ein Mann der seine Privatsphäre schätzt, hatten die Zeitungen den Anwalt zitiert, der dabei geholfen hatte, das Multi-Millionen-Dollar-Geschäft zu besiegeln.

Sie hatte vorher noch nie viel darüber nachgedacht, aber jetzt rasten ihre Gedanken. War der Besitzer auch ein Gestaltwandler? Vielleicht ein Zauberer? War er einer der Männer hier? Aber sie verwarf diesen Gedanken sofort. Wer auch immer der Besitzer war, jeder wusste, dass er Maui nur selten besuchte. Hunter und seine Freunde waren allesamt Veteranen einer Spezialeinheit, die den besten Deal der Insel an Land gezogen hatten - sich um das Anwesen zu kümmern.

Sie drehte sich langsam um und fragte sich, wo Hunter wohl wohnte. Dann entdeckte sie zwischen den Bäumen in Strandnähe, dort wo die Meeresbrandung heranrollte, die Spitze eines herausragenden Daches. Aber soweit sie sich erinnern konnte, hasste Hunter das offene Meer, also bezweifelte sie, dass er so nahe am Strand leben würde. Wohnte er in einer Wohnung über der Garage oder in einem anderen Teil des Anwesens?

„Kann ich euch ein Getränk anbieten?", riss Nina Dawn aus ihren Gedanken. „Wein? Bier?"

„Ein Wasser, bitte", sagte Dawn entschlossen und faltete ihre Serviette zu immer kleineren, perfekt ausgerichteten Quadraten.

Als das Abendessen in vollem Gange war, studierte sie die anderen aus dem Augenwinkel. Aber egal, wie genau sie den Ort oder seine Bewohner unter die Lupe nahm, sie konnte nicht einmal den Hauch einer Spur von etwas finden, wovor sie sich fürchten sollte. Im Gegenteil, es war alles so normal. Die Konversation war lebhaft. Das Lachen war echt. Alle wechselten sich mit dem Reden und Zuhören ab, ohne dass jemand die Situation beherrschte – außer Lily, die Witze machte und unverschämt mit den Männern flirtete.

„Ach du meine Güte. Das ist so lecker." Lily schmatzte nach ein paar Bissen mit den Lippen. „Das Essen, meine ich. Nicht die Aussicht." Sie zwinkerte Boone zu.

Dawn hatte soeben das Taroblatt geöffnet, das um ihr Schweinefleisch und den Barsch gewickelt war, und der erste Bissen zerging ihr regelrecht auf der Zunge.

Kai stöhnte laut auf und Boone leckte sich die Finger. „Ernsthaft, Tessa. Du hast dich selbst übertroffen."

Tessa grinste. „Ihr Jungs würdet doch alles essen, aber ich freue mich, dass es unseren Gästen ebenfalls schmeckt."

Dawn musste zustimmen. „Es ist fantastisch."

„Es schmeckt wie *Laulau*, aber etwas anders", sagte Lily.

„Ich habe es erst gedämpft und dann ein paar Minuten lang auf dem Grill gebraten. Nicht schlecht, oder?"

Dawn schaute sich weiter um und versuchte, einen Hauch von etwas Bösem oder einen Schatten schwarzer Magie zu entdecken, aber es schien nichts dergleichen zu geben. Vielleicht waren diese Gestaltwandler wirklich nur … normale Menschen. Oder so normal, wie Gestaltwandler eben sein konnten. Sie waren alle freundlich. Warmherzig. Aufrichtig.

„Boone hat einmal versucht zu grillen", begann Kai zu erzählen und machte sich über seinen Freund lustig.

„Ja, einmal." Boone lachte.

„Ha. Meine Schwester und ich wollten unseren Vater überraschen …" Das Lachen strahlte in Tessas Augen, als sie eine Geschichte über einen schiefgelaufenen Vatertag erzählte.

„Sonntags haben meine Mutter und ich immer Pfannkuchen gegessen", fügte Nina mit einem wehmütigen Lächeln hinzu.

„Ich glaube, Pfannkuchen-Sonntag ist genau das, was wir hier am Koa Point brauchen", murmelte Boone und griff nach ihrer Hand.

Koa, dachte Dawn. Der hawaiianische Name für die widerstandsfähigste Holzart war auch der Name für eine Eliteklasse von Kriegern. Das passte perfekt zu Hunter, Kai und Boone, aber jeder von ihnen hatte auch eine weichere, sanftere Seite an sich.

„Das war so lecker." Kai erhob sein Glas auf Tessa.

Seine Stimme war voller Zuneigung und Dawn konnte Tessa strahlen sehen. Ihre Liebe war so offensichtlich wie der Glanz in Boones Augen, wenn er Nina ansah.

Du könntest das auch haben, sagte die kleine Stimme in ihrem Kopf. *Liebe. Respekt. Zuneigung. Vertrauen.*

Sie sah Hunter an. Wenn es je einen Mann gegeben hatte, bei dem sie versucht gewesen war, ihm zu vertrauen, dann war er es. Aber er hatte bereits eine erschreckende Offenbarung enthüllt. Welche Geheimnisse könnte er noch vor ihr verbergen?

Hunters kaffeebraune Augen begegneten ihren mit einem Ausdruck, der so wehmütig war, dass sie fast nach seiner Hand gegriffen hätte. Die Kerze, die zwischen ihnen stand, flackerte mit einem warmen, gelben Schein. Irgendwo in der Ferne brachen die Wellen über dem Sand und eine leichte Brise ließ das

Reetdach über ihnen flüstern. Wirklich flüstern, so als würde es mit ihr sprechen.

Er. Hunter. Er ist der Richtige.

Die Grillen, die draußen zirpten, schienen dasselbe zu sagen und die Vögel taten es ebenfalls. So als wollte die Gesamtheit von Mutter Natur, dass sie eine ganz einfache Sache verstand.

Dies ist ein guter Mann. Du kannst ihm vertrauen. Er ist der Richtige.

Sie versuchte, den Gedanken zu verdrängen. Es konnte genauso gut auch die Stimme einer dunklen, finsteren Macht sein, die versuchte, ihr ein falsches Gefühl der Sicherheit zu vermitteln.

Ein Windhauch löschte die Kerze fast aus, aber dann streckte sich die winzige Flamme wieder in die Höhe. Sie strahlte hell und drängte die Dunkelheit der Nacht zurück.

Dawn starrte über die Flamme hinweg und blickte Hunter tief in die Augen. Verdammt, es war so schwer, in der Nähe eines Mannes auf der Hut zu bleiben, der diese *Ich werde dich für immer verehren*-Schwingungen ausstrahlte. Sie hatte einen sechsten Sinn für Ärger, aber alle ihre inneren Alarmglocken waren still. Wie konnte Hunter vom Bösen geleitet werden, wenn er sie doch ausschließlich gut fühlen ließ?

Soweit es Dawn betraf, hätten die anderen Gäste den Tisch genauso gut alle verlassen haben können. Sie saß dort, taub und stumm für alle anderen. Aber in ihrem Inneren wurde ihr Körper heiß und sang.

Hunter. Er ist der Richtige.

Hunters lange, dunkle Wimpern bewegten sich kaum, so sehr war er in sie vertieft. Dawn fühlte sich schwindelig, als sie ihm in die Augen starrte. Berauscht. So, wie sie nur die sinnlichsten Hula-Darbietungen faszinierten. Die Art, die nachts an einem Strand mit schwingenden Hüften, nackten Bäuchen und *Pahu*-Trommeln in einem wilden Rhythmus aufgeführt wurden.

Vielleicht war er wirklich der Richtige. Vielleicht konnte sie ihm doch vertrauen.

„Dawn", rief jemand, aber das Geräusch war entfernt, so als hätte es jemand am Ende eines langen Tunnels gerufen.

„Dawn.“

Dawn räusperte sich knapp und entzog sich Hunters festem Blick. „Wie war die Frage?“ Sie griff nach ihrem Wasserglas und trank einen riesigen Schluck.

„Ich sagte: Erzähl uns von dieser Promi-Hochzeit“, drängte Lily.

„Nun ...“, sagten Dawn und Hunter gleichzeitig.

Lily klatschte. „Oh, ihr arbeitet zusammen? Wie schön!“

Seltsam, dass Lily nicht im Geringsten überrascht zu sein schien. Dawn wollte auf dem Heimweg ein ernstes Gespräch mit ihr führen.

Alle anderen starrten sie erwartungsvoll an. Hunter musterte seine Gabel. Dawn räusperte sich – noch mal.

„Ist diese Regina Vanderwieauchimmersieheißt so schlimm, wie alle sagen?“, fragte Lily.

Sie alle lehnten sich für die saftigen Details nach vorn, während Dawn nach Worten suchte.

„Nun ich schätze, viele Bräute stehen unter Stress“, schaffte sie es, zu sagen. Da, bitteschön. Das klang doch diplomatisch, oder?

Kai schnaubte. „Es gibt gestresste Bräute und es gibt verwöhnte Gören. Ich habe heute ihren Fotografen geflogen, um ein paar Luftaufnahmen zu machen. Und als er ihr die Ergebnisse zeigte, hätte sie ihm die Kamera fast aus der Hand geschlagen. Sie zwang ihn, erneut loszufliegen, und sagte – ich zitiere – Stellen Sie sicher, dass es dieses Mal nicht so windig aussieht.“

„Ich bin froh, dass ich mich doch nicht entschieden habe, bei der Cateringfirma zu arbeiten“, sagte Tessa. „Was war dein Eindruck von ihr, Hunter?“

Das Kätzchen war auf seinen Schoß gesprungen und er streichelte es, während er über eine Antwort nachdachte. „Ich glaube, ich habe nicht viel von ihr mitbekommen.“

Dawn zog die Augenbrauen hoch und bewunderte seine Zurückhaltung. Wo war das wütende Tier jetzt, das sie vor ein paar Wochen gesehen hatte? Als der Wolf sie angegriffen hatte, hatte sich Hunter in eine rasende Bestie verwandelt. Kam die tierische Wut aus dem Nichts und nahm von Zeit zu Zeit seinen Körper in Besitz?

Eine Eule schrie und alle wurden still, als sie dem gedämpften Ruf lauschten.

„*Pu'eo*", flüsterte Lily.

Nina neigte fragend den Kopf.

„*Pu'eo* bedeutet Eule", erklärte Dawn.

„Wo ist sie?", fragte Tessa und verrenkte sich den Hals.

Kai zeigte in eine Richtung, aber Dawn zeigte nach oben. „Hört genau hin. Sie wird gleich über das Dach fliegen."

Alle Köpfe folgten dem Geräusch der Flügelschläge über ihnen.

„Wow. Woher wusstest du denn, was sie machen würde?", fragte Nina.

Dawn zuckte mit den Schultern. Manche Dinge spürte sie einfach. Wenn sie doch nur Gestaltwandler so lesen könnte, wie sie Vögel lesen konnte.

„*Pu'eo* ist Dawns *Aumakua*", sagte Lily.

Nina neigte den Kopf. „Auma-was?"

Dawn sah Lily an. *Aumakua* waren schwierig zu erklären, besonders für jemanden, der nicht auf den Inseln aufgewachsen war.

„Ahnengeist", überraschte Hunter sie mit einem Flüstern. „Wie ein Familiengott."

„Die Eule ist ein Beschützer", sagte Lily.

Hunters Blick fiel auf Dawn und schien etwas zu kommunizieren, das so aussah wie: *Ich werde dich beschützen.*

Das hatte er. Er hatte sie gerettet. Zweimal schon. Einmal bei einem hässlichen Vorfall an der High-School, an den sie sich lieber nicht erinnerte, und dann noch einmal vor ein paar Wochen, als der Wolf ihre Kehle nur um Haaresbreite verfehlt hatte.

„Hast du auch ein *Aumakua*, Lily?", fragte Tessa.

„Sicher. Die meisten Menschen mit Wurzeln auf den Inseln haben eins. Meins ist das *Pua'a* – das störrische, alte Schwein." Sie kicherte. „Dawn hat Glück. Ich schwöre, sie hat die Nachtsicht einer Eule."

Dawn hielt ihre Lippen versiegelt. Es stimmte, aber im Vergleich zu ihren Gastgebern schien das nicht viel zu sein. Sie konnten sich in Tiere verwandeln, um Himmels willen!

„Welche anderen *Aumakua* gibt es noch?", fragte Tessa.

„Oh, es gibt viele. Fledermäuse. Haie. Drachen ... "

„Drachen?" Tessa riss die Augen weit auf.

„Sicher." Lily fächelte sich lässig Luft zu. „Man kann sie sogar von Zeit zu Zeit sehen."

Tessa verschluckte sich an ihrem Wasser. „Tatsächlich?"

Kai nickte. „Es gibt einen drüben auf Molokai."

Lily schüttelte den Kopf. „Das ist nur eine Form, die die Natur in den Fels gehauen hat. Es gibt auch echte Drachen. Wir nennen sie *Mo'o*. Ich habe sie nachts über West Maui fliegen sehen."

Jetzt war Kai derjenige, der sich verschluckte. Tessas Augen leuchteten grün in der gleichen Farbe wie der Anhänger an ihrem Hals.

„Ja, es ist wahr", fuhr Lily fort. Sie war so fröhlich, wie man nur sein konnte. „Es gibt ein paar in der Gegend."

Dawns Augen wurden riesengroß, als sie Tessa und Kai ansah. Konnte es wirklich sein?

„Aber keine Sorge", sagte Lily mit einem verschmitzten Lächeln. „Sie scheinen mir nette Drachen zu sein."

Kapitel 6

„Lily", ermahnte Dawn die ältere Frau, nachdem das Abendessen ausgeklungen war und sie auf dem Weg zurück zum Auto waren. „Warum in aller Welt hast du so etwas gesagt?"

„Was meinst du, Schätzchen? Oh, meinst du etwa die Bemerkung über Kais Bizeps? Findest du den nicht auch beeindruckend?"

Dawn schüttelte den Kopf. Lily hatte an diesem Abend einen Riesenspaß gehabt, hatte geflirtet und die Männer mit ihren offenkundigen Blicken auf Oberkörper und starke Arme zum Erröten gebracht. Aber das war es nicht, was Dawn meinte. „Ich meine die Sache mit den Drachen."

Lily klimperte unschuldig mit den Wimpern. „Was ist damit?"

Dawn seufzte und trat einen Schritt zurück. Man konnte nicht vernünftig mit dieser Frau reden – insbesondere jetzt nicht, da sich Tessa ihnen von hinten näherte.

„Vielen Dank, dass ihr heute Abend vorbeigekommen seid", sagte Tessa.

„Oh, ich hatte einen wundervollen Abend." Lily strahlte. „Du nicht auch, Dawn?"

Sie nickte. „Das Abendessen war fantastisch. Vielen Dank."

Und sie meinte es auch. Drachen, Bären und Wölfe beiseite, Dawn musste zugeben, dass der Abend überhaupt nicht so war, wie sie es befürchtet hatte. Der Pazifik hatte ihnen eine dieser herrlichen, sternenklaren Nächte beschert, in denen alles friedlich und heiter erschien. Das Essen war göttlich gewesen und die Gesellschaft nett. Wirklich nett. Wer hätte gedacht, dass ein Abendessen mit einer Gruppe von Gestaltwandlern ein so angenehmes Erlebnis sein könnte?

Und verdammt. Was sagte es denn über ihr Sozialleben aus, dass ihr bester Abend in den letzten paar Jahren einer war, den sie mit einer flirtenden Siebzigjährigen und einer Gruppe von Leuten verbracht hatte, die alle ihre wilde, tierische Seite verbargen?

Sie war sich zwar immer noch nicht sicher, was sie von Hunter und seinen Freunden halten sollte, aber die Ängste, die ihren Herzschlag auf dem Weg hierher in die Höhe getrieben hatten, waren so gut wie verschwunden. Aber das war nun egal – sie hatte den Abend überlebt. Es wurde spät und sie musste morgen früh arbeiten. Ein weiterer Tag im Kapa'akea Resort, was seine Vor- und Nachteile hatte. Der Vorteil war, Hunter wiederzusehen. Der Nachteil war … nun, Hunter wiederzusehen. Dieser Mann brachte einen Teil in ihr dazu, ihre eigene Selbstbeherrschung abschütteln und in den Wind schlagen zu wollen.

Sie waren schon fast beim Auto angekommen, als Lily bestürzt die Hände in die Luft warf. „Oh, meine Handtasche! Schätzchen, kannst du sie für mich holen?"

Dawn drehte sich um und ging den Weg zurück. Dabei strich sie mit den Händen über die Awapuhi, die an beiden Seiten wuchsen. Es war dunkel, aber sie konnte jedes geschwungene Blütenblatt der Ingwerblüten ausmachen. Sie verschränken sich ineinander, eines schmiegte sich an das andere und jedes Blütenblatt krümmte sich dem Nachthimmel entgegen. Dawn neigte ihr Kinn nach oben, um die Sterne zu mustern. Der Große Hund stand hoch am Himmel und Sirius, der Hundestern, schien besonders hell. Dann kam Zwilling und daneben … ihre Schritte stockten. Das war der Große Bär. Wächter des Nachthimmels oder ein getarnter Jäger?

Sie war so in Gedanken versunken, dass sie fast gegen einen Baumstamm gelaufen wäre. „Hoppla."

Nur, dass es gar kein Baumstamm war. Es war Hunter. Er grunzte und stützte sie ab, bevor er sie schnell wieder losließ.

„Entschuldigung", murmelte er und trat schnell zurück.

„Entschuldigung", schluckte sie und dachte daran, wie seltsam es war, dass er so flatterhaft in ihrer Nähe war. Sie sollte doch die Flatterhafte sein, oder nicht?

Dann traf sie eine Erkenntnis. Die ganze Zeit hatte sie sich Sorgen gemacht, dass Hunter ihr wehtun könnte, während sie es in Wirklichkeit war, die ihm wehtat. Armer Hunter – so groß und mächtig er auch war, ein Teil von ihm war noch immer der einsame Junge, der nie wirklich dazugehören würde. Und in den letzten paar Wochen war sie genauso kalt und distanziert gewesen wie die Kinder in der Schule, als Hunter damals noch neu in der Nachbarschaft gewesen war. Sie ließ den Kopf leicht hängen. Hunter war immer nur nett zu ihr gewesen. Warum konnte sie sich nicht dazu durchringen, ihm zu vertrauen?

Er hielt ihr etwas hin und streckte seinen Arm weit aus, damit sie nicht zu nahekommen musste. „Lily hat die hier vergessen."

Dawn atmete tief ein. Sie könnte die Handtasche einfach nehmen und gehen. Aber wie sollte sie den schmerzverzerrten Blick in seinen Augen ignorieren?

„Hunter", flüsterte sie, ignorierte die Handtasche und griff langsam nach seinem Arm. Er war so dick wie ein Baumstamm und doch überraschend weich mit winzigen Haarlöckchen. Sie bewegte ihre Hand leicht auf und ab, fasziniert von seiner Größe. Sie fragte sich, wie es sich wohl anfühlen würde, Bärenfell zu berühren.

Er sagte nichts und bewegte sich nicht, obwohl seine Nasenlöcher bebten.

Ihre taten es ebenfalls, denn verdammt. Er roch so gut. Wie Maui. Wie Koa, das härteste Holz von allen.

„Es tut mir leid, dass ich so ... so ... " Sie suchte nach Worten. Grausam? Gemein? Kalt gewesen bin? „... distanziert gewesen bin", entschied sie. „Ich bin nur ... "

„Nicht deine Schuld", murmelte er.

Sie sah ihn an. Es war auch nicht unbedingt seine Schuld. Wenn er den Wolf, der sie angegriffen hatte, nicht aufgehalten hätte, wäre sie jetzt tot.

„Du hast mich gerettet. Erneut." Vielleicht spielte es keine Rolle, dass er es in seiner Bärenform getan hatte. So oder so hatte er sein eigenes Leben riskiert, um sie zu verteidigen.

Man kann einen Mann seinen Taten nach beurteilen, nicht seinen Worten nach, hatte Lily einst gesagt.

Hunter winkte mit der Hand ab, als wäre es nichts.

„Es ist nur so, dass ich nie vermutet hätte ... " Ihre Worte verstummten. Was genau versuchte sie zu sagen?

„Kein Problem. Ich verstehe es." Er bot ihr einen leichten Ausweg. Sie musste lediglich Lilys Handtasche greifen, ihm danken und selbstbewussten Schrittes davongehen. Er würde die Botschaft verstehen und sie ein für alle Mal in Ruhe lassen.

Aber sie wollte nicht, dass er sie in Ruhe ließ. Nicht in ihrem Herzen, nicht in ihrer Seele. Anstatt sich also umzudrehen, ließ sie ihre Hand hinaufgleiten, an seinen Ellbogen vorbei und zu seinen Schultern hoch. Sie versuchte, sich mit der Vorstellung zu versöhnen, dass das Tier in ihm ein genauso sanfter Riese sein könnte wie der Mann.

Aber ihr Herz raste und ihre Finger zitterten leicht.

Hunters braune Augen leuchteten im Dunkeln, aber er zuckte nicht zusammen.

„Ich verstehe es nicht", flüsterte sie und näherte sich. „Wie kommt es, dass ich in deiner Gegenwart nicht klar denken kann?"

Sein linker Mundwinkel zog sich nach oben. „In deiner Nähe konnte ich das auch noch nie. "

Ihr rechter Fuß trat vor und ihr linker folgte, ohne dass es ihr bewusst war. Und plötzlich stand sie ganz dicht vor ihm. Sie näherte sich ihm langsam, so als würde sie in ein warmes Bad eintauchen.

Ihr Blut kribbelte und tanzte in ihren Adern. Ihre Atmung kam in zittrigen, ungleichmäßigen Wellen. Stand sie wirklich so nahe bei Hunter?

Einen Augenblick später riss sie die Augen auf. Denn sie stand nicht nur nahe bei Hunter. Sie küsste ihn. Zärtlich. Sanft. Sie suchte mit ihren Lippen nach ihm. Ihre Hände suchten ihn ebenfalls und schlangn sich um seinen Hals. Fast so als hätten sie sich schon hundertmal geküsst, obwohl sie es in Wirklichkeit nur ein einziges Mal im Leben getan hatten.

Aber Hunter zu küssen – einen Bärengestaltwandler ... War sie verrückt geworden?

Vielleicht war sie es, weil, wow – sie genoss es. Das weiche, geschmeidige Gefühl seiner Lippen. Die Ahnung von etwas

Kraftvollem, das in ihm schlummerte und sorgfältig angeleint war. Sie drängte sich nah genug an ihn, um den Schlag seines Herzens zu spüren. Ein tiefer, gleichmäßiger Schlag, der Hunter perfekt repräsentierte. Fest und doch zerbrechlich. Ruhig und doch mächtig. Seine Lippen bewegten sich kaum über ihren, aber ihre Seele tanzte.

Gott, das fühlt sich so gut an, wollte sie seufzen.

Sie schlang ihre Arme um seine Schultern – nun, sie konnte es angesichts ihrer Breite nur versuchen – und lehnte sich tiefer in den Kuss. Ein ausgedehnter Kuss, so als würde man durch Felder von Blumen springen. Das Gefühl, nach sehr langer Zeit nach Hause zu kommen.

Wäre Hunters griff etwas fester oder seine Lippen fordernder gewesen, hätte sie ihn vielleicht von sich gestoßen. Aber seine Berührung war so sanft, dass sie einfach nur mehr wollte. Mehr, als sie sich jemals zu wünschen gewagt hätte.

„Dawn ... “, murmelte Hunter.

Sie summte, weil es sich so gut anfühlte, ihn ihren Namen sagen zu hören. *Officer Meli* war für Fremde. Hunter war ein Freund.

„Dawn ... “, flüsterte er und zog sich sanft zurück.

Wäre nicht das Flattern eines Vogels über ihnen gewesen, hätte sie vielleicht für immer an seinen Lippen geklebt. Sie atmete scharf ein und starrte ihn an. Wollte er nicht, was sie wollte?

Der Blick in Hunters Augen verriet ihr, dass er sie genauso verzweifelt begehrte wie sie ihn. Aber wie immer hielt ihn etwas zurück. Er streichelte mit den Händen über ihre Schultern und zog sie in eine Umarmung. Eine lange, enge Umarmung, so wie man jemanden umarmt, den man jahrelang vermisst hat.

„Dawn“, flüsterte er und lehnte seinen Kopf an ihren.

Sie holte tief Luft und atmete seinen würzigen Duft ein, während sie ihre Hände in sein Hemd klammerte. Verdammt – sie hatte für eine Minute völlig die Kontrolle verloren. Vielleicht war sie ja diejenige mit einer animalischen Seite.

„Gott, Hunter. Erinnerst du dich an den Kuss unter dem Wasserfall?“

Sie war sechzehn und er war siebzehn gewesen. Niemand außer ihnen war noch an der lokalen Badestelle zurückgeblieben. Das Planschen und Spielen hatte sich irgendwie zu Berührungen und Umarmungen gewandelt und als sie sich küssten, hatte sie das Gefühl, den Himmel zu sehen.

Er nickte. „Dieser Kuss hat mir in … ähm, in vielen schwierigen Momenten Kraft gegeben."

Sie strich mit der Hand über eine Narbe auf seinem Unterarm. Welche schrecklichen Dinge hatte er wohl in all den Jahren an weitaus weniger friedlichen Orten als Maui gesehen oder getan?

Sie schloss ihre Augen und erinnerte sich bis ins kleinste Detail an diesen Kuss. Der Geschmack seiner Lippen. Das Gleiten seiner Hände über ihre Rippen. Die Art, wie sie zueinanderpassten, als wären sie füreinander geschaffen worden. Als sich ihre Lippen voneinander lösten, hatten sie sich stundenlang in die Augen gesehen. Zumindest hatte es sich so angefühlt. Dann hatte eine neue Besuchergruppe in den Büschen geraschelt und sie waren schnell auseinandergehuscht.

„Warum hast du dich danach nicht mehr mit mir getroffen?", fragte sie. Sie hatten sich geschworen, sich am nächsten Tag wiederzusehen, aber Hunter war nicht aufgetaucht.

Sein Blick fiel nach unten und er kratzte mit dem Fuß über den Boden.

„Was?" Sie packte seinen Arm.

„Dein Vater. Dein Vater hatte es herausgefunden. Er kam an diesem Abend zu meiner Pflegemutter nach Hause und machte einen riesigen Aufstand."

Mit offenem Mund trat sie einen Schritt zurück. „Mein Vater?"

Hunter nickte. „Er sagte, wenn ich dir je näher als einen Meter käme, würde er mich verhaften lassen."

Dawn schüttelte den Kopf. Ihr Vater war ein gebrechlicher Schwächling und selbst mit siebzehn Jahren war Hunter ein großer Junge gewesen. Aber andererseits war ihr Vater der Bezirksstaatsanwalt und sie konnte sich vorstellen, wie leicht er jemandem wie Hunter drohen konnte – einem Kind für das sich niemand einsetzte, außer der exzentrischen alten Frau, die sich um ihn kümmerte.

Sie lehnte ihren Kopf gegen Hunters Schulter und rollte ihn hin und her. Ihr Vater war derjenige gewesen, der sie ermutigt hatte, mit Clive, dem Kapitän der Footballmannschaft, auszugehen. Clive, der ...

Sie riss ihre Gedanken von Clive los, so wie sie es immer tat. Und was ihren Vater betraf ... hatte er sich wirklich nicht als Menschenkenner erwiesen.

„Mein Vater war ein Arschloch.“

Hunters Brust hob und senkte sich, aber er sagte nichts.

Ich habe dich vermisst, wollte sie sagen. *Ich habe dich so viele Jahre lang vermisst. Und als ich dachte, dass ich endlich bereit wäre, mich dir zu nähern, hast du dich ...*

Sie war außer sich gewesen, als er sich in einen Bären verwandelt hatte. Dawn starrte auf ihre Füße hinunter.

„Dawn! Kommst du?“ Lilys Stimme schallte durch die Nacht.

Sie stieß einen langen, unruhigen Atemzug aus und wich langsam zurück, während sie ihm die Handtasche aus der Hand nahm. „Ich sollte besser gehen.“

Hunter nickte still, obwohl sich sein Kehlkopf bewegte. War das Hoffnung oder Ablehnung in seinen Augen?

Dawn drehte sich auf dem Absatz um und tat ihr Bestes, nicht loszurennen. Sie konnte seine Augen die ganze Zeit auf sich spüren.

„Bis bald?“, murmelte sie, unfähig, einem Blick zurück zu widerstehen.

Sein Lächeln war gezwungen und er hatte seine Hände tief in seine Taschen geschoben. „Bis bald.“

Sie wollte sich am liebsten zurück in seine Arme stürzen, aber sie zwang sich, weiterzulaufen. Eine Minute später saß sie wieder in Lilys Auto und sie fuhren durch das Tor des Anwesens hinaus. Sie befahl sich, nicht zurückzuschauen.

„Ganz reizende Menschen“, sagte Lily, als sie auf den Highway fuhr.

Nur, dass sie keine Menschen sind, wollte Dawn sagen. Aber verdammt. Hunter war so herzensgut und hatte so viel

Kummer. Es war nicht fair, ihn für weniger als einen Menschen zu halten.

„Dieser Hunter ist so ein netter Mann", sagte Lily und öffnete damit die Tür zu einem Gespräch, das Dawn nicht führen wollte.

Sie murmelte etwas Neutrales und blickte zu den Sternen hinauf.

„Und er ist auch ein sehr attraktiver Mann." Lily zwinkerte.

Als müsste sie Dawn das sagen. Selbst damals an der High-School war er bereits eine Augenweide gewesen. Aber jetzt hatte er den Reiz eines verwundeten Kriegers, dem sie noch schwerer widerstehen konnte.

„Also was ist das Problem, meine Süße? Ihr beiden habt euch den ganzen Abend lang gegenseitig in die Augen gestarrt."

„Haben wir nicht!"

Lily lachte. „Ich erkenne Liebe, wenn ich sie sehe. Was hält dich zurück?"

Dawn zupfte an einem Faden am Saum ihres Jäckchens. Wie viel konnte sie verraten? Wie um alles auf der Welt sollte sie es erklären?

„Da ist etwas in ihm, das mir Angst macht", sagte sie schließlich und wählte ihre Worte sorgfältig.

Lily sah sie missbilligend an. „Du hast keine Angst vor ihm. Du hast Angst davor, dich zu verlieben."

Dawn riss die Augen weit auf und drehte den Kopf zu ihr um. „Warum sollte ich davor Angst haben?"

„Sag du es mir."

Dawn reagierte wütend. Lily konnte manchmal unmöglich sein.

Trotzdem wirbelten in ihren Gedanken Antworten herum, die sie nicht laut über ihre Lippen bringen konnte. *Denn Liebe macht einen verletzlich.* Das war ein guter Grund. *Denn nicht jeder Mann liebt seine Frau.* Da. Noch ein guter Grund.

Und dann gab es natürlich noch diesen: *Weil ich Angst habe, dass ich seine Liebe nicht erwidern kann.*

Dawn schloss die Augen und errichtete eine Mauer gegen die hässlichen Erinnerungen in den entfernten Ecken ihres Geistes.

Lily tippte mit den Fingern auf dem Lenkrad herum. „Was du brauchst, ist jemand, der dich aus diesem sorgfältig kontrollierten Käfig schüttelt, in dem du lebst."

„Es ist kein Käfig."

„Alles, was sich zu haben lohnt, ist mit einem Risiko verbunden", sagte Lily. „Aber ohne Liebe lebt man nicht wirklich. Habe ich dir von Stanley erzählt?"

Dawn beobachtete, wie das Gestrüpp am Straßenrand verschwamm. Lily hatte ihr so viele Geschichten über ihren verstorbenen Mann erzählt, dass Dawn dachte, sie kannte sie alle auswendig.

„Ich hätte ihn beinahe aufgegeben", sagte Lily mit einer untypisch leisen Stimme. „Ich war so jung, so töricht, und dachte, dass mir ein anderer guter Mann über den Weg laufen würde. Also habe ich ihn gehen lassen, als die Dinge anfingen, sich etwas zu … gewöhnlich anzufühlen. Ich dachte, ich wollte meine Freiheit haben. Ich wollte einen aufregenderen Mann." Lily seufzte. „Aber dann erkannte ich, wie leer mein Leben ohne ihn war. Und dass kein anderer Mann jemals seinen Platz in meinem Herzen einnehmen konnte. Zum Glück für mich hat Stanley auf mich gewartet. Dieser Mann hatte solch riesiges Vertrauen in die wahre Liebe … "

Dawns Augen wurden feucht. Auch Hunter hatte diesen unerschütterlichen Glauben. Er glaubte an sie, selbst wenn sie so wenig Glauben an ihn gezeigt hatte.

„Wenn ich nur daran denke, dass ich ihn für immer hätte verlieren können … Aber ich hatte Glück. Wir haben unsere zweite Chance bekommen und wir haben sie genutzt, Schätzchen." Ihre Stimme klang nun wieder unanständig. „Junge, haben wir sie genutzt." Sie schlug Dawn auf den Oberschenkel und ließ sie zusammenzucken. „Ich möchte nicht dabei zusehen, wie du dir deine Chance entgehen lässt."

Dawn schloss die Augen. Das wollte sie auch nicht. Aber tief in ihrem Inneren war ihr Herz von Narben gezeichnet und zerbrechlich. Würde sie es wirklich wagen?

Lily fuhr schweigend um die nächsten paar Kurven und murmelte dann: „Eine wunderschöne Nacht, findest du nicht auch?"

Der Himmel war vollkommen klar und Sternenlicht glitzerte über dem Meer. Der üppige, erdige Duft von Maui schien nachts doppelt so stark zu sein, wenn die Farben verflogen waren und die Landschaft schlummerte. Dawn atmete tief ein und dachte an Hunters Kuss zurück.

Sie nickte. Eine wirklich schöne Nacht.

Kapitel 7

„Ich verstehe immer noch nicht, warum ich nicht zum Abendessen eingeladen wurde", meckerte Cruz am nächsten Morgen.

Hunter rührte seinen Haferbrei um, ohne ein Wort zu sagen. Es war sieben Uhr morgens – eigentlich zu früh für einen Bärengestaltwandler. Und doch fühlte er sich zum ersten Mal seit Wochen bereit, sich einem neuen Tag zu stellen, ja sogar fast optimistisch. Was gefährlich war – denn er sollte sich wegen Dawn keine Hoffnungen machen.

„Du wurdest nicht eingeladen, weil du unseren Gästen Angst eingejagt hättest", sagte Kai zu Cruz.

Hunter hatte das Gefühl, dass Lily gar nichts Angst machen konnte. Aber obwohl er wusste, dass Dawn nicht leicht zu erschrecken war, wäre sie jedoch bestimmt viel angespannter gewesen, wenn noch ein anderer Gestaltwandler dabei gewesen wäre.

Keiki, das Kaliko-Kätzchen, war auf den Tisch gesprungen und er schob sie sanft zur Seite. Sie schlich zu Cruz hinüber, der sie hochhob und mit dem Kinn streichelte.

„Wenigstens einer schätzt mich hier", murmelte er.

Hunter versteckte ein Grinsen. Cruz war bei Weitem nicht so hart und kalt, wie er es vorgab zu sein.

„Ich wurde auch nicht eingeladen", knurrte Silas über seinem Kaffee.

Tessa schnaubte. „Weil du furchterregend bist, Silas, in Ordnung? Wir wollten einen guten Eindruck auf Dawn machen. Ich meine – auf unsere Gäste."

Hunter trank einen Schluck Kaffee. Also war es eine abgekartete Sache gewesen.

„Ich bin überhaupt nicht furchterregend", beharrte Silas. Seine Augen glühten rot und sein Gesicht verzog sich mit einem finsteren Blick.

Tessa rollte mit den Augen. „Sicher. Nicht furchterregend. Nur ein bisschen intensiv."

Nina schenkte ihm einen weiteren Kaffee ein und Silas seufzte. Er schlug die Zeitung auf und richtete seinen Groll auf die Politik und die Naturkatastrophen in der Welt. Eine Minute später spuckte er fast seinen Kaffee aus. „Schaut euch das einmal an."

Hunter lehnte sich, genau wie die anderen, näher zu ihm und sie folgten Silas Finger, der auf einen Artikel auf der Rückseite zeigte.

Cruz schnaubte, als er das Bild von Regina Vanderpelt sah. „Wir wissen schon, dass der Rotzlöffel heiratet."

Silas zeigte auf die Spalte neben dem Artikel. „Nein, dieser Teil hier." Er begann, den Text in der Spalte vorzulesen. „Ein Sicherheitskommando wird die Übergabe des Diamant-Eherings von Miss Vanderpelt an einem nicht näher benannten Zeitpunkt begleiten ... "

„Schau mal, wie groß das Ding ist", murmelte Tessa.

„Dreißig Karat, mit einem Wert von ... " Kai verstummte und pfiff.

Hunter blickte mit zusammengekniffenen Augen auf das grobkörnige Foto von Regina, die den Ring bei einem vornehmen New Yorker Juwelier vorführte. „Ist es nur ein gewöhnlicher Diamant oder ... "

„Das ist die Frage", sagte Silas. „Was, wenn es einer der Seelensteine ist?"

Alle verstummten außer Keiki, die in Cruz' Armen schnurrte.

„Es könnte ein beliebiger Diamant sein." Hunter behielt seine Stimme gleichmäßig, aber sein Griff um den Löffel wurde fester.

Die meisten Menschen wussten nichts von der Existenz der Seelensteine, aber Gestaltwandler – insbesondere Drachen – begehrten diese Juwelen wegen ihrer übernatürlichen Kräfte.

Sollte ein weiterer dieser Steine auf Maui auftauchen, bedeutete das garantiert Ärger.

Silas blickte von Tessa zu Nina. „Wir wissen, dass die Steine einander rufen, und jetzt, da bereits zwei von ihnen erwacht sind ... "

Tessa war vor ein paar Monaten auf Maui angekommen und hatte damit unbeabsichtigt einen Kampf um einen als Lebensstein bekannten Smaragd ausgelöst. Dann war Nina fast getötet worden, als Gestaltwandlersöldner versuchten, sie zu entführen – zusammen mit dem Feuerstein, den sie geerbt hatte.

Hunter legte seinen Löffel ab. Scheiße, er brauchte wirklich nicht noch ein paar Drachen, die auf der Suche nach einem Seelenstein über Maui herfielen. Das würde Dawn endgültig abschrecken.

„Welcher der Seelensteine ist der Diamant?", fragte Tessa.

„Der Windstein", murmelte Silas in die Tiefe seiner Kaffeetasse.

„Wir können uns nicht sicher sein, dass es ein Seelenstein ist", beharrte Kai.

„Nein, das können wir nicht", stimmte Silas ihm zu. Er zeigte auf Hunter und dann auf Cruz. „Haltet die Augen offen und gebt mir Bescheid, sobald ihr bestätigen könnt, dass es sich bei diesem Diamanten um etwas anderes als nur ein schickes Schmuckstück handelt. Du auch, Kai."

Cruz stöhnte. „Ich habe eine bessere Idee. Kümmere du dich um Regina und ihr Gefolge. Keiki und ich werden hier die Stellung halten."

Silas schüttelte den Kopf und stand schnell auf. „Ich muss mich mit ein paar Kontaktleuten in Verbindung setzen und mehr über diesen Diamanten herausfinden."

„Ich passe auf Keiki auf", bot Tessa an.

„Na toll. Danke." Cruz sah finster aus, bis er Kai knurren hörte. Ein warnendes Knurren, das sagte: *Pass auf, wie du mit meiner Gefährtin sprichst.*

Cruz seufzte und reichte Tessa das Kätzchen. „Entschuldige. Hier. Ich meine, danke."

Cruz meckerte den ganzen Weg zum Resort, obwohl Hunter es kaum bemerkte. Er dachte an Dawn und die Komplikation, die der Diamant darstellte. Die Seelensteine schienen von Gefahr begleitet zu werden, wo auch immer sie auftauchten.

Er klammerte seine Hände fest um das Lenkrad und zog seine Stirn besorgt in Falten. Die Sicherheitsleute am Tor wichen ihnen aus und winkten ihn hastig hindurch. Aber in dem Augenblick, in dem er den Jeep im Resort geparkt und Dawn entdeckt hatte, verblassten alle seine Sorgen. Ihr seidiges, schwarzes Haar hing über dem weißen Hemd ihrer Polizeiuniform und ihre kaum verborgenen Kurven reizten ihn.

Gefährtin, summte sein Bär fröhlich. *Dort ist unsere Gefährtin.*

„Guten Morgen", schaffte er zu sagen, als er ausreichend motorische Kontrolle zurückerlangt hatte, um zu ihr hinüberzugehen.

Zwei schlichte, gewöhnliche Worte, wenn er doch am liebsten zu ihr gerannt wäre, sie umarmt hätte und sich ein paarmal mit ihr im Kreis drehen wollte. Jedes Mal, wenn er Dawn sah, machte sein Herz einen Sprung und seine Welt erstrahlte. Genauso wie sich einige Menschen fühlten, wenn sie zum ersten Mal Fuß auf Maui setzten – wenn sie die duftende Luft einatmeten, ihr Kinn der Sonne entgegenstrecken und über die Schönheit des Ganzen staunten. Heute mehr denn je, denn vielleicht, nur vielleicht, würde sie langsam nachgeben. Sie hatte ihn am Vorabend geküsst und sein innerer Bär war immer noch ganz aufgeregt.

Sie liebt mich! Sie liebt mich!

„Morgen", antwortete Dawn wie die Ruhe selbst, abgesehen von einem winzigen Zittern ihrer Lippe.

Sein Mund bewegte sich ebenfalls, denn es gab noch so viel mehr, was er sagen wollte. Fragen wollte. Erklären wollte. Aber er zwang sich, tief durchzuatmen und sich ohne weitere Umstände seiner Arbeit zuzuwenden. Ein Kuss bedeutete ihr vielleicht nicht viel, auch wenn er ihm die Welt bedeutete.

„Schöner Tag", murmelte sie und ging an seiner Seite.

Das ist er jetzt, weil du da bist, wollte er sagen.

Starre sie nicht an, egal wie schön sie ist, befahl er seinem Bären. *Knurre auch keine anderen Männer an. Und fletsche bloß nicht die Zähne.*

Mit anderen Worten, ich soll so tun, als würde ich nicht existieren? klagte sein Bär.

Alle Geister seiner Vergangenheit erhoben sich auf einmal, stöhnten und rasselten mit ihren Ketten. Als Kind hatte man ihm befohlen, seinen inneren Bären zu begraben und die Bestie niemals freizulassen. Es hatte Jahre gedauert, sich von diesen Narben zu befreien. Und jetzt war er wieder genau dort, wo er angefangen hatte – er verleugnete seine Bärenseite.

Und Gott, schmerzte ihn dieses Gefühl bis ins Mark. Aber dennoch, sein Bär litt schweigend. Sie war es wert.

„Schöner Tag", murmelte er.

„Ich wollte die Vorbereitungen für . . . ", begann Dawn zu sagen, als in der Ferne ein Kreischen ertönte.

Alle zuckten zusammen und rissen ihre Köpfe herum.

„Ich komme, Regina." Veronica, die persönliche Assistentin, kam durch die Vordertür des Hotels geeilt.

„Aha, die Braut ist wach und bereit loszulegen", murmelte Dawn.

Cruz schüttelte den Kopf und schoss Hunter eine private Bemerkung zu. *Ich kann einfach nicht glauben, dass Silas mich gezwungen hat, hierher zurückzukommen. Glaubst du nicht auch, dass die Verbindung zu dem Seelenstein weit hergeholt ist?*

Schwer zu sagen. Hunter schnüffelte in der Luft herum, auf der Suche nach Ärger oder dem entfernten Geruch des Gestaltwandlers, den er am Vortag gewittert hatte. Aber die taufrische Morgenluft offenbarte nicht viel, also folgte er Dawn in den Raum, der als Sicherheitshauptquartier eingerichtet worden war.

„Aber hallo, Schätzchen", säuselte das Arschloch an der Tür zu Dawn. Ein großgewachsener Typ mit breiter Brust – die Art Typ, die ein oder zwei Jahre bei der Marine gedient hatte und dann die nächsten dreißig Jahre für Sicherheitsfirmen arbeitete. Er ließ seinen Blick über Dawn schweifen.

Gut, dass Cruz da war, um Hunter davon abzuhalten, dieses Arschloch gegen die nächste Mauer zu schleudern. Stattdessen knurrte er und der Mann schreckte zurück.

Dawn funkelte sie beide an. *Nennen Sie mich Officer Meli,* schien sie dem Arschloch zu sagen und *Ich kann auf mich selbst aufpassen,* zu Hunter.

„Wie bitte?", forderte sie und schien nicht im Geringsten beunruhigt.

„Ich meine, guten Morgen, Officer."

Dawn schniefte und ging weiter, während Hunter den Mann mit einem tödlichen Funkeln festgenagelte. *Schau ihr auf den Hintern und ich werde dir eine Lektion erteilen, die du nie vergessen wirst.*

Der Mann räusperte sich, sammelte hastig ein paar Papiere zusammen und klopfte mit den Fingerknöcheln auf den Tisch. „Also gut, Leute. Ganz ruhig." Er klopfte sich mit einer großen Hand auf die eigene Brust und stellte sich vor. „Ken Thomas von Armor Security."

Hunter stieß einen inneren Seufzer aus. Natürlich war dieser Kerl auch noch der Chef vom Sicherheitsdienst.

Cruz rollte mit den Augen. *Müssen wir etwa mit diesem arroganten Arschloch zusammenarbeiten?*

Hunter zuckte mit den Schultern. *Kein Problem. Wir machen das Übliche.*

Cruz grinste ihn an. *Das Übliche* bedeutete, zügig ihre Alpha-Überlegenheit klarzustellen und dann ihre Arbeit so zu machen, wie sie es für richtig hielten. Jeder Dummkopf konnte sich Sicherheitschef nennen. Hunter und Cruz waren Krieger, die ihre Jobs erledigten.

Die morgendliche Unterweisung umfasste alle üblichen Dinge – Ausweiskontrollen an den Haupteingängen, Patrouillen auf dem eingezäunten Gelände und Hinweise auf mögliche Schwachstellen.

„Der Wetterbericht prognostiziert starken Seegang, der in wenigen Tagen auf Maui treffen wird", sagte der Sicherheitschef.

„Um Himmels willen, nein", stöhnte jemand. „Das werden wir uns für immer anhören dürfen, wenn die kleine Schlampe – ich meine, Fräulein Vanderpelt – nicht die sonnige Strandhochzeit ihrer Träume bekommt."

„Meinen Sie etwa, niemand hat ihre Befehle an Mutter Natur weitergegeben?", witzelte jemand anderes.

Hunter blickte aus dem Fenster über das geschäftige Gelände des Resorts und spürte, wie sich eine andere Art von Sturm zusammenbraute.

Ken Thomas fuhr mit seiner Unterweisung fort. „Der Sturm wird uns nicht erreichen, aber der Wellengang wahrscheinlich schon. Und wenn das geschieht, wird es die Dinge verkomplizieren."

„Inwieweit verkomplizieren?", fragte jemand.

„So kompliziert wie zehn Meter hohe Wellen sind", antwortete er. „Aber das ist eher eine Angelegenheit für die Hochzeitsplaner als für den Sicherheitsdienst. Ein positiver Aspekt ist, dass Wellengang wie dieser verhindern wird, dass jemand versucht, sich von der Strandseite hereinzuschleichen. Unser Hauptaugenmerk liegt auf der Presse. Die Reporter berichten bereits rund um die Uhr über die Veranstaltung und sie werden alles tun, um Fotos von diesem Zirkus zu schießen."

Beim Gedanken an Blitzlichtexplosionen und geschriene Fragen, zuckte Hunter zusammen. Verdammt gut, dass er keine Berühmtheit war.

„Es besteht außerdem die Möglichkeit der Sabotage", fuhr der Sicherheitschef fort. „Das Vanderpelt-Ölgeschäft hat sich eine Menge Feinde gemacht."

Hunter rümpfte die Nase und fragte sich, ob die Vanderpelts einen Anteil an der Alaska-Ölleitung hatten, die ihn aus seiner Heimat vertrieben hatte. Seine Mutter hatte sich standhaft geweigert, dem Druck zu verkaufen nachzugeben. Eines Tages hatte eine Gang ihre Hütte niedergebrannt. Sie war gestorben, als sie das Haus – und Hunter, der noch zu jung zum Kämpfen gewesen war – verteidigt hatte. Er schloss die Augen und ballte die Fäuste, als er sich daran erinnerte, dass dies alles schon sehr lange her war.

„Was ist mit dem Diamanten?", fragte Dawn.

Hunter riss die Augen auf. Dawn wusste von dem Diamanten?

Als sie seinen überraschten Blick erhaschte, rollte sie mit den Augen, und er schimpfte mit sich selbst. Natürlich wusste

Dawn davon. Der Diamant war in den Nachrichten gewesen und die Polizei wäre auch darüber informiert worden.

„Wir werden Sie alle zu gegebener Zeit über die Liefermodalitäten informieren", sagte Ken Thomas.

„Diese Hochzeit belastet bereits jetzt die Polizeiressourcen. Die Verweigerung, uns über den genauen Lieferzeitpunkt zu informieren, macht es schwierig, das erforderliche Maß an Schutz zu bieten." Dawn starrte den Sicherheitschef an, einen Mann, der doppelt so groß war wie sie.

„Wir werden alle zu gegebener Zeit informieren", wiederholte er monoton.

Dawn knirschte mit den Zähnen und Hunter tat sein Bestes, um den Mann anzustarren, ohne ihn zu offensichtlich zu reizen. Dawn konnte sich behaupten und er musste das respektieren. Aber Scheiße, es war nicht einfach. Am liebsten hätte er sich an den Mistkerl herangepirscht und ihn geschüttelt, bis ihm seine Zahnfüllungen herausfielen.

Ein Telefon klingelte, was dem Sicherheitschef einen leichten Ausweg bot. Er schnippte mit den Fingern. „An die Arbeit, alle Mann."

Hunter ging mit allen anderen zur Tür hinaus und ging Schulter an Schulter mit Cruz, bis sich ihre Wege auf der Veranda trennten. Cruz wandte sich nach links, um die Außengrenzen des riesigen Grundstücks zu kontrollieren – eine Aufgabe, die dem scheuen Tiger perfekt lag. Hunter deckte derweil das Hauptgelände ab.

„Was denkst du?", fragte Dawn, während sie das belebte Treiben auf dem Rasen beobachtete.

Sein Bär seufzte. *Ich denke, ich kann nicht ohne dich leben.*

Er zwang seine Gedanken in Arbeitsmodus und zeigte auf den Lastwagen, der auf der Anlieferungsstraße herangerollt kam. „Es ist nahezu unmöglich, bei einem Ereignis dieser Größe jeden einzelnen Lieferanten zu prüfen. Es gibt zu viele Sicherheitslücken, um zu garantieren, dass uns niemand durch die Finger geht."

Sie nickte. „Und zu wenig Informationen. Zu wenig Vorausplanung. Es gefällt mir überhaupt nicht. So wie die Sache mit dem Diamanten. Diese Geheimniskrämerei darum ist einfach lächerlich. Ich muss mich doch fragen, wie die Frau das Ding je tragen soll, wenn es so verdammt wertvoll ist."

Hunter verzog das Gesicht. Wenn Dawn doch nur wüsste, wie wertvoll dieser Diamant sein könnte. Wertvoller als jeder Mensch es vermuten würde. Und Scheiße. War das nicht auch eine wichtige Information, die die Polizei haben sollte? Er kratzte mit dem Fuß über den Boden. Gott, er fühlte sich mies und schmutzig, weil er vor Dawn Geheimnisse hatte.

Er wollte gerade eine Reaktion murmeln, als die Brise einen neuen Duft zu ihm trug. Er riss seinen Kopf nach rechts herum. Der Duft eines Gestaltwandlers – eines Gestaltwandlers, den er nicht kannte.

Er schnüffelte tief und ertappte sich dann. Wenn Dawn ihn dabei erwischen würde, wie er sich wie ein wildes Tier benahm, würde sie ausrasten.

„Entschuldige, aber ich muss die Bauarbeitergruppe dort drüben prüfen." Er wandte sich ab, damit sie nicht sehen konnte, wie seine Nasenlöcher im Wind bebten.

„Ich muss den Haupteingang beaufsichtigen", seufzte sie.

Als sie sich entfernte, hatte Hunter das Gefühl, in zwei Richtungen gezogen zu werden. Sein Herz wollte Dawn folgen, aber sein Instinkt befahl ihm, diesen unbekannten Duft zu ergründen. Also zwang er sich von ihr fort und machte sich, seiner Nase folgend, auf den Weg.

Dies war ganz sicher ein Gestaltwandler und er war ganz in der Nähe. Es war eine Art Hund, aber kein Wolf. Ein Fuchs? Hunter starrte ein Gesicht nach dem anderen an, während Caterer, Bauarbeiter und Floristen um ihn herumschwirrten, die alle auf ihre Arbeit konzentriert waren. Dann folgte er seiner scharfen Nase zu der erhöhten Plattform, wo eine Mannschaft Lautsprecher und Kabel für eine Band aufbaute. Er strich einen Menschen nach dem anderen von seiner mentalen Liste, bis sich sein Blick auf einen vornübergebeugten Mann verengte, der einen Witz machte und laut gackerte. Das war er – der Gestaltwandler. Der Eindringling. Hunters Krallen drängten gegen seine Fingernägel, begierig darauf, herauszubrechen.

Der Mann erstarrte, drehte sich langsam um und sah Hunter in die Augen. Er presste die Lippen zusammen und schaute als Zeichen der Unterwerfung zu Boden. Einen Augenblick später täuschte er ein lässiges Lächeln vor. „Heya.“

Von wegen heya, wollte Hunter sagen. Er zuckte mit dem Kopf zur Seite und befahl dem Gestaltwandler, in Richtung Bäume zu laufen, wo sie sich für die Menschen außer Hörweite befänden. Hunter folgte ihm, knackte seine Knöchel und versuchte, den Duft einzuordnen. Gekrümmte Schultern. Gackerndes Lachen. Ein seltsam verlängerter Hals. Verdammt, welche Art von Gestaltwandler war das?

Einen Augenblick später wurde es ihm klar. Eine Hyäne. Was zum Teufel hatte eine Hyäne auf Maui verloren?

Er widerstand dem Drang, den kleineren Mann gegen einen Baumstamm zu schleudern. „Zeig mir deinen Ausweis. Fix.“

Der Mann grinste und streckte ihm einen Lichtbildausweis entgegen, auf dem Rupert Hayes stand. „Hey, Mann. Reg dich nicht so auf.“

Hunter funkelte ihn an. Maui war sein Revier. Er würde sich aufregen, wann immer er wollte, vor allem über eine schleimige Hyäne wie diese.

„Was willst du hier?“

„Ich gehöre zur Band, Mann. Versuche nur, mir einen ehrlichen Lebensunterhalt zu verdienen, genau wie du.“ Das Wort *ehrlich* glitt ihm viel zu leicht über die Zunge.

Hunter suchte nach einer verräterischen Spur einer Lüge, aber die Hyäne war gut darin, ihre Emotionen zu verbergen.

„Hör mal“, sagte die Hyäne. „Ich schwöre, dass ich nicht hier bin, um Ärger zu machen. Du kannst mich bei der Firma prüfen.“

Hunter hatte dies durchaus vor, aber er war trotzdem noch nicht zufrieden. Andererseits konnte er den Mann auch nicht ohne triftigen Grund vom Gelände werfen.

„Das werde ich“, knurrte er. „Und ich werde dich im Auge behalten.“

Der Mann schreckte zurück, als Hunter seine Schultern durchstreckte. Dann stieß er ein weiteres gackerndes Lachen aus, wich zur Seite und machte sich wieder an die Arbeit. „Es ist immer gut, wachsam zu sein, aber glaube mir, ich bin wirklich nur hier, um zu arbeiten. Und danach bin ich auf dem Weg zum nächsten Job und dann zum nächsten. Du weißt schon, wie es läuft." Er huschte davon.

Hunter knurrte und sah dem Mann hinterher, bis ihn eine schrille Stimme zusammenzucken ließ.

„Das ist alles falsch!", schrie Regina.

Hunter drehte sich um und sah, wie die Braut auf die Eisskulptur zeigte. Die Geste hätte beinahe den rosaroten Strohhalm und das winzige Schirmchen aus ihrem Kokosnusscocktail geschleudert.

„Sie wollen einen was?" Der Bildhauer erbleichte.

Hunter ignorierte ihn und drehte sich wieder zu der Hyäne um. Aber die listige Kreatur war bereits aus seinem Blickfeld verschwunden. Hunter suchte das Laub und die Menge ab.

„Sie haben mich doch gehört." Regina stampfte vor dem Bildhauer mit dem Fuß auf und Hunter konnte schwören, dass der Boden davon leicht bebte. „Ich will einen Schwan. Passend zur Torte. Moment – haben wir die Torte ändern lassen?" Sie wandte sich an Veronica.

Hunter erhaschte einen Blick auf den Hyänengestaltwandler, der in einem Ausrüstungswagen verschwand. Wer auch immer dieser Gestaltwandler war, Hunter würde die Bestie im Auge behalten.

„Die letzte Änderung an der Torte war zurück zu Braut – und Bräutigamsfiguren", sagte Veronica, als Hunter sich vorbei drängte.

Regina wurde knallrot. „Nein! Keine Braut und kein Bräutigam. Ich will einen Schwan! Und die Eisskulptur muss dazu passen."

Veronica tippte auf ihr Tablet. „Kein Problem."

Der Blick des Bildhauers sagte: *Großes Problem*, aber er hielt seine Lippen versiegelt.

Glücklicherweise war dies kein Problem, das Hunter lösen musste. Er hatte sowieso schon genug am Hals. Er seufzte und zählte die sich anhäufenden Probleme. Ein Diamant, der möglicherweise ein Seelenstein war – oder auch nicht. Eine Frau, die er nicht aus seinem Kopf bekam. Ein unbekannter Gestaltwandler, der vielleicht oder vielleicht nicht etwas plante.

Und wenn ja, was?

Hunter schüttelte den Kopf. Wo auch immer dieser Rupert herkam, er war eine Komplikation, die Hunter wirklich nicht brauchte.

Kapitel 8

Dawn stand hoch oben auf einem Felsvorsprung über dem Resort und ließ ihren Blick über das Gelände schweifen. Sie prüfte die Gegend auf Gefahr, oder so mochte es erscheinen, obwohl sie in Wirklichkeit nach Hunter suchte.

Es war ihr dritter gemeinsamer Arbeitstag und auch der dritte Tag, an dem sie zaghaft umeinander herumtanzten. Ganz gleich, wie sehr sie versuchte, sich auf ihre Arbeit zu konzentrieren und so zu tun, als wäre Hunter wie jeder andere Mann – sie konnte sich selbst nicht davon überzeugen. Die Tatsache, dass er ein Bärengestaltwandler war, fühlte sich fast schon bedeutungslos an, weil der Mann so verdammt ... süß war. Er schien irgendwie immer da zu sein und ihr eine Flasche Wasser zu reichen, wenn die Sonne am höchsten stand – und dann ging er einfach leise wieder weg. Er tauchte wie aus dem Nichts heraus auf, wenn jemand aus dem Gefolge der Braut am nervigsten war, um zu verkünden, dass Dawn – sofort! – irgendwo anders gebraucht wurde.

Ken Thomas, der Leiter von Armor Security, schien vor Hunter Respekt zu haben. Aber jedes Mal, wenn er innehielt, um Hunter nach seiner Meinung zu fragen, räusperte Hunter sich und gab die Frage mit einem respektvollen: „Officer Meli, was denken Sie?“ an Dawn weiter. Dann neigte er seinen Kopf, um ihr zuzuhören – wirklich zuzuhören – und alle anderen taten es auch.

Er hatte ein Gespür dafür, genau zur selben Zeit in dieselbe Richtung zu laufen wie sie. Er würde sein Tempo ihrem anpassen und wenn sich ihre Wege trafen, würde er leise und unaufdringlich „Hi“ sagen.

Eine Silbe. Zwei Buchstaben. Aber sie sandten jedes Mal einen heißen Rausch durch ihren Körper.

Wie ein so großer Mann so süß wirken konnte, verstand sie nicht. Aber er war es. Süß – und verdammt sexy. Die Art, wie er sich mit den Händen durchs Haar fuhr, ließ sie sich vorstellen, wie diese Finger durch ihr eigenes Haar glitten. Und wenn er neben ihr herging, hatte sie den überwältigenden Drang, sich an seiner Schulter zu reiben, nur um seine Wärme zu spüren. Als er sich den sorgfältig gestutzten Bart rieb, stellte sie sich vor, wie er ihre Haut mit den gleichen langsamen, behäbigen Bewegungen berühren würde. Ihre Fantasien wurden immer detaillierter, bis sie sich schließlich vorstellte, wie er ihr immer näherkam und in einer mondhellen Nacht ihre nackte Haut küsste.

Sie legte den Kopf in den Nacken, stieß einen Atemzug aus und versuchte, sich etwas abzukühlen.

Es schien fast so, als hätte Hunter ein betörendes, neues Rasierwasser gefunden und jeden Tag die Dosis verdoppelt. Sie konnte nicht aufhören, von ihm zu träumen – oder besser gesagt, sich ihn und sich selbst nackt vorzustellen, wie sie sich in einem Dutzend versteckter Ecken des Resorts verruchten Fantasien hingaben.

Gleichzeitig hielt Hunter so viel Abstand und gab sich so große Mühe, sie nicht zu bedrängen, dass sie sich fast wünschte, er würde es tun. Nur damit sie etwas hätte, dass sie ihm übelnehmen konnte.

Ohne Liebe lebt man nicht. Lilys Worte hallten immer wieder durch ihren Kopf und machten es unmöglich, sich auf ihre Arbeit zu konzentrieren.

Also war sie auf diesen Felsvorsprung geklettert und versuchte, ihren Kopf freizubekommen. Die Brandung schlug gegen das Ufer und wühlte das Wasser genauso auf, wie ihre Emotionen in ihr tobten.

Reiß dich zusammen, Officer Meli, befahl sie sich selbst. *Du hast ihn doch nur geküsst.*

Aber es war mehr als ein Kuss gewesen, und sie wusste es. Sie hatte eine unsichtbare Schwelle überschritten, wovon ihre

Seele seit Jahren geträumt hatte. Jahre des Schmerzes, der Einsamkeit und der Verleugnung ihres Verlangens.

Du hast keine Angst vor ihm. Du hast Angst davor, dich zu verlieben, flüsterte Lily in ihrer Erinnerung.

Sie versuchte, ihre Anspannung auf die Tatsache zu schieben, dass das ganze Resort, jetzt, da die Hochzeit in weniger als vierundzwanzig Stunden stattfinden würde, wie auf glühenden Kohlen wandelte. Aber selbst wenn sie abends nach Hause ging, blieb die Spannung bestehen. Ihr Körper schrie nach Erleichterung – so lange und intensiv, dass sie begonnen hatte, sich nachts selbst zu berühren und sich dabei vorzustellen, es wäre er.

Ob es nun schwarze Magie oder Hunters wilde Männlichkeit war, die sie so aufwühlte, war ihr inzwischen egal. Sie wollte nur noch Befriedigung.

„Dort oben", rief jemand.

Dawn riss den Kopf herum und fluchte beim Anblick der drei Gestalten, die den Hügel hinaufmarschiert kamen. Regina Vanderpelt führte sie an und trug eine Filmstar-Sonnenbrille, die mehr Haut bedeckte als ihr Bikini. Veronica und ein händeringender Resort-Angestellter folgten ihr.

„Es tut mir leid, Fräulein Vanderpelt, aber das ist wirklich nicht möglich … "

Regina ignorierte den Mann völlig. „Ich will, dass die Trauung hier oben stattfindet."

„Sehen Sie das Schild?" Der Mann zeigte darauf, aber die Braut blickte in die andere Richtung.

„Ich sagte, ich will die Trauung hier oben haben."

Dawn warf einen Blick auf das Schild, auf dem geschrieben stand: *Betreten auf eigene Gefahr. Nicht den Klippen nähern. Fels möglicherweise instabil.*

„Der Rasen ist viel besser", versuchte es Veronica.

„Ich will keine beschissene Rasenhochzeit. Ich bin für eine Strandhochzeit nach Hawaii gekommen", erwiderte Regina schnippisch.

„Ich fürchte, das wird nicht möglich sein", sagte der Mann. „Dieser Wahnsinnssturm mag noch tausend Kilometer von der Küste entfernt sein, aber der Wellengang nimmt stündlich zu."

Dawn schaute, unbeeindruckt vom steilen Abfall der senkrechten Klippe, auf die Brandung hinunter, die gegen die Felsen schlug. Wäre sie eine Eule, würde dies der perfekte Platz zum Ruhen sein. Nun – vor fünfzig Jahren wäre er es gewesen. Jetzt, da Hotels den größten Teil der Küste eingenommen hatten, waren die einheimischen Vögel alle zu ruhigeren Nistplätzen umgezogen.

Regina zog ein langes Gesicht. „Das ist mir egal. Ich will, dass die Hochzeit nach hier oben verlegt wird. Es ist die gleiche Aussicht. Eine noch bessere Aussicht. Und ich will es so."

„Auf dem Rasen haben Sie mehr Platz für viel mehr Gäste", sagte der Mann.

Regina verzog das Gesicht. „Ich lade einfach ein paar von ihnen aus."

Veronica prüfte ihr Tablet. „Sie sind bereits auf dreihundert runter. Und das ohne die Gäste, die Ihre Eltern eingeladen haben."

Regina schniefte. „Schrullige alte Geschäftsmänner. Die würden den Tag sowieso lieber mit Golf verbringen. Außerdem werde ich in meinem weißen Kleid vor der Kulisse des Ozeans wirklich gut aussehen. Natürlich nur, wenn dieser idiotische Fotograf den richtigen Winkel erwischt."

Dawn begann ihren Abstieg, weg von Reginas Wolke negativen Snobismus.

„Was wäre es für eine Tragödie, wenn der Felsen nachgeben und Sie und Ricky mit sich in die Tiefe reißen würde", gab Veronica zu bedenken. Ihre Stimme klang irgendwie wehmütig.

„Sie könnten doch auch mit dem Bräutigam vor der Hochzeit für ein Foto hier hochkommen", schlug der Mann vor.

Dawn fragte sich, ob der Bräutigam nüchtern genug wäre, um den Aufstieg zu bewältigen. Ricky Zappello, der Boygroup-Rockstar, war am Tag zuvor mit mehr als nur glasigen Augen im Resort eingetroffen.

„Ich will kein Foto. Ich will die Trauung hier oben haben!" Regina stampfte mit dem Fuß auf.

„Oha … ", murmelte der Mann, als der Boden unter ihren Füßen bebte.

Dawn breitete zum Ausgleich ihre Arme aus. Veronica kreischte und schützte ihren Kopf, als würde der Himmel auf sie herabstürzen, anstatt die Klippe unter ihren Füßen nachgeben.

„Keiner bewegt sich", rief Dawn und betete, dass Regina wenigstens dieses eine Mal hören würde. Denn, wow. Entweder war dieser Felsvorsprung wirklich instabil, oder Regina war wesentlich stärker, als sie aussah.

Reginas Gesicht wurde weiß, aber als das Beben aufhörte, kehrte sie zu ihrem üblichen finsteren Blick zurück.

„Pah." Sie hob die Nase in die Luft und stapfte den Hügel hinunter. „Ich wollte meine Hochzeit sowieso nicht hier oben feiern."

Und schon war sie auf ihrem Weg zu ihrem nächsten Kampfangriff, während der Amethyst in ihrem Verlobungsring in der Sonne blitzte. Dawn fragte sich, welch unglückliche Seele Regina als Nächstes verspotten würde.

„Komm mit, Veronica", sagte Regina schnippisch und in einem Tonfall, als spräche sie mit einem Pudel.

Veronica folgte, ebenso wie der Mann, der Dawn mit weitaufgerissenen Augen ansah. „Ich schwöre, dass ich wegen ihr eines Tages einen Herzinfarkt bekommen werde. Je schneller diese Hochzeit vorbei ist, desto besser."

Irgendwie passte dieser Gedanke Dawn nicht so gut. Mit der Hochzeit wäre auch ihr Sonderauftrag vorbei. Dann würde sie sich wieder mit flüchtigen Blicken auf Hunter entlang der Autobahn zufriedengeben müssen, anstatt Stunden miteinander zu verbringen.

Auf ihrem Weg den Hügel hinunter schaute sie auf ihre Uhr. Nur noch zehn Minuten, um in dem Zelt, das in der Nähe des Hochzeitsorts für das Personal aufgebaut worden war, einen Happen zu essen. Sie schnappte sich eines der letzten belegten Brote von einem Tablett und ging zur Seite, um dort zu essen. Sie fragte sich, ob Hunter schon Pause gemacht hatte.

Hotelangestellte und Sicherheitspersonal gingen murmelnd durch das Zelt und ließen sich auf Plastikstühlen nieder.

„Noch so ein Tag und ich bin fix und fertig", seufzte jemand.

„Wie viel willst du wetten, dass diese Millionen-Dollar-Hochzeit fünf Monate später in einer Scheidung endet?", lachte ein Mann.

„Wohl eher fünf Wochen", witzelte jemand anderes und alle lachten.

„Erinnert mich nur daran, niemals auf eine solche Weise zu heiraten", sagte eine Frau.

„Als würdest du dir das leisten können."

„Selbst, wenn ich es könnte, wäre es sicher nicht so."

„Wie würdest du denn heiraten?", fragte jemand anderes und brachte eine Flut von Ideen in Gange – alles von Sandbänken bei Ebbe bis hin zu Schlössern in Schottland oder sogar Disneyland.

Direkt hier auf Maui, kam Dawn nicht umhin, selbst zu denken. *Eine intime, kleine Zeremonie nur mit ein paar Freunden. Mit denen, die wirklich zählen.*

Sie schloss die Augen und stellte sich eine Rasenfläche vor, die von schattenspendenden Palmen umgeben war. Ein strahlend blauer Himmel. Braune Augen, die in ihre blickten und versprachen, sie für immer zu lieben.

Die Planen an der anderen Seite des Zeltes klappten auf und Hunter und Cruz kamen herein. Alle hielten einen Moment lang inne und starrten sie an. Irgendetwas an ihrer mächtigen Aura verursachte das jedes Mal. Hunter runzelte die Stirn und Cruz sah mürrisch aus, was alle Anwesenden die Blicke senken ließ, als wären sie irgendeines Verbrechens schuldig.

Dawn sah Hunter jedoch weiter an, dessen Augen die Umgebung absuchten und schließlich in ihre blickten. Braune Augen, die genauso sanft und hingebungsvoll waren, wie die aus ihrem Tagtraum. Seine Brust hob sich mit einem tiefen, langsamen Atemzug und Dawn starrte ihn an, während die Gespräche um sie herum wieder in die Gänge kamen.

„Ich glaube nicht, dass die jungen Leute heutzutage wissen, was Liebe ist", seufzte eine ältere Frau.

Dawns Puls raste. Witzig, sie hatte das Gefühl, sie wusste es.

„Vielleicht sollten wir nicht so vorschnell über sie urteilen."

Dawn biss sich auf die Lippe. Galt dies auch für einen Mann, der sich in einen Bären verwandeln konnte?

„Vielleicht hat Regina das mit diesem Sexvideo-Skandal wirklich ernst gemeint – dass sie nur herumgealbert hat. Vielleicht hat sie tatsächlich endlich wahre Liebe gefunden.“

Eine ältere Frau höhnte: „Wahre Liebe bedeutet Geduld. Beharrlichkeit. Selbstaufopferung.“

Dawn würgte mit einem trockenen Schlucken einen Bissen ihres Brotes hinunter und musterte Hunter.

„Es ist wahre Liebe, wenn nur die Nähe zu der Person ausreicht.“

Dawn sah Hunter in die Augen und die Zeit stand still.

„Bei Liebe geht es um kleine Dinge, nicht um große Gesten“, fügte die Frau hinzu.

Dawns Hände zitterten und ihre Wangen wurden warm. Liebe sollte eine vage, undefinierbare Sache sein und doch schien sie ihr in diesem Moment völlig greifbar. Liebe war Freude und Frieden und, ja, auch ein wenig Angst, für die man jedoch großzügig belohnt wurde.

Die alte Frau seufzte und Dawn tat es ebenfalls.

Dann schnippte jemand mit den Fingern und sagte: „Ich brauche zwei Freiwillige. Und zwar sofort.“

„Ich glaube, die beiden dort wären perfekt“, sagte ein Mann, der sehr nach Kai klang.

„Gut. Sie und Sie. Kommen Sie mit.“

Jemand stieß Dawn an und sie riss ihren Blick von Hunter los. „Wer, ich?“

Kai stand mit einem verschmitzten Grinsen auf dem Gesicht am Eingang des Festzelts. Der Fotograf neben ihm zeigte auf Dawn und Hunter. „Kommen Sie schon. Es dauert nur eine Sekunde.“

Hunter schreckte genau wie Dawn zurück, aber Kai drängte die beiden vorwärts. „Kein Grund zum Trödeln, Kinder.“

Dawn runzelte die Stirn. Was war hier los? Hunters Nasenlöcher bebten wie die eines Hundes, der auf der Suche nach einem Eindringling in der Luft herumschnupperte. Aber außerhalb des Zeltes gab es keine Probleme, nur den kleinen Rasenabschnitt, der neben dem Podium der Band abgesperrt worden war. Was wollte der Fotograf? Und warum wirkte Kai so amüsiert?

Der Fotograf fummelte an einem Belichtungsmesser herum und blinzelte in die Sonne. „Dort drüben, bitte." Er schob Dawn und Hunter in die Mitte des Areals und umkreiste sie. Hunter drehte sich mit einem misstrauischen Gesichtsausdruck mit ihm im Kreis herum.

„Perfekt", murmelte der Fotograf. Er hatte keine Ahnung von dem Bären, der in dem Mann schlummerte, den er soeben in höchste Alarmbereitschaft versetzt hatte. „Jetzt nähern Sie sich etwas ... "

Dawns Mund fiel auf. Hunter sah Kai an, der mit den Schultern zuckte.

„Kommen Sie schon. Helfen Sie mir aus, ja?", sagte der Fotograf mit seiner nasalen Stimme. „Ich muss meine Perspektiven für die Hochzeitsfeier prüfen. Sie, legen Sie Ihre Hand auf seine Schulter", sagte er zu Dawn. „Und Sie, legen Sie Ihre Hand an ihre Taille."

Dawn und Hunter starrten sich an wie ein paar unbeholfene Siebtklässler vor ihrem ersten Tanz.

„Stehen Sie nicht einfach nur da. Tanzen Sie. Ehrlich mal, wie schwer ist das denn?"

Hätte Hunter nicht völlig versteinert ausgesehen, hätte sich Dawn vielleicht gesträubt. Aber ihr Herz wurde weich und sie nahm seine Hände.

Hunter schluckte, sah hinunter und sie tat es ebenfalls. Seine Hände ließen ihre winzig wirken, aber sein Griff war sanft. Perfekt sogar. Sie trat ein wenig näher und versuchte, gleichmäßig zu atmen.

Hunter neigte sein Kinn, folgte ihren Bewegungen und schluckte schwer.

„Schon besser", murmelte der Fotograf und bewegte sich um sie herum. Seine Schnellschusskamera klickte unentwegt. Dann prüfte er die Ergebnisse und passte seine Einstellungen an. „Ein bisschen weiter nach dort drüben. Und ich brauche die Dame auf meiner Seite."

Ein leises Knurren braute sich in Hunters Kehle zusammen und Dawn hätte vielleicht gelacht, wenn sie nicht den Atem angehalten hätte. Komisch, dass ihr das Gefühl sogar *gefiel*, wenn Hunter andere Männer fernhielt. Sie drehte sich leicht dem Fotografen zu und drückte Hunters Hände. In dem Augenblick, in dem sie das tat, wurde sein Blick wieder weicher.

Nun, verdammt. War das alles, was es brauchte, um einen Bärengestaltwandler zu beruhigen? Eine kleine Berührung? Ein Lächeln? Sie dachte an den Tag des Gestaltwandlerkampfes zurück und suchte in ihren Erinnerungen. Das Bild eines mordlustigen Bären hatte jede andere Erinnerung verdrängt, aber als sie etwas tiefer stöberte, wurde ihr bewusst, dass es dort auch noch andere Bilder gab. Hunter hatte nur dann wütend ausgesehen, als er ihren Angreifer aufgehalten hatte. Augenblicke später, als er seine menschliche Gestalt wieder angenommen hatte, hatte sie nur noch Trauer sehen können. Tiefe, tiefe Trauer in Augen, die sie angefleht und nach einer Gelegenheit gebettelt hatten, ihn alles erklären zu lassen.

Ich möchte dich nur beschützen. Dich nur lieben. Für immer, wenn du mich lässt. Bitte.

Langsam schob sie ihre Hände seine Unterarme hinauf.

Wahre Liebe bedeutet Geduld. Beharrlichkeit. Selbstaufopferung, hatte die Frau im Zelt gesagt.

Dawn atmete tief ein und schob ihre Hände zu seinen Schultern hinauf. Junge, roch er gut. Nach Eiche und Leder. So wie die Gipfel des Kahalawai nach einem Frühlingsregen. Wie Koa, das härteste Holz von allen.

„Nur noch ein bisschen weiter nach rechts“, murmelte der Fotograf.

Sie trat nach rechts, verlagerte ihr Gewicht wieder auf den linken Fuß und dann wieder auf den rechten. Sie wiegten sich wie bei einem Tanz.

Hunters Arme wurden etwas lockerer und seine Brust berührte ihre. Sie schmiegte sich etwas näher an ihn.

Die Lautsprecher quietschten mit Störgeräuschen und dann spielte die Musik eine altmodische Melodie, die sie scheinbar unausweichlich zu Tanzen aufforderte. Sie war noch nie eine besonders gute Tänzerin gewesen, aber wow. Es war gar nicht so schwer. Nicht mit Hunter und der Musik, die ihr dabei halfen. Es half auch ihm, denn er wurde allmählich lockerer und begann, sich im Takt zu wiegen.

„Perfekt", murmelte der Fotograf. „Lassen Sie mich nur noch ein anderes Objektiv probieren ... "

Dawn blendete die Stimme aus und konzentrierte sich stattdessen nur auf Hunter. Der Mann war hart wie Stein und doch reagierte er auf den geringsten Druck, sich in diese oder jene Richtung zu drehen. Sein Kinn war dicht neben ihrer Wange – und es war mehr als verlockend, sich anzukuscheln.

Und hoppla, sie stupste ihn wirklich leicht an. Oder zweimal. Vielleicht sogar dreimal. Hunter neigte den Kopf zu ihrem und schmiegte sich noch enger an sie. Und das war auch schön.

Sie hatte das vage Gefühl, dass sie angestarrt wurden, aber ihre Gedanken waren verschwommen genug, um sich nicht weiter darum zu kümmern.

„In Ordnung, noch eine Aufnahme hier drüben", sagte der Fotograf.

Dawn hätte fast gemurmelt: *Keine Eile.* Sie könnte dies den ganzen Tag langmachen.

Hunter schob seine Hände über ihren Rücken und ihre Fantasie ging mit der Vorstellung darüber durch, zu welchen anderen Teilen ihres Körpers sie wandern könnten. Sie taten es aber nicht, verdammt. Sie drängte ihre Hüfte gegen seine und spürte, wie er die Bewegung erwiderte. Ihre Lippen teilten sich, als sie darüber nachdachte, seinen Hals zu küssen. Ein verschwommenes Gefühl ihr sagte, dass sie dies besser nicht tun sollte – noch nicht. Was rätselhaft war, denn es fühlte sich so perfekt an, ihren Körper an seinen zu schmiegen. Natürlich. Fast friedlich. Warum sollte sie sich zurückhalten?

Hinter ihr ertönte ein plötzlicher Knall und Hunter sprang herum, um ihren Körper mit seinem zu schützen.

Dawns Augenlider flatterten, als sie sich bemühte, sich zu konzentrieren. Uff. Wo war sie? Was war passiert?

„Entschuldigung", sagte der Fotograf verlegen, als er sich von dem Stuhl entfernte, gegen den er rückwärts gestoßen war. „Wie dem auch sei, das reicht aus. Sie können wieder an die Arbeit gehen."

Nein, wollte sie protestieren. *Ich bin noch nicht soweit.*

Aber dann schoss das Blut in Dawns Gesicht und ihr Gehirn schaltete sich wieder ein. Moment mal – hatte sie gerade mit Hunter getanzt?

Sein Gesicht war genauso rot, wie sich ihres gefärbt haben musste, und sie starrten einander einen halben Schritt voneinander entfernt an. Seine Augen glühten und es war kein Trick des Lichts.

Ein Kloß bildete sich in ihrer Kehle. Sie hatte nicht einmal gemerkt, wie nahe sie Hunter gekommen war. Sie hatte nichts als eine innere Anziehungskraft gespürt. Keine Angst, keine Panik, die ihren Körper ergriff und ihr sagte, sie solle schreien und ihn von sich stoßen.

„Hunter", murmelte sie. Sie war sich nicht wirklich sicher, was sie sagen wollte. *Vielen Dank? Lass mich nicht los? Es tut mir leid?*

Er drückte ihre Hände und seine Lippen zogen sich zu einem Lächeln hoch.

Kapitel 9

Irgendwie zwang sich Hunter, sich von Dawn loszureißen und seine Krawatte zu richten. Irgendjemand sagte etwas, aber er verstand es nicht. Nicht, wenn das Blut derart durch seine Adern rauschte.

Gefährtin, flüsterte sein Bär mit purer Freude. *Sie ist unsere Gefährtin.*

Nun, er hatte dies bereits gewusst, aber Dawn schien es jetzt auch zu erkennen. Sie hatte sich an ihn gekuschelt und mit ihm getanzt. Selbst danach, als die Benommenheit aus ihren Augen verschwunden war, war ihr Blick ruhig und warm gewesen. Unerschrocken.

Aber verdammt, überall um sie herum schwirrten Menschen und jemand rief Dawn zu sich. Sie ging los und warf ihm sehnsüchtige Blicke über die Schulter zu, bei denen er am liebsten auf seine Brust getrommelt und geschrien hätte: *Meine!*

„Gut gemacht, Kumpel.“ Kai schlug ihm auf den Rücken.

„Wer hätte gedacht, dass der große Klotz tanzen kann?“ Das war Cruz, der gar nicht so griesgrämig wie sonst klang.

Hunter behielt seinen Blick weiter auf Dawn gerichtet. Er atmete tief ein und genoss den Duft von Dawn, der immer noch überall in der Luft hing. Wann hatte er sich das letzte Mal so gut gefühlt?

Es hielt jedoch nicht lange an, denn einen Augenblick später ertönte ein Schrei und jeder Muskel seines Körpers verkrampfte sich wieder.

„Wo ist mein Fotograf? Verdammt noch mal, wo ist dieser Mann?“

„Brautzilla ist zurück“, murmelte Cruz und zog sich überstürzt zurück.

Kai packte Hunters Arm und zog ihn von der Szene weg, die mit Sicherheit wieder ein Drama werden würde. „Die Hochzeitsprobe findet bald statt. Erinnerst du dich?“

Hunter stöhnte. Wie konnten sich die Dinge in solch kurzer Zeit von so gut zu so schrecklich entwickeln?

„Hör mal, ich kann dich bis zur Probefeier hier vertreten“, begann Kai und Hunters Universum strahlte wieder heller. „Aber ich habe Tessa versprochen, dass ich vor acht zurück bin.“

Hunter wartete, während Kai fortfuhr.

„Dawn hat jetzt auch dienstfrei. Warum lässt du dich nicht von ihr nach Hause fahren? Mach eine kleine Pause.“

Hunter prüfte seine Uhr und dann seinen Verstand. Moment. Würde er wirklich seinen Posten verlassen?

„Ich sagte, ich kann dich hier vertreten“, sagte Kai, der seine Gedanken las.

Beeilung. Sein Bär schnüffelte in die Richtung, in die Dawn verschwunden war.

Also beeilte er sich. Er sprintete regelrecht und holte sie gerade noch ein, als sie ihr Auto erreichte.

„Dawn“, rief er und hielt schnell an, bevor er sie wieder verschreckte. Er holte tief Luft und tat so, als würde er nicht schnaufen.

Sie wirbelte herum und er befürchtete das Schlimmste. Aber als sie ihn sah, strahlte ihr Gesicht. Ihre Lippen zitterten, als sie fragte: „Ja?“

Ihr Ton war optimistisch. Ja fast sogar hoffnungsvoll.

Er presste die Lippen zusammen, weil er sich plötzlich gar nicht mehr sicher war, was er sagen wollte. Vielleicht nur: *Dawn, kannst du mich mitnehmen?* Oder sollte er etwas mutiger sein und sagen, was er wirklich fühlte? *Dawn, ich liebe dich so sehr. Bitte lass mich nicht gehen.*

Er räusperte sich, aber brachte nur ein Durcheinander heraus.

„Ich habe ein paar Stunden frei. Du auch?“, kam sie ihm zu Hilfe.

Er nickte eifrig. Zu eifrig?

Sie lehnte sich gegen die offene Wagentür und überlegte eine Minute. „Sie wollen mich für die Probefeier heute Abend wieder hier haben. In zivil", seufzte sie. „Anweisung der Braut."

Ausnahmsweise hatte Hunter mal kein Problem mit Reginas Wünschen. Nicht, dass ihn Dawn in Uniform störte – verdammt, er würde sie sogar in einem Pinguin-Anzug lieben – aber die Uniform erinnerte ihn ständig daran, dass sie eine Gesetzeshüterin war. Und er war ein Mann, der gelegentlich außerhalb des Gesetzes agieren musste, wenn auch nur in Situationen mit gutem Grund dafür.

„Ja", sagte er schroff. „Ich habe auch eine Weile frei."

Er hielt den Atem an, während sie einen Moment weiterüberlegte. „Möchtest du, dass ich dich nach Hause fahre?"

Er bewegte den Kopf auf und ab und ging zum Beifahrersitz herum, als sie ihm zunickte. Sein übereifriger Bär hätte ihn beinahe um das Auto rennen lassen, aber er trat auf die Bremse und ging, wie er hoffte, in einem lässigen Tempo herum.

Sei nicht so kindisch, züchtigte er seinen Bären – was tatsächlich etwas scheinheilig war, denn er war ebenso begeistert. Er schnallte sich an, lehnte sich im Sitz zurück und sah sich um. Heiliger Strohsack. Er saß in einem Auto. Mit Dawn. Und sie fuhren. Sie fuhren irgendwohin – an einen Ort, an den er sich nicht mehr erinnern konnte, aber es schien kaum noch eine Rolle zu spielen.

Er saß ganz still da und sagte sich selbst, er sollte nicht zu aufgeregt sein. Aber Junge, das war schwer. Seine Gedanken erinnerten sich immer wieder zu Momenten ihres Tanzes zurück – und schlimmer noch, sie wurden von Erinnerungen an ihren Kuss überlagert.

„Langer Tag heute", brach sie die Stille.

„Langer Tag", stimmte er zu.

Das Fenster war offen und Gott sei Dank dafür, denn er hätte allein von ihrem himmlischen Duft ohnmächtig werden können. Jasmin und Butterblume und Hibiskus, alles miteinander vermischt. Und noch etwas Neues. Ein Duft, den er nicht ganz zuordnen konnte.

Frag sie, drängte sein Bär. *Mach schon und frag sie.*

Er saß vollkommen regungslos dort, ängstlich, auch nur ein Wort zu sagen. Er konnte Dawn nicht fragen, was er unbedingt wissen wollte. Er wagte es einfach nicht.

Komm schon, forderte ihn sein Bär auf. *Jetzt frag einfach.*

Sie wurde gerade wieder für ihn warm. Er würde alles ruinieren, wenn er sie zu sehr drängte.

Willst du wetten? fragte sein Bär und schnupperte erneut.

Er schloss die Augen und versuchte, die neue Komponente ihres Duftes einzuordnen. Als ihm bewusst wurde, was es war, erstarrte er.

Verlangen.

Er saß ganz still da und schnüffelte noch einmal, um sicherzugehen. Es war definitiv der Duft von Verlangen. Ein süßer Zuckerwatteduft, den er oft zwischen den Paaren von Koa Point wahrnahm – Kai und Tessa, Boone und Nina.

Dawn und Hunter, murmelte sein Bär und probierte, wie ihre Namen Seite an Seite klangen. *Es klingt sogar so, als gehörten wir zusammen. Und Meli bedeutet Honig. Wir sind füreinander geschaffen.*

Ah, die Logik eines Grizzlybären. Hunter seufzte.

Also frag sie schon, heulte sein inneres Tier.

Er hatte heute kaum mehr als zehn Worte mit ihr gesprochen. Oder vielleicht sogar über die letzten Tage – oder Wochen. Er wäre auf gar keinen Fall in der Lage, auszudrücken, was er fühlte.

Du brauchst doch kein Dichter zu sein. Jetzt frag sie einfach, sagte sein Bär.

Vielleicht sollte er warten, bis sie das Tor von Koa Point erreicht hatten.

Sein Bär rollte mit den Augen. *Sag es. Sag, Dawn ...*

„Dawn", sagte er und übertönte kaum das Geräusch des Motors.

Sie drehte den Kopf.

Möchtest du gern mit zu mir kommen? sprach ihm sein Bär vor und half seinem Gehirn auf die Sprünge.

„Möchtest du gern mit zu mir kommen?", flüsterte er.

Einen Moment lang dachte er, sie hätte es nicht gehört, weil sie einfach weiterfuhr. Aber dann öffnete sie den Mund und schüttelte den Kopf. „Nein.“

Sein Herz wurde schwer. *Ich habe es dir doch gesagt,* begann er seinem Bären vorzuwerfen, aber Dawn sprach weiter und unterbrach seine Gedanken.

„Nein, aber ich möchte, dass du mit zu mir kommst“, sagte sie ganz leise.

Sie behielt ihren Blick weiter auf die Straße gerichtet, aber er konnte spüren, wie sich ihr Herzschlag beschleunigte. Er wünschte sich, das Auto wäre so schnell wie das Trommeln.

Sag etwas, du Idiot, zischte sein Bär.

„Das wäre sehr schön“, schaffte er zu antworten.

Sein Bär stöhnte.

Was? verlangte Hunter.

Ist das das Beste, was du rausbekommst?

Er dachte nach. Ja. Es war das Beste, was er hervorbringen konnte. Aber verdammt, Dawn schien es nicht zu stören. Tatsächlich wurde das Fahrzeug etwas schneller, als sie ins Landesinnere abbog.

„Es ist gleich dort oben, etwa drei Kilometer von hier“, murmelte sie.

Er nickte und tat so, als würde sein Herz nicht vor Freude springen.

„Also, wegen Lily ... “, begann Dawn.

Ach richtig, die Vermieterin. Hunter mochte Lily, aber er wollte verdammt noch mal hoffen, dass sie nicht da wäre. Aber wenn doch, in Ordnung. Er konnte sich auch hinsetzen und eine Tasse Tee trinken, anstatt das Beste aus ihrer gemeinsamen Zeit zu machen. Solange er in Dawns Nähe bleiben durfte.

„Sie wird wahrscheinlich nicht da sein. Heute ist Bridge-Abend“, sagte Dawn.

Sein Herz klopfte etwas heftiger und sein Puls raste. „Bridge-Abend. Nett“, sagte er wie ein totaler Idiot.

Bridge-Abend ist großartig, krähte sein Bär.

Sie fuhren an einem Zuckerrohrfeld und einer Reihe von Häusern vorbei, bevor sie nach links in eine Gasse mit von Kiefern geschützten Hütten abbogen. Dawn parkte vor einem

Haus mit blauen Fensterläden am Ende der Gasse und saß eine Minute lang still.

„Ähm, wenn du nicht willst ... ", sagte er, obwohl es ihm den Magen umdrehte, sich vorzustellen, dass sie ihre Meinung vielleicht geändert haben könnte.

Sie schüttelte den Kopf und setzte ein Lächeln auf. Ein tapferes Lächeln, bei dem er sich fragte, was in ihrem Kopf vorging. War es sein Bär, der ihr wieder Angst machte?

Sie winkte ihn aus dem Auto und ging zügig einen Weg an der linken Seite des Hauses entlang. „Hier wohnt Lily ... "

Hunter nickte und dankte jedem einzelnen Gott im hawaiianischen Pantheon, dass die alte Dame nicht zu Hause war.

Dawn zeigte auf ein gelbes Häuschen mit weißen Zierleisten, das dahinterstand. „Ich miete die Hütte hier hinten ... "

„Nett." Irgendwie hatte er sich sie an genau solch einem Ort vorgestellt. Klein, gemütlich und gepflegt, mit Topfpflanzen und einer Laterne an der Tür.

Der Sessel auf der kleinen Veranda war nach Westen ausgerichtet, wo die Sonne mit lebhaften Streifen in Rot, Orange und Gelb unterging. Die Gittertür öffnete sich mit einem Quietschen und er hielt sie für sie auf. Er versuchte, das Zittern seiner Hand zu verbergen, während Dawn mit den Schlüsseln herumfummelte.

„Hier", murmelte sie, drückte die Tür auf und winkte ihn hinein.

Natürlich war ihr Haus blitzsauber. Das Geschirr, das sie zum Frühstück benutzt hatte, war abgetrocknet und weggeräumt worden, und die Zeitschriften auf dem Tisch lagen gerade ausgerichtet. Jedes der Sofakissen war im genau gleichen Winkel wie das dahinterliegende angeordnet, wie ein aufgeklappter Fächer in verschiedenen Blautönen.

„Nett." Er ging zu dem vom Boden bis zur Decke reichenden Bücherregal an der Wand hinüber. Sie hatte Bücher über hawaiianische Geschichte, hawaiianische Blumen und hawaiianische Quilts, die nach Kategorien geordnet und durch Eulenfiguren in allen Formen und Größen voneinander getrennt waren. Eine glitzernde Eule. Eine Eule aus Kokosnussschale. Eine Eule aus Keramik. Und sogar eine Eule aus Muscheln.

Huhu. Genau aufs Stichwort schrie draußen eine Eule.

Pu'eo ist Dawns *Aumakua*, erinnerte er sich an Lilys Worte. Die Form, die der Geist ihrer Vorfahren annahm.

„Wow", sagte er, als er einen Poi-Stampfer aus Basalt neben dem Sofa entdeckte.

„Ich bin so etwas wie ein Flohmarktfanatiker", sagte Dawn und zeigte auf das antike Grammophon in der Ecke.

„Funktioniert das?"

„Aber sicher." Sie hob den Deckel hoch und kurbelte an dem Griff. Sie platzierte die Nadel vorsichtig auf der Platte und ließ sie sich drehen. „Das Lied braucht eine Sekunde, um anzufangen", murmelte Dawn, als der kratzige Klang der Schellackplatte den Raum mit stiller Vorfreude füllte.

Die Tür zum Schlafzimmer war nur angelehnt – der einzige andere Raum unter dem Spitzdach – und Hunter konnte nicht anders, als einen Blick hineinzuwerfen. Sein Atem stockte, als er den Quilt auf dem Himmelbett sah. Ein leuchtend gelber Quilt mit einem Blumenmuster.

„Oh."

„Was?" Sie kam an seine Seite und schaute ebenfalls.

„Meine Mutter hatte einen ganz ähnlichen Quilt."

Ein Schwall von Geräuschen, Eindrücken und Gerüchen überspülte ihn. Das Plätschern des Baches neben der Hütte, in der er aufgewachsen war. Der frische Duft von Wildblumen im Frühling. Die sonnengelbe Farbe des alten Kleides seiner Mutter, das als Stoffflecken in der Steppdecke recycelt worden war. Er wandte sich so schnell von den Erinnerungen ab, dass er beinahe mit Dawn zusammengestoßen wäre. Er fing ihre Arme ein – mehr um sich selbst zu stabilisieren als sie. Sie starrten sich eine Sekunde lang an und dann zog er sie, ohne nachzudenken, in eine Umarmung. Eine Umarmung, die ihn völlig aus den Angeln hob, denn sein Herz klopfte wie verrückt.

Er wollte sich gerade zurückziehen, weil er Angst davor hatte, wie Dawn reagieren würde. Aber sie schlang ihre Arme um ihn, hielt ihn fest und weigerte sich, loszulassen.

„Das ist gut." Ihre Stimme war gedämpft und seine Brust wurde an der Stelle, an die sie ihr Gesicht lehnte, ganz heiß.

„Es ist gut", flüsterte er und neigte seinen Kopf zu ihrem.

Sie standen für eine lange Minute dort, während die Nadel Runde um Runde auf der Schellackplatte drehte. Er war sich nicht ganz sicher, was er tun sollte. Wusste nicht, ob er überhaupt etwas tun sollte, denn sie einfach nur festzuhalten, war bereits großartig. Als sie jedoch begann, ihre Hände über seinen Rücken gleiten zu lassen, brachte das seinen Bären auf alle möglichen schlechten Ideen.

Sie will es auch. Kein Grund, uns zurückzuhalten.

Natürlich musste er sich zurückhalten. Er würde es auf gar keinen Fall riskieren, ihr erneut Angst einzujagen. Nun, nicht, dass sie sonderlich ängstlich erschien. Dawn war hart wie Stahl, auch wenn sie ihn an eine exotische Blume erinnerte.

Das Lied auf dem Grammophon begann mit einer langsamen, sanften Inselmelodie der Dreißigerjahre. Eines dieser fröhlichen Ukulele-Stücke mit gerade genug Rhythmus, dass ihre Körper zu wippen begannen.

„*On a little bamboo bridge*", flüsterte Dawn.

Er atmete tief ein und genoss den Druck ihrer Brust gegen seine. Ihrer Hände rieben an seinem Rücken auf und ab und erweckten jeden Nerv in ihm. Er konnte sich kaum zurückhalten, seine Hüften an ihr zu reiben.

Sie drehten sich langsam und machten winzige Schritte im Takt der Musik.

„Hunter", flüsterte sie, als sie ihr Gesicht langsam zu seinem hob.

Ihre Augen waren von bodenloser, dunkler Tiefe, die wie Perlen glänzte, und ihre Lippen bewegten sich.

Küss sie, forderte ihn sein Bär auf.

Ganz langsam senkte er sein Kinn zu ihr und gab ihr jede Gelegenheit zu protestieren. Aber sie wich nicht zurück. Sie kam näher. Einen Augenblick später trafen sich ihre Lippen und kleine Blitzschläge rasten durch seine Adern.

Der Himmel. Einfach so wurde Hunter in den Himmel transportiert. Dawns Lippen tanzten auf seinen. Er erwiderte jede Bewegung, die sie machte, angefangen vom Streicheln ihrer Hand über seine Rippen bis hin zum Aufwärtsgleiten ihrer Lippen. Als sie ihren Mund öffnete, tat er es ebenfalls und ließ sie ihn schmecken. Sie löste sich lange genug von ihm, um tief einzuatmen, tauchte dann wieder ein und strich mit ihrer Zunge über seine Zähne. Ihre Hüfte streckte sich seiner entgegen und der Duft ihrer Erregung wurde stärker als der Geruch der Gardenien, der von draußen hereinwehte.

Er hätte fast gestöhnt. Seine Knie schwankten leicht und seine Leiste drückte gegen ihre Hüften. Dies löste ein ganz neues Wildfeuer in seinem Körper aus und er hatte keine andere Wahl, als seinen Kopf zur Decke zu heben und bis zehn zu zählen.

„Nicht gut?", flüsterte sie.

Sofort schüttelte er den Kopf. „Wirklich gut. Ich versuche nur, nichts zu überstürzen."

Sie lachte und sein Bär jubelte. „Nun, wir haben nur … " Sie schaute auf ihre Uhr. „Zweieinhalb Stunden." Ihre Stimme klang heiter und verspielt, wurde im nächsten Augenblick jedoch ernst. „Hör mal. Ich will das hier wirklich, Hunter. Ich will dich. Aber ich weiß nicht … Ich meine, ich bin mir nicht sicher, wie weit … ich meine … "

Er fing ihre Hände ein, zog sie an seine Brust und hielt sie dort fest. „Wir hören auf, wann immer du willst. Wir gehen nur so weit, wie du es willst, und keinen Schritt weiter."

Ihre Wangen wurden rot. Die Musik traf einen flirtenden hohen Ton und kehrte dann zu ihrem sanften Schwung zurück.

Dawn schwankte im Rhythmus und ihre Hüften bewegten sich mit unverkennbarem Verlangen an seinen. Doch während ihr Körper sich ihm ganz und gar hingeben wollte, zögerte sie immer noch. Es zeigte sich in ihren großen Augen und in der Art, wie sich ihr Mund öffnete und wieder schloss.

„Ich habe tatsächlich noch nie … Ich meine, ich fühle mich bereit, aber ein Teil von mir … " Sie fing immer wieder an und verstummte wieder, nichts ergab einen Sinn.

Er hielt sie sanft an den Schultern fest und sah ihr prüfend in die Augen.

Sie atmete tief durch. „Ich war noch nie mit einem Mann zusammen." Eine Sekunde lang stand sie dort, ängstlich vor seiner Reaktion. „Ich meine, ich habe noch nie mit jemandem geschlafen."

Er kam nicht umhin, sie mit offenem Mund anzustarren. Dawn war Jungfrau? Unmöglich. Eine solch selbstbewusste und schöne Frau musste doch irgendwann einmal mit jemandem Sex gehabt haben – oder zumindest hatte er das angenommen.

Dann traf ihn die Erkenntnis wie ein Schlag. Dieses Footballspieler-Arschloch damals aus der High-School. Hatte Dawn solch tiefe Narben davongetragen?

Ich habe dir doch gesagt, wir hätten ihn auf der Stelle töten sollen, meckerte sein Bär.

Er schloss die Augen und erinnerte sich an alles. Das beunruhigende, nagende Gefühl, das ihn zum Schuppen hinter der Schulwiese zurückgehen ließ. Die widerliche Szene, die sich ihm offenbarte, als er die Tür aufriss und dieses Arschloch eines Quarterbacks, Clive, auf Dawn liegen sah. Wie er an ihrer Kleidung herumriss. Ihre kleinen Fäuste hatten Clive wirkungslos auf den Rücken geschlagen und auf ihrem Gesicht hatte ein Blick des schieren Grauens gelegen. Als Hunter Clive durch den Schuppen geschleudert und Dawn auf die Füße gezogen hatte, hatte sie am ganzen Körper gezittert und Tränen waren ihr übers Gesicht geströmt.

Hunter hatte immer gedacht, dass das Schicksal ihn gerade noch rechtzeitig zu Dawn geführt hatte, aber vielleicht war er doch ein wenig zu spät gekommen. Dieser Rattenschwanz Clive hatte einen Schaden ganz anderer Art angerichtet. Clive hatte Dawn eine der reinsten Freuden des Lebens genommen und das war nicht gerecht.

Gott, sie war zäh und zeigte niemandem je, wie sehr sie verletzt worden war. Und scheiße, was war er selbst für ein Arschloch, dass er angenommen hatte, sie hätte die brutalen Erinnerungen einfach hinter sich lassen können.

„Wir können aufhören. Wir können … "

Dawn schüttelte heftig den Kopf. „Ich will es, Hunter. Ich will es wirklich. Aber ich glaube, wir müssen diesen Teil schnell machen. Um mir darüber hinwegzuhelfen. Weißt du … "

Nein, er wusste es nicht, aber zum Teufel. Er würde alles tun, was sie wollte, selbst, wenn das bedeutete, mittendrin aufzuhören.

„Ich muss … ich muss … " Sie suchte nach Worten, aber murmelte dann: „Ach zum Teufel" und stürzte sich in einen neuen Kuss. Ein Kuss, der so aus heiterem Himmel kam, dass sie ihn damit gegen die Wand drängte. Ihre Hände waren überall – auf seiner Brust, an seiner Taille, seinem Rücken – und er konnte nichts anderes tun, als seine Hände auf ihre Schultern zu legen und sie machen zu lassen.

Ihr Kuss wurde fordernder, begieriger. Sie zog sein Hemd aus seiner Hose, um seine Haut zu berühren. Als sie ihre weichen Hände über seine Brust wandern ließ, hielt er den Atem an. Sie streichelte ihn so, wie er sie unbedingt streicheln wollte. Aber er konnte es nicht. Dawn musste die Führung übernehmen und er musste ihr folgen.

Selbst wenn es mich umbringt, stimmte sein Bär ihm zu und biss die Zähne zusammen.

Ihre Hände lösten seine Krawatte und flogen über die Knöpfe seines Hemdes. Als sie vor Ungeduld strauchelte, übernahm er das für sie, während sie ihre Hände langsam und sinnlich hinuntergleiten ließ und in die Gesäßtaschen seiner Hose schob.

„Gute Idee", murmelte sie zwischen den Küssen, während er die Knöpfe für sie öffnete. Sie strich mit den Händen über seine Schultern und zog das Hemd zurück.

Sie waren definitiv nicht mehr im Takt mit der kratzigen Melodie aus dem Grammophon, aber das war Hunter völlig egal. Als Dawn begann, ihr eigenes Hemd aufzuknöpfen, konnte er nur zusehen, wie sie Stück für Stück der zarten Haut ihres Dekolletés enthüllte, bis der Rand ihres BHs sichtbar wurde. Er war weiß, mit etwas Spitze am Rand – ein versteckter Hauch von Weiblichkeit im Kontrast zu ihrer Uniform.

„Was schaust du denn so, Mister?", neckte sie ihn mit aufgesetzter Tapferkeit, als sie die restlichen Knöpfe öffnete.

Ich sehe die Frau an, die ich liebe, hätte er fast gesagt. *Eine wundervolle Frau, die ihre Ängste – und ihre Sehnsüchte – versteckt.*

„Ich sehe dein wahres Ich an", murmelte er.

„Du denkst, du kennst mein wahres Ich?"

Jahrelang hatte er das gedacht. Jetzt war er sich nicht mehr so sicher. Aber verdammt, er würde liebend gern Jahre damit verbringen, zu verstehen, wie sie tickte.

Er neigte seinen Kopf von einer Seite zur anderen. „Das würde ich gern herausfinden."

Sie presste die Lippen zusammen. „Was ist, wenn dir nicht gefällt, was du findest?" Ihre Augen verdunkelten sich, als hätte sie ein düsteres Geheimnis. Aber zur Hölle – davon hatte er selbst genügend. Geheimnisse und Narben, die er mit ihrer Hilfe hervorbringen und auslöschen wollte, eines nach dem anderen.

Aber nicht heute Abend. Heute Abend ging es darum, den nächsten Schritt zu tun.

Sex! jubelte sein Bär.

Nein, Sex war nicht der nächste Schritt. Nicht an und für sich. Es ging darum, Vertrauen aufzubauen, und er brauchte dies genauso dringend wie Dawn.

Kein Sex? stöhnte sein Bär verwirrt.

Doch, Sex. Nun, hoffentlich. Verwechsle das nur nicht mit dem, was wirklich zählt.

Sicher. Gut. Wie auch immer, murmelte sein Bär. Er schnupperte kräftig und war ganz berauscht von ihrem Duft.

„Du meinst, du bist nicht perfekt?", sagte er und beantwortete schließlich ihre Frage.

Dawn spottete. „Weit davon entfernt."

„Gut", murmelte er und zog das Hemd über ihre Schultern. „Dann fühle ich mich nicht völlig unterlegen."

Sie sah schockiert aus, so als hätte sie noch nie wirklich darüber nachgedacht, wie erstklassig sie war. Er lachte leise, als er das Kleidungsstück zur Seite warf. Dann griff er nach ihren Händen und führte sie zurück zu seiner Brust. Er sehnte sich danach, dass sie ihn wieder berührte.

Ich sehne mich auch danach, sie zu berühren, stöhnte sein Bär. Denn dort stand sie, die Frau seiner Träume, in nichts als einem hübsch gefüllten BH, direkt vor seinen Augen. Ihre Brust hob sich und neckte ihn.

Mach langsam, sagte er zu seinem Bären.

Er schlang seine Hände hinter ihren Nacken und löste vorsichtig das Haar aus ihrem Zopf. Die langen, schwarzen Strähnen waren genauso seidig, wie sie es in seinen Träumen waren, und er kämmte immer wieder mit den Fingern hindurch.

Schön, murmelte sein Bär. *So schön.*

Sie zog fragend die Augenbrauen hoch und er nickte. Ja, davon hatte er schon seit Jahren geträumt.

Sein Bär stellte sich eine Szene ein paar Jahre in der Zukunft vor, in der Dawn von der Arbeit nach Hause kam, sich müde auf die Couch fallen ließ und er ihr Haar mit den Fingern kämmte. *Wie war dein Tag?* würde er fragen und ihre Schultern massieren. Und er wäre der glücklichste Mann auf der Welt, weil er derjenige war, der ihr jeden Tag zuhören durfte.

Er räusperte sich und bremste sich, bevor er die Dinge überstürzte – sie sehr überstürzte. Mit einem zitternden Finger strich er die Strähnen zurück, die in ihr Gesicht gefallen waren. Dann beugte er sich vor und küsste sie.

Dawn kam ihm gierig entgegen, wimmerte unter dem Kuss und ließ ihre Hände zu seiner Hose rutschen. Sie zögerte an der Gürtellinie, glitt dann tiefer und packte seine Erektion durch den Stoff.

Hunter warf den Kopf zurück und erhob sich auf die Fußballen. Er drückte seine Hände an beiden Seiten ihres Kopfes gegen die Wand – behutsam, um Dawn nicht einzuengen, aber um sich abzustützen. Um ein klein wenig Selbstbeherrschung zu behalten.

Sie spreizte ihre Finger und streichelte ihn, was ihn aufstöhnen ließ. Dann zog sie behutsam seinen Reißverschluss auf und schob ihre Hand hinein. Ihre Augen wurden riesig und da war es wieder – das Gefühl des Zögerns, die Zwiespältigkeit sich zurückzuhalten, wenn sie sich wirklich hineinstürzen wollte. Schließlich packte sie ihn fest und murmelte etwas Unverständliches.

Hunter zuckte vor und zurück und schwankte auf den Fersen. Er hätte seine Augen schließen und weitermachen können, bis er in ihrer Hand zum Höhepunkt kam, aber er zwang sich, aufzuhören. Es ging hier nicht um körperliche Lust. Es ging darum, die Verbindung zu seiner Gefährtin zu vertiefen.

Er öffnete seine Augen ganz langsam, ängstlich, dass das Glühen der Erregung Dawn erschrecken könnte. Aber sie begegnete seinem Blick mit Leichtigkeit und neigte ihr Kinn zu ihm hoch.

„Berühre mich", flüsterte sie und zog seine Hände zu ihren Brüsten.

Hunter biss sich auf die Lippe und sagte sich selbst, langsam zu machen, aber Dawns Augen blitzten auf.

„Nicht", sagte sie und er hielt sofort inne.

Er versteifte jeden Muskel und hörte sofort auf. Scheiße, das war es. Sie hatte ihre Meinung geändert.

Dawn schüttelte den Kopf und zog seine Hände unter ihre Brüste. „Ich meine, hör nicht auf. Bitte. Hör nicht auf."

Kapitel 10

Für eine Frau mit dem zwanghaften Bedürfnis, nie die Kontrolle zu verlieren, fand Dawn, dass es ihr ziemlich gut gelang, loszulassen. Oder vielleicht lag es daran, dass Hunter sie so sicher fühlen ließ, dass sie völlig vergaß, Angst zu haben. Sie vergaß, sich darum zu sorgen, dass die Schallplatte am Ende angelangt war und die Nadel in endlosen Kreisen weiterlief. Sie vergaß alles außer dem glühenden Verlangen in ihrer Seele.

Was du brauchst, ist jemand, der dich aus diesem sorgfältig kontrollierten Käfig schüttelt, in dem du lebst.

Jemanden wie Hunter.

Ohne Liebe lebst du nicht. Noch nie waren Lilys Worte wahrer erschienen als in diesem Moment.

Sie konnte die Kraft und das wilde Verlangen in Hunter spüren. Dennoch waren seine riesigen Hände sanft – so sanft, dass sie jammern und nach mehr betteln wollte. Hunter war überhaupt nicht wie der handgreifliche, keuchende Mann, den sie einst abzuwehren versucht hatte. Und als er die überempfindliche Haut ihrer Brüste berührte, stöhnte sie.

„So gut … "

Er drängte sich näher an sie und begann, ihr Ohr zu küssen, während er ihre Brüste massierte – kreisende Bewegungen an den Seiten, während er mit den Daumen immer wieder über die Vorderseite streichelte. Sie streckte sich seiner Berührung entgegen und schmiegte sich näher an ihn.

„Bitte, Hunter. Zieh ihn aus", murmelte sie, während seine Hände über ihren BH glitten.

Er tat dies mit dem Ausdruck eines Museumsbesuchers, der ein neues Meisterwerk studierte. Am Ende war sie diejenige, die den Stoff von ihren Schultern riss und zur Seite warf.

Hunters Atem stockte, aber er fasste sie erneut an und die nächste Berührung seiner rauen Daumen bescherte ihr genau die Ekstase, die sie sich erhofft hatte.

„So gut", murmelte sie immer wieder.

Jahrelang hatte sie Intimität gemieden. Wie hätte sie nach ihrer Beinahe-Vergewaltigung einem Mann vertrauen können? Und schlimmer noch, wie sollte sie den Mann, den sie liebte, befriedigen, wenn sie den Gedanken nicht ertragen konnte, berührt zu werden?

Es war ein Fluch. Ihr Körper sehnte sich genauso sehr nach Sex wie der jeder anderen Frau, wehrte den Drang aber gleichzeitig ab.

Bis jetzt. Jetzt war sie gierig. Ausgehungert. Und sich absolut und vollkommen sicher, dass Sex mit Hunter ein Akt der Schönheit und kein Verbrechen sein würde.

Als sie mit den Händen über seine harten Bauchmuskeln strich und ein Bein um seine Seite schlang, stöhnte er auf und stand regungslos da. Sein Schwanz drückte sich durch den Stoff seiner Boxershorts gegen ihren Bauch und seine Atmung beschleunigte sich etwas.

„Du bist dir sicher, ja?", krächzte er.

Und wie sicher sie sich war. Dies war so viel mehr, als sie es sich je erträumt hätte. Sie hatte immer gedacht, Sex bedeutete, dass eine Frau die Kontrolle an einen Mann abgibt. Aber Hunter übertrug ihr alle Macht. Diese unglaubliche, animalische Kraft, die durch seine Adern pulsierte, war keine aggressive Waffe, die sie fürchten musste. Sie war zur Verteidigung da und wurde nur eingesetzt, um sie zu beschützen.

Sie schluckte. Hunter war in den Krieg gezogen, um sein Land zu beschützen. Und nun schien es so, als wollte er nur noch sie beschützen. Selbst völlig erregt hielt er sich zurück und war nicht gewillt, sie zu weit zu drängen.

Sie schob seine Hose weiter hinunter und packte seinen Schwanz. Je mehr Hunter sich zurückhielt, desto mehr Selbstvertrauen gewann sie. Sie konnte es tun. Sie konnte die Berührung eines Mannes genießen. Nun zumindest die Berührung *dieses* Mannes. Es würde sie befreien.

Er schloss die Augen und stöhnte ihren Namen. Einen halben Schritt nach rechts befand sich der Eingang zu ihrem Schlafzimmer. Schweigend betrachtete sie die Schwelle. Sie mit Hunter zu übertreten bedeutete viel mehr, als nur einen physischen Schritt zu tun. War sie wirklich bereit dafür?

Ja, heulte ihr Körper. *Ja, bitte.*

„Hunter", flüsterte sie und half ihm, seine Hose und Boxershorts auszuziehen. Dann zog sie ihn durch die Schlafzimmertür. Als sie die unsichtbare Linie der Schwelle überquerten, atmete sie aus. Keine Panik, keine albtraumhaften Bilder der Vergangenheit. Nur Hunter, der ihre Haut streichelte.

Sie ging rückwärts, bis ihre Waden gegen die Bettkante stießen, wo sie sich langsam zurücklegte. Hunter folgte ihr und seine breiten Schultern versperrten ihr die Sicht auf den größten Teil des Zimmers. Er lehnte sich auf allen vieren über sie und für einen schrecklichen Moment, der aus heiterem Himmel kam, versteifte sich ihr Körper und brachte die Vergangenheit zurück. Doch als Hunter ihren Namen murmelte und sich sanft an ihr Kinn schmiegte, verschwand ihre Panik. Sein Bart war so lächerlich weich und kitzelte ihre Haut. Als sie vor Erleichterung zu kichern begann, hob er den Kopf und sah sie an.

„Was?"

Sie zog ihn zu sich zurück und kuschelte sich an ihn. „Das gefällt mir."

„Gut", grummelte er, während er erst ihr linkes und dann ihr rechtes Ohr küsste und sich mit der Nase an ihr rieb. Dann begann er, Zentimeter für Zentimeter ihres Körpers zu erforschen.

Dawn ging von genussvollen Seufzern zu Freudenschreien über und krümmte ihm ihren Rücken entgegen. War hier Gestaltwandlermagie am Werk oder waren es nur sein kurz geschnittener Bart und seine unglaublich weichen Lippen, die sie so wild machten?

Er setzte seinen sinnlichen Weg fort und kratzte langsam mit dem Kinn über ihren Bauch und an ihrem rechten Oberschenkel hinunter.

„Ist das in Ordnung?“, murmelte er und ließ seine Hände über ihre Haut gleiten.

Ihre Knie öffneten sich und antworteten ihm, bevor sie überhaupt ein Wort herausbekommen konnte. Sie klammerte sich am Laken fest und nickte mit fest geschlossenen Augen.

Bitte, lass es mich jetzt nicht versauen. Bitte, keine Albträume, bettelte sie.

Hätte ihre Libido eine eigene Stimme gehabt, hätte sie gespottet. *Das ist Hunter. Er kann nicht anders, als mich gut fühlen zu lassen.*

Und sie fühlte sich tatsächlich gut, vor allem, als er seine Hände langsam zwischen ihre Beine schob. Je mehr er sich an ihre Oberschenkel und Hüfte kuschelte, desto mehr Hitze staute sich an. Sie war so feucht, dass seine Finger ganz leicht durch ihre Schamlippen glitten und ihre Knie sich noch weiter öffneten.

„Oh … ja … “, stöhnte sie und wollte mehr.

Er schob seine Finger tiefer hinein und Dawn schloss die Augen, als sie sich an all die einsamen, heißen Nächte erinnerte, in denen sie sich selbst berührt hatte. Es hatte immer geholfen, aber wow – wenn Hunter sie berührte, war es um Längen besser. Seine Finger glitten ein und aus, ließen sie keuchen und sich winden.

Als sie ihren Kopf nach hinten neigte, rutschte Hunter an ihrem Körper hoch und verwöhnte ihre Brüste mit seinen Lippen, während seine Hand zwischen ihren Beinen verblieb und sich immer schneller bewegte. Sein Schwanz war hart und stieß gegen ihre Hüfte und ein Tröpfchen Feuchtigkeit bildete sich an seiner Spitze.

„So gut … “, stöhnte sie. „Hunter, bitte.“ Sie schlang ihr Bein um seines und versuchte, ihn in Position zu ziehen. Sie war bereit. So bereit.

Er zögerte lange genug, dass sie ihre Augen öffnete.

„Was?“

„Ich habe kein Kondom“, antwortete er mit kratziger Stimme.

Sie lachte laut auf und drehte sich zum Nachtisch um, als er sie überrascht anschaute.

„Ja, ich habe Kondome. Wunschdenken, glaube mir", erklärte sie und reichte ihm die ungeöffnete Packung. Ein paar Monate zuvor, als sich ihre Träume von Hunter von niedlich zu lustvoll gewandelt hatten, hatte sie die Kondome gekauft. Sie hatte gehofft, es würde ihr helfen, ihre inneren Mauern einzureißen, sodass sie eines Tages …

Sie schluckte und beobachtete, wie Hunter die Packung öffnete. *Eines Tages* war endlich gekommen.

Als er es auf seinem Schwanz abrollte, riss sie die Augen weit auf. Er schien sich im Umfang zu verdoppeln, als sie ihre Hand zur Mithilfe hinunterschob. Würde er überhaupt in sie passen?

Hunter berührte sie erneut und rieb sich an ihrer Feuchtigkeit.

„Langsam", flüsterte sie.

Nein – schnell! schrie der heiß gelaufene Teil ihres Körpers. *Schnell und hart.*

Hunter lehnte sich über sie, seine Knie zwischen ihren. Mit seiner linken Hand führte er seinen Schwanz an ihren Schamlippen entlang. Sie dachte, er würde dies zu seinem eigenen Vergnügen tun, aber sein gepresstes Stöhnen zeigte ihr, dass er sich zurückhielt. Er kontrollierte sich.

In dem Moment, als ihr dies bewusst wurde, legte sich ein Schalter in ihr um. Kontrolle war beschissen. Kontrolle war eine Krücke für die Furchtsamen und sie hatte keine Angst. Nicht mehr. Nicht vor Hunter.

Als sein Schwanz das nächste Mal über ihren Eingang rutschte, zuckte sie nach oben, um ihn zu umschließen.

Hunter hielt inne, aber sie packte seine Schultern und zog mit ihren Beinen an ihm. „Jetzt, Hunter. Ich brauche dich so sehr."

Sein riesiger Bizeps spannte sich neben ihr an, als er sich langsam herabsenkte und tiefer eindrang. Der innere Stoß schmerzte leicht, aber es fühlte sich auch gut an und sie bewegte ihre Lippen mit stummen Schreien.

„Mehr", bettelte sie.

Hunter zog sich ein kleines Stück zurück, bevor er erneut tiefer stieß. Er senkte den Kopf neben ihrem und seine Schultern zitterten vor lauter Anstrengung.

„Ist das in Ordnung?", fragte er mit erstickter Stimme.

Das Gefühl reinster Wertschätzung strömte durch ihren Körper und löschte jeden Schmerz aus. Welch weiteren Beweis brauchte sie denn für die Bereitschaft dieses Mannes, sie über sich selbst zu stellen?

„Es geht mir gut. Gott, ich fühle mich so gut", schaffte sie es, zu sagen.

Er stieß tiefer in sie und füllte sie mit heißer Glut. Seine Bewegungen wurden schneller, während sie immer feuchter wurde. Zu einem Zeitpunkt zuckte sie beim Riss eines plötzlichen Schmerzes kurz zusammen, aber danach war es das reinste Vergnügen. Hunter zog sich zurück und glitt wieder hinein, während sie den Kopf zurückwarf. Als er begann, heftiger in sie zu stoßen, bewegte sich ihr Körper instinktiv und passte sich seinem Rhythmus an. Ihre lustvollen Schreie füllten den Raum, aber es war ihr völlig egal.

Ekstase. Das war es also, was dieses Wort bedeutete, dachte sie, als sich ihr ganzer Körper der brennenden Lust hingab.

Hunter strich ihr das Haar aus dem Gesicht, damit sie sich ansehen konnten. Seine Augen glühten so, wie überhitzte Ziegelsteine glühen würden – in einem tiefen, rötlichen Braun – und Schweiß bildete sich auf seiner Stirn. Er stieß schneller zu, lehnte sich dabei nach links und rechts, und dehnte ihre inneren Wände so exquisit mit seinen heftigen Bewegungen. Dann wurde sein Blick dunkler und er biss die Zähne zusammen.

„Bald", murmelte er und drückte ihre Hände. Nicht so sehr, um sie zu fixieren, sondern vielmehr um ihr Anker zu sein.

Bald war gut, denn ihr Körper stieg in Höhen auf, die drohten, außer Kontrolle zu geraten. Ihre Muskeln zogen sich, einer nach dem anderen, um seinen Schwanz zusammen, was ihn aufstöhnen ließ.

„Ist das in Ordnung?"

Er nickte fiebrig. „Mach es noch mal. Bitte, mach es noch mal."

Sie war ganz offensichtlich eine Anfängerin, aber das Verlangen in seiner Stimme ließ sie erstrahlen. Sie machte es richtig. Sie schaffte es, ihn sich gut fühlen zu lassen.

Als sie tief einatmete und ihre Muskeln zusammenzog, erschauderte Hunter innerlich. Seine Bewegungen wurden ruckartiger und seine Stirn glänzte vor Schweiß.

„Ja", begann sie zu singen, als er hart genug in sie stieß, um das Himmelbett zum Quietschen zu bringen. „Ja … "

Sie schloss die Augen und überließ sich völlig dem Gefühl. So viel Kraft, die in sie glitt. So viel Lust, die sich ganz auf sie konzentrierte. Solch eine starke Verbindung. Sie ließ ihren Kopf von einer Seite zur anderen rollen und spannte sich noch einmal um ihn an.

„Hunter", rief sie.

Sein nächster Stoß war der tiefste und sie heulten beide auf. Ihr Blick verschwamm, als eine Welle der Lust durch ihren Körper strömte, die sie erschaudern und aufschreien ließ. Die Muskeln seines Körpers verhärteten sich, als er im selben Moment zum Höhepunkt kam wie sie.

„So gut", flüsterte sie und wollte solange wie möglich im Gefühl dieser Leidenschaft schwelgen. Ihre Muskeln entspannten sich einer nach dem anderen und sie sank tiefer in die Matratze.

„Hunter", murmelte sie und streichelte mit den Händen über seinen Rücken.

Er hielt sie durch die Nachbeben der Lust und flüsterte ihren Namen. Sie zuckte und jauchzte bei jeder weiteren Welle. Als sie aufhörte, zu zittern, sank sie in seine Arme und kämpfte gegen die Tränen an. Warum hatte sie so lange Angst gehabt? Warum hatte sie sich hinter dem falschen Gefühl der Kontrolle versteckt, wenn das Loslassen doch so viel besser war?

„Hey", flüsterte er und streichelte mit dem Finger über ihre Wange. „Geht es dir gut?"

Sie lehnte ihre Wange gegen seine Brust und seufzte den tiefsten Seufzer ihres Lebens. „Mehr als gut." Sie verschränkte ihre Finger in seinen, nicht gewillt sich von ihm zu lösen.

Er schmiegte sich an sie und als er sich von ihr rollte, protestierte sie.

„Entschuldige. Ich muss das hier loswerden“, murmelte er und ging mit dem Kondom ins Bad.

Ohne Hunter fühlte sich das Bett sofort leerer und kälter an. Die Nadel des Grammophons kratzte in der plötzlichen Stille herum. Aber selbst das erzeugte irgendwie eine Melodie. Sie warf einen Blick auf die Kondompackung. Wie viele hatte sie noch? Und wie lange würden sie warten müssen, bevor es eine weitere Runde gab? Sie schaute auf die Uhr. Gott, wo war denn die Zeit geblieben?

Hunter machte einen Umweg, um die Nadel von der Schallplatte zu heben. Dann kroch er unter die Decke und umarmte sie von hinten. Er küsste ihre Schulter und vergrub seine Nase schnüffelnd an ihrer Wange, was sie daran erinnerte, dass er mehr als nur ein Mann war. Er war ein Bärengestaltwandler.

Sie wartete auf das Gefühl der Besorgnis, aber sie spürte nichts als über ihren Rücken kribbelnde Befriedigung. Die Sache mit dem Bären war … nun, sie *süß* zu nennen, würde vielleicht zu weit gehen. Aber auf jeden Fall sexy. Einen Mann zu haben, in dem ein inneres Tier schlummerte, hatte seinen ganz eigenen Reiz. Er war wie ein lebensgroßer Teddybär – nur, dass er überhaupt nicht wie ein Teddybär war, denn sein Körper konnte die erstaunlichsten Dinge mit ihrem tun. Allein das Grollen seiner Stimme löste Wellen der Lust in ihr aus.

„Vielen Dank“, sagte er so leise, dass sie sich anstrengen musste, um die Worte zu verstehen.

Sie drehte sich in seinen Armen um und legte ihre Hand um sein Gesicht. „Nein, ich danke dir.“

Der Kuss, den sie auf seine Lippen drückte, war süß, langsam und absolut perfekt. Als sie sich allmählich von ihm löste und sich weiter mit der Nase an ihn kuschelte, fühlte sich auch das so gut an. So gut, dass sie sich fragte, warum die Menschen nicht genauso sehr über das Nachglühen schwärmten wie über den eigentlichen Sex.

Am Ende sah sie ihm mit einem wahrscheinlich dämlichen Grinsen in die Augen und er schüttelte den Kopf.

„Was?“, fragte sie.

Seine Lippen zogen sich zu einem dieser seltenen Lausbubenlächeln nach oben, die sie so sehr an ihm liebte. „Kneif mich mal", lachte er und streichelte mit seinem Handrücken über ihren Arm.

Dawn biss sich auf die Lippe. Ja, es war definitiv auch ein *Kneif mich, ich träume*-Moment für sie.

„Du hast ja keine Ahnung, wie lange ich mir das schon gewünscht habe", gestand sie ihm und vergrub ihr Gesicht an seiner Brust.

„Willst du wetten?" Seine Brust hob und senkte sich mit einem Seufzen.

Sie lachte und hob den Kopf. „Ich kann gar nicht glauben, dass wir Regina Vanderpelt für etwas zu danken haben."

Er lachte leise und blickte nach links. Draußen rief eine Eule, die völlig zufrieden klang. Genau wie sie selbst. Sie verspürte noch nicht einmal den geringsten Drang, die im Zimmer verteilten Kleider und Laken aufzuräumen.

„Du hast eine Eule, die hier nistet?"

Sie grinste. „Ja. Mein *Aumakua* behält gern ein Auge auf mich."

Menschen, die nicht von den Inseln stammten, verstanden normalerweise nichts von den Ahnengeistern, aber Hunter schien es zu tun. Er griff hinüber und verwandelte die Bettdecke in ein kleines Nest für sie. Perfektes Timing, denn ihr Körper kühlte sich ab und sie konnte die nächtliche Kühle aufsteigen spüren. Das Haus war gerade hoch genug gelegen, um einen Temperaturunterschied zur Küste zu spüren. Hunters Finger strichen abwechselnd über ihre Haut und über die kleinen Nähte des Quilts.

„Hast du den gemacht?"

Sie schüttelte den Kopf. „Meine Großmutter. Ich bin lange nicht so gut wie sie." Sie zeigte quer durch den Raum auf ihr letztes Projekt – eine weißgelbe Frangipani-Appliqué, für die sie Monate gebraucht hatte, nur um die erste Hälfte fertigzustellen.

„Wunderschön", murmelte er. Sie hatte allerdings den heimlichen Verdacht, dass seine Augen auf sie gerichtet waren, und nicht auf den Quilt. Seine Arme schlossen sich fester um sie, als er fortfuhr: „Ich erinnere mich daran, wie meine Mutter bei der Handarbeit immer gesummt hat. Sie deckte mich immer mit einem Quilt zu und sang."

Dawn streichelte die starken, um ihren Körper geschlungenen Arme. Hunter hatte seine Mutter nur selten erwähnt. Seine beiden Eltern waren gestorben, bevor er nach Maui kam, um bei Georgia Mae zu leben. Aber das war alles, was sie wusste.

„Hast du diesen Quilt immer noch?", fragte sie. Leise. Vorsichtig. In der Hoffnung, dass sich zwischen die schlechten auch gute Erinnerungen mischten.

Es waren offensichtlich nicht so viele, denn sein Körper spannte sich von neuem an. „Nein. Jericho Deroux hat unser Haus mit allem, was sich darin befand, niedergebrannt."

Eine Ader in seinem Arm pulsierte und sie schluckte schwer. War seine Mutter ebenfalls in diesem Feuer umgekommen?

Sie umarmte ihn fest und wiegte ihn leicht. Plötzlich ergab so vieles an Hunter einen Sinn. Diese unterschwellige Traurigkeit, die er immer mit sich trug. Die leeren Augen eines Jungen, der seine Heimat vermisste. Die steife Höflichkeit, die aus Lektionen rührte, die ihm vor sehr langer Zeit beigebracht worden waren. Seine Sanftmut und sein Bestreben, sich um andere zu kümmern, wie um das Kätzchen, das er mit nach Hause genommen hatte. Und um sie.

Sie schüttelte den Kopf. Wer auch immer Jericho Deroux war, sie hoffte, er würde im Gefängnis verrotten. Dann entzog sie sich den negativen Gedanken, so wie sie es an den härtesten Tagen ihrer Arbeit tat.

„Es gibt so viel Schmerz in der Welt, aber auch so viel Schönheit."

Er zwang sich zu einem kleinen Lächeln und berührte ihre Wange. „Ja. Das ist allerdings wahr."

Ihre Brüste wurden gegen seinen Oberkörper gedrückt und ihre Hände begaben sich, ohne dass sie sich dessen bewusst war, auf erneute Wanderschaft. Aber in dem Moment, als es ihr auffiel – puh. Das heiße, pulsierende Gefühl strömte sofort in ihre Adern zurück. Hunters Augen funkelten und einen Augenblick später küssten sie sich. Und sie küssten sich nicht nur, sondern berührten und leckten sich, bis sie beide wieder völlig erregt waren.

Dawn blickte auf die Uhr und dann zu Hunter, der vom leichten Knabbern an ihrer Brust innehielt.

Sie lachte und fuhr fort, sein Ohr zu küssen. „Wir haben noch über eine Stunde und weißt du was?"

„Was?" Er schaute zu ihr auf.

Sie krümmte den Rücken und brachte ihre Brustwarze in die Reichweite seiner Lippen. „Ich plane, sie sinnvoll zu nutzen."

Kapitel 11

Hunter wartete auf der Veranda, während Dawn sich anzog. Gedankenabwesend rieb er seine Schulter am Türrahmen. In dem Moment, als ihm bewusst wurde, was er tat, stoppte er sich. Dies war nicht sein zu markierendes Revier. Es war Dawns Zuhause und obwohl sie sich ihm gegenüber geöffnet hatte, hatte sie ihn nicht gerade angefleht, sie zu seiner zu machen.

Was wäre, wenn wir sie anflehen, uns zu ihrem zu machen? hatte sein Bär gefragt. *Würde das funktionieren?*

Er grinste, weil – ja, so sehr war er bis über beide Ohren in sie verliebt. Das beste Gefühl der Welt, selbst wenn es mit einem nagenden Gefühl der Angst verbunden war. Für ihn standen so viele Hoffnungen und Ängste auf dem Spiel. Es gab noch so vieles, worüber er und Dawn miteinander sprechen mussten. Keiner von ihnen hatte seine Gestaltwandlerseite angesprochen und er hatte es noch nicht gewagt, ihr von dem Konzept vorbestimmter Schicksalsgefährten zu erzählen.

Sie spürt es doch ganz sicher genauso wie wir. Sie muss es doch wissen.

Hunter holte tief Luft. Im Moment sollte er die Gegenwart genießen und sich nicht um die Zukunft sorgen.

Er schnupperte und atmete den reichhaltigen Duft von Maui bei Nacht. Und auch der Duft von Sex lag noch immer in der Luft – schwach, aber für seine empfindliche Bärennase völlig eindeutig – und seine Brust schwoll etwas an.

Er hörte Schritte auf den Holzdielen der Hütte und drehte sich um.

„Wie sehe ich aus?", fragte Dawn, als sie die Veranda betrat.

Seine Kinnlade klappte hinunter und er stand eine Minute lang sprachlos da. Als er schließlich zu sprechen begann, kamen nur unverständliche Geräusche heraus. Denn, wow. Sie sah umwerfend aus. Nun, Dawn sah eigentlich immer umwerfend aus, sogar in ihrer Polizeiuniform. Aber jetzt ...

Ein elfenbeinfarbenes Qipao-Kleid umhüllte ihre sanften Kurven – ein wunderschönes, körperbetonendes Meisterwerk aus Seide, das ihre asiatische Herkunft unterstrich. Drei Knotenknöpfe verliefen von ihrem Hals zu einer Schulter und an ihrem linken Bein befand sich ein langer Schlitz. Hunter hatte noch nie in seinem Leben eine Modezeitschrift aufgeschlagen, aber verdammt, er konnte sich vorstellen, dass sie dort genau hineinpassen würde. Nein, Moment – sie würde auf jeden Fall auf dem Titelblatt erscheinen. Ihr glänzendes, schwarzes Haar war zu einem langen Zopf geflochten, der über ihre linke Schulter nach vorn fiel. Die flachen Pumps, die sie trug, passten zum kräftigen Rot ihrer Lippen und ein Paar herunterhängende Ohrringe funkelte im Mondlicht.

„Es ist ... du bist ... ich meine ... “ Er stammelte vor sich hin, während sein innerer Bär mit den Augen rollte.

Sag, es ist wunderschön. Du bist wunderschön. Jetzt mach schon!

„Du siehst toll aus“, schaffte er es endlich, zu sagen.

Sie schaute an sich herab und verzog unsicher die Lippen. „Ich soll mich heute Abend unter die Menge mischen, aber ich bin mir nicht sicher, ob ich mit dem mithalten kann, was Reginas Gäste wahrscheinlich tragen werden.“

Er schüttelte heftig mit dem Kopf. „Du wirst sie alle in den Schatten stellen. Auch ohne das Kleid. Ich meine ... “

Dawn lachte und kam näher. „Ich glaube, ich behalte das Kleid besser an. Zumindest, solange wir arbeiten.“

Sein Herz jubelte und er hoffte, dass er nicht zu viel in ihre Worte hineininterpretierte. Sie implizierten doch ein *Später*, oder nicht? Den Zeitpunkt nach der Arbeit, wenn sie beide ...

Er räusperte sich hastig und pflückte eine einzelne Hibiskusblüte von einem Busch, der neben der Veranda wuchs. „Vielleicht nur noch ein weiteres Accessoire“, murmelte er und steckte sie hinter ihr Ohr.

Er löste sich von ihr, um sie anzusehen, und nickte dann. „Perfekt."

Die Untertreibung des Jahres, aber es schien Dawn nicht zu stören. Sie lächelte und sah ihm in die Augen. Dann wurde ihr Gesichtsausdruck weich und ernst und sie beugte sich zu einem Kuss zu ihm vor.

Zum Glück für ihn kam Dawn zu küssen instinktiv, anders als zu sprechen. Ihre Lippen trafen sich und bewegten sich langsam und in perfekter Harmonie miteinander, wovon sein ganzer Körper warm wurde. Er schloss seine Augen, denn gleichzeitig zu fühlen *und* so viel Schönheit zu sehen, hätte seinen Verstand völlig kurzgeschlossen.

Dawn öffnete den Mund und vertiefte ihren Kuss, als er sie fester in die Arme zog.

„Hoppla." Sie entzog sich ihm sanft. „Du wirst meinen Lippenstift verschmieren."

Hunter holte tief Luft und versuchte, sich auf Dinge wie Arbeitspflicht und respektables Auftreten zu konzentrieren. Aber verdammt, es war schwer, vor allem, wenn sein Bär nur an eine einzige Sache denken konnte.

Zurück ins Bett. Muss meine Gefährtin befriedigen. Muss sie zu meiner machen.

Ein Drei-Punkte-Plan, mit dem sein Körper völlig einverstanden wäre, wenn sie genügend Zeit hätten. Aber heute Abend stand viel mehr auf dem Spiel als nur verschmierter Lippenstift. Regina Vanderpelts Ring konnte jeden Augenblick geliefert werden, da die Hochzeit bereits am nächsten Tag stattfand. Und wenn sich der Diamant als einer der Seelensteine herausstellen sollte, wer wusste dann schon, welch eine Hölle in der Welt der Gestaltwandler ausbrechen würde?

Er nahm Dawns Hand und versuchte, nicht zu fest zuzudrücken, als sie zum Auto gingen. Ein Dutzend hässlicher Szenarien schwirrte durch seinen Kopf und die meisten von ihnen endeten so wie die letzte Seelensteinkapriole. Er wäre gezwungen, mitten im Kampf seine Gestalt zu wandeln und damit riskieren, dass Dawn erneut von seiner wilden Kreatur abgestoßen würde.

Sein Bär stieß ein leises, trauriges Wimmern aus. *Bitte zwing mich nicht wieder, mich zu verstecken. Bitte sperre mich nicht weg.*

„Was hast du gesagt?“ Dawn drehte sich um.

Er versiegelte seine Lippen und dämpfte das Geräusch. „Nichts.“

Er überspielte die Schwindelei, indem er um das Auto ging, um die Fahrertür für sie zu öffnen. Er beugte sich zu einem weiteren Kuss zu ihr hinunter, sobald sie eingestiegen war. Dann ging er zur Beifahrerseite herum und zwängte seinen großen Körper in das kompakte, japanische Fahrzeug. Dawn fuhr schweigend die Gasse entlang und zur Straße hinauf, die zur Küste führen würde, wo sie langsamer wurde und seine Hand nahm.

„Wunderschöne Nacht“, murmelte sie und deutete zum Meer.

Das Mondlicht glitzerte in einer langen, wogenden Linie über dem Pazifik. Das Meer hob und senkte sich mit den monströsen Wellen, die sich den ganzen Tag lang aufgebaut hatten. Aber aus der Entfernung schien es ruhig zu sein. Die Kiefern am Straßenrand schwankten sanft hin und her und Sterne funkelten über ihnen.

Hunter hob Dawns Hand zu seinen Lippen und küsste ihre Fingerknöchel. „Wirklich wunderschön. Fast perfekt.“

Als sie seufzte und weiterfuhr, beobachtete Hunter das glitzernde Meer und versuchte, die Situation, die vor ihnen lag, einzuschätzen. Wenn er Glück hatte, war der Ehering nichts weiter als ein teurer Stein für die verwöhnte Tochter eines Öl-Tycoons und kein Seelenstein. Wenn dies der Fall war, würde der ganze Zirkus im Kapa'akea Resort in achtundvierzig Stunden vorüber sein, und er könnte sich darauf konzentrieren, seine Gefährtin zu umwerben.

Aber ein guter Soldat verließ sich nicht auf das Glück – und ein Bärengestaltwandler auch nicht. Nicht, wenn seine Gefährtin involviert war.

„Was weißt du über den Diamanten?“, fragte er.

Dawn zog die Augenbrauen hoch. „Was weißt du über den Diamanten?“

Er biss sich auf die Lippe. Scheiße. Was auch immer sie über den Diamanten wusste, durfte sie Polizeiregeln folgend wahrscheinlich nicht mit ihm teilen. Und was auch immer sie darüber wusste, würde mit Sicherheit den Aspekt von Seelensteinen nicht miteinschließen.

Er ballte die Hände und seine Fingerknöchel knackten. Gestaltwandler hatten keine geschriebenen Regeln, aber sie hatten ihre eigenen Vorgehensweisen, wenn es um sensible Informationen wie die Kraft der Seelensteine ging. Er durfte auch nicht wirklich etwas preisgeben. Aber verdammt. Wenn der Diamant ein Seelenstein war, musste er Dawn warnen.

Die Stille zwischen ihnen dauerte an – zu lange – und drohte das Vertrauen zu schädigen, an dem sie so lange gearbeitet hatten. Dawn hatte ihm bereits mit so vielem vertraut. Konnte er ihr nicht auch vertrauen?

Silas Gesicht blitzte in seinen Gedanken auf, rot vor Wut, als er brüllte: *Du hast ihr was erzählt?*

Hunter rutschte auf seinem Sitz herum. Er liebte seine Gestaltwandlerbrüder, aber Dawn liebte er auch.

Einen Moment später war seine Entscheidung gefallen. Er hatte in der Vergangenheit schon zu vieles vor Dawn verborgen. Es war an der Zeit, ehrlich zu sein.

„Erinnerst du dich an den Kampf?", flüsterte er und war sich sicher, dass er nicht genauer erklären müsste, an welchen. Die Szene musste sich in ihr Gedächtnis eingebrannt haben – all diese Leichen und er, wie er in seiner Bärenform dagestanden hatte.

Dawns Hand wurde steif und sie entzog sie seiner. Sie nickte finster.

„Kramer und seine Söldner hatten versucht, Nina zu entführen. Zum Teil wegen ihres Geldes und zum Teil wegen des Rubins, den sie geerbt hat."

Dawns Lippen bewegten sich kaum, als sie sprach. „Dieser Sechs-Millionen-Dollar Rubin?"

Hunter wollte unbedingt wieder nach ihrer Hand greifen, wagte es jedoch nicht, in ihren persönlichen Raum einzudringen. „Der Rubin ist viel mehr wert als das."

Dawn sah ihn scharf an. „Mehr als sechs Millionen?"

Er schüttelte den Kopf. „Nichts, was man mit einem Geldwert belegen könnte. Der Rubin ist ein Seelenstein. Er hat … “ Er kratzte sich am Kopf und versuchte, einen Weg zu finden, es zu erklären. „Er hat besondere Kräfte. “

„Welche Art von Kräften? “

Er biss sich mit der Zunge auf die Unterlippe. „Kräfte, derer sich die meisten Menschen nicht bewusst sind. Aber für Gestaltwandler … “

Dawns Schultern verspannten sich, aber er musste weitersprechen.

„Es gibt fünf Seelensteine. Der Rubin ist einer von ihnen. Es gibt auch einen Smaragd. Erinnerst du dich an den Hubschrauberabsturz auf Molokini? “

Sie nickte knapp.

„Das war kein Absturz. Es war ein Drachenkampf – ein Kampf um Tessa und um den Smaragd. “

Sie trat auf die Bremsen. „Was meinst du denn mit einem Drachenkampf um Tessa? “

„Nun, ein anderer Drache wollte sie als seine Gefährtin beanspruchen und … “

Sie starrte ihn an. „Ein *Drache* wollte sie als seine *was*? “

„Gestaltwandler glauben an vorbestimmte Gefährten – daran, die eine Person zu finden, die für dich bestimmt ist. Diejenige, an die dein Herz für immer gebunden sein wird und die du bis ans Ende deiner Tage lieben wirst. “

Dawn wurde ganz bleich. „Hat die Frau dabei auch eine Wahl? “

Es drehte ihm den Magen um. Der Abend war so perfekt gewesen und jetzt setzte er alles in den Sand. „Natürlich hat sie das. Sie erkennt ihren Gefährten. Tessa liebt Kai. Sie hat die Anziehungskraft genauso stark wie er gespürt. Aber dieser andere Drache kam daher und … “

„Und? “ Ihre Hand schloss sich fester um den Schaltknüppel.

Er winkte vage in der Luft herum. „Der andere Drache hat Kai herausgefordert. Er wollte Tessa für sich selbst haben. Aber der Punkt ist … “

Ihr Gemurmel unterbrach ihn. „Das klingt mittelalterlich. “

Hunter musste zugeben, dass sie damit nicht ganz unrecht hatte. Einige Aspekte der Welt der Gestaltwandler waren eher barbarisch. Aber andere Teile – so wie die reine, unsterbliche Liebe eines Gestaltwandlers zu seiner Schicksalsgefährtin – nun, diese stellten jedes Wunder der menschlichen Welt in den Schatten.

Also sag es ihr. Erkläre es, drängte ihn sein Bär.

Hunter umklammerte die Armlehne so fest, dass seine Knöchel ganz weiß wurden. Dawn hatte bereits eine Abwehrhaltung eingenommen. Sie würde womöglich den Unterschied zwischen einem verrückten Stalkertypen und einem ehrlichen Bären, der für seine Gefährtin alles opfern würde, nicht erkennen können.

Sie fuhr wieder los, dieses Mal schneller als zuvor. Als wäre sie in Eile, zum Resort zu gelangen, um ihm den Laufpass zu geben.

„Dawn, die Steine haben große Macht." Er versuchte, das Gespräch dorthin zurückzuführen, wo es begonnen hatte. „Sie rufen nacheinander."

Dawn schaute erschrocken auf, sagte aber kein Wort.

„Es ist möglich, dass Reginas Diamant ein Seelenstein ist. Und wenn er das ist, könnten andere Gestaltwandler hinter ihm her sein."

„Hinter ihm her sein?", donnerte sie. „Ist es das, was du und Cruz dort macht? Das Resort für den Fall abdichten, dass sich der Diamant als mehr als nur einen Diamanten herausstellt?"

„Nein!", stotterte Hunter. „Wir sind hinter gar nichts her. Wir wurden als Sicherheitsleute angeheuert und das ist unsere Aufgabe."

„Aber, wenn der Diamant einer dieser besonderen Steine ist? Was dann?"

„Dann werden wir dafür sorgen, dass er nicht in die Hände des Feindes fällt."

„Und wer genau ist der Feind?"

Hunter zog die Nase in Falten. Die Gestaltwandlerwelt war voller Bündnisse und Fehden, von denen einige Jahrhunderte weit zurückreichten. Und wie bei den Menschen gab es gute Wandler und böse Wandler – so wie den mächtigen Drachenlord Drax und auch alles dazwischen. Es gab auch andere übernatürliche Spezies. Vampire. Hexen.

Halbblüter fügte sein Bär mit einem tiefen Knurren hinzu.

Halbblüter. Menschen, die genügend Gestaltwandlerblut in sich trugen, um die gleichen Kräfte zu haben – die unglaubliche Stärke, die Ausdauer, die Fähigkeit, von den tödlichsten Wunden zu heilen. Alles außer der Fähigkeit, sich zu verwandeln. Jericho Deroux, der Mann der seine Eltern getötet hatte, war ein Halbblut. Ein skrupelloser Mann, der unschuldige Familien auslöschte, als wären sie Unkraut, wenn sie seinen Plänen im Wege standen.

„Der Feind ist jeder, der den Seelenstein dazu benutzen würde, um seine eigenen Kräfte zu stärken", sagte er schließlich.

„Was würdest du damit tun?"

Er kratzte sich am Kopf. So weit hatte er die Dinge noch nicht durchdacht. „Ich würde gar nichts damit tun. Ich würde ihn nur verstecken, damit niemand seine Kräfte missbrauchen kann."

„Ihn verstecken? Wo?"

Er verzog das Gesicht. Silas war ein Drache und Drachen hatten Drachenhorte. Er hätte bestimmt einen sicheren Ort, an dem er den Diamanten aufbewahren konnte. Aber Silas würde Hunter töten, wenn er Dawn ein solches Geheimnis verriet, also steckte er schon wieder in der Klemme.

Er begnügte sich mit einem vagen Winken der Hand. „Es geht darum, den Stein vom Bösen fernzuhalten."

„Aber der Diamant gehört Regina", wies Dawn ihn hin. „Und obwohl ich kein Fan von ihr bin, würde ich sie nicht gerade als böse bezeichnen."

„Er gehört Regina. Und hoffentlich ist er kein Seelenstein und es gibt kein Problem."

„Aber, wenn er ein Seelenstein ist?"

Hunter dachte nach. „Wenn er einer ist und sich kein anderer Gestaltwandler zeigt, tun wir gar nichts. Silas sagt, dass die Seelensteine schlummern."

„Sie schlummern?"

Ja, es klang auch für ihn komisch. So ein unschuldiges Wort für ein so mächtiges Objekt. „Solange sie schlummern, erscheinen sie nicht auf dem Radar. Es sind nur die kurzen Zeiträume, in denen sie den Besitzer wechseln, wenn ihre Kräfte erwachen und Ärger machen."

„Ärger. Aha." Sie runzelte die Stirn.

„Wenn den Seelenstein nichts stört, wird er weiterschlummern und kein Gestaltwandler wird ihn zur Kenntnis nehmen. Regina kann ihn haben, kein Problem – nun, außer normalen menschlichen Dieben, denke ich. Aber eines Tages, wenn er den Besitzer wechselt, wird die Gefahr wieder auftauchen. Der Stein könnte aufwachen und Ärger anziehen."

Dawn hob eine Hand zu ihrer Wange und kratzte sich. Würde sie nicht gerade Auto fahren, könnte er sich vorstellen, dass sie sich ungläubig die Augen reiben würde.

Er fuhr sich mit der Hand durchs Haar. Warum hatte er das Thema überhaupt angesprochen?

Weil Dawn es zu ihrer eigenen Sicherheit wissen muss, sagte sein Bär.

Er atmete tief durch. „Schau, behalte die Möglichkeit einfach im Hinterkopf und bleibe in Sicherheit, in Ordnung?"

„Ich bin eine Polizeibeamtin, Hunter." Widerstand prägte ihre Stimme. „Ich bin vielleicht Undercover, aber wenn ich im Dienst bin, mache ich meine Arbeit. Hast du das verstanden?"

Er sah sie an. Scheiße. Das Gefühl der Verbundenheit war verschwunden und Dawn war wieder ganz die coole und professionelle Polizistin Meli. Hatte er gerade alles kaputt gemacht, als er den Diamanten erwähnte?

„Ich verstehe es", flüsterte er. „Ich verstehe es."

Sie fuhren in solch angespannter Stille weiter, dass Hunter es nicht wagte, auch nur mit einem einzigen Muskel zu zucken. Als sie das Resort erreichten, parkte Dawn eilig ein, stieg aus und knallte die Tür zu.

„Ich muss etwas nachprüfen", murmelte sie und eilte davon.

Er stieß einen Atemzug aus – den er gefühlt während des gesamten letzten Teils der Fahrt angehalten hatte – und ließ seine Schultern hängen.

„Also, wie ist es gelaufen?" Kai erschien wie aus dem Nichts und schlug Hunter auf den Rücken.

Hunter trat in den Dreck. Der Abend war ein wahrgewordener Traum gewesen, bis er alles versaut hatte.

„Dein Timing ist perfekt", sagte Kai mit einem Gähnen. „Ich muss zurück zu – wow." Er schnupperte an ihm.

Hunters Rückgrat war plötzlich kerzengerade. Drachen hatten vielleicht keine so sensiblen Nasen wie Bären, aber auch sie konnten den frischen Geruch von Sex wahrnehmen. Hunter hatte zwar geduscht, aber der Duft hing ihm immer noch nach.

Auf Kais Gesicht breitete sich ein Grinsen aus. „Gut gemacht. Du und Dawn, ihr habt endlich … "

Hunter wirbelte herum und stieß Kai zurück. Er funkelte ihn an.

„Aber das ist doch gut, oder?", fragte Kai verwirrt. „Ich meine … " Er verstummte.

Hunter rückte seine Krawatte zurecht und schaute auf die Uhr. „Wie lief die Probe?"

Kai sah ihn wortlos an, bevor er dem Themenwechsel schließlich nachgab. „Man kann wohl sagen, dass sie im wahren Regina-Stil verlaufen ist. Ein paar Wutanfälle, viele Fotos. Das Übliche. Der Bräutigam sieht so aus, als hätte er Zweifel, aber wer kann ihm das verdenken? Aber ja. Sie haben die Probe überstanden. Ich bin mir nur nicht sicher, ob sie die Hochzeit auch überstehen werden."

„Was ist mit dem Ring?", fragte Hunter mit leiser Stimme.

Kai schüttelte den Kopf. „Er kam mit einem Fort Knoxwürdigen Sicherheitsteam hier an. Es ist mir gelungen, einen Blick auf den Diamanten zu werfen, aber ganz ehrlich – ich konnte nicht die geringste Schwingung wahrnehmen. Nicht so wie bei den anderen Steinen, wenn man weiß, worauf man achten muss."

„Er könnte schlummern", erwiderte Hunter.

Kai sah ihn skeptisch an. „Wenn das so ist, dann hält er den tiefsten Winterschlaf, sodass ich überhaupt nichts spüren konnte. Nun, abgesehen von den ganz leichten Schwingungen, die ich schon die ganze Woche über spüre."

Hunter hatte es auch gespürt. Ein sanftes Pulsieren, ein kaum wahrnehmbares Summen in der Luft. Oder hatte er sich Dinge eingebildet?

„Aber vielleicht stammt es von etwas, das mit den Seelensteinen gar nichts zu tun hat", sagte Kai.

„Wie was zum Beispiel?"

Kai zuckte mit den Schultern. „Ich weiß es nicht. Dieses Resort wurde an der Stelle eines antiken Tempels errichtet. Vielleicht haben sie ein paar der Geister verärgert oder so etwas. Aber ich bin mir ziemlich sicher, dass dieser Diamant kein Seelenstein ist."

„Keine verdächtigen Gestalten, die herumgeschnüffelt haben?"

Kai schnaubte und winkte in Richtung Festzelt. „Dieser ganze Teil der High Society ist verdächtig, wenn du mich fragst."

Hunter blickte in die Richtung des hell erleuchteten Zeltes. Das Stimmengewirr einer Menschenmenge schallte von innen heraus und eine Band wärmte sich auf.

„Was ist mit dem Hyänengestaltwandler?"

Kai runzelte die Stirn. „Ich habe ihn den ganzen Abend im Auge behalten. Keine Anzeichen für irgendetwas Verdächtiges."

Hunter verzog das Gesicht. Ein Hyänenwandler, der einfach auf Maui auftauchte, war für ihn sehr verdächtig, aber Silas hatte seine Story überprüft und nichts gefunden. Also begnügten sie sich damit, den Neuankömmling genau zu beobachten.

„Wie dem auch sei, ich werde Cruz suchen und dann gehen", sagte Kai mit einem Gähnen. „Ich habe schließlich eine Gefährtin, zu der ich nach Hause kommen muss."

Hunters Bär nickte traurig. *Ich nicht. Und vielleicht werde ich sie auch nie für mich gewinnen.*

Er sah sich um. Dawn war irgendwo in der Nähe und doch so weit weg.

Sein Bär heulte in seinen Gedanken. *Geh Dawn finden. Vielleicht können wir es ihr erklären.*

Er hatte versucht, es zu erklären, und er hatte es vermasselt. Es war an der Zeit, sich auf die Arbeit zu konzentrieren. Also setzte er einen Fuß vor den anderen und machte sich auf den Weg zum geschäftigen Partyzelt, in dem die Generalprobe stattfand. In dem Moment, in dem er durch den Eingang trat, bebten seine Nasenlöcher. Sofort ging sein Bär von trübselig zu höchster Alarmbereitschaft über.

Er schnüffelte herum und suchte die Gesichter im Raum ab.

„Hast du diese Brautjungfernkleider gesehen?", kicherte eine junge Frau zu einer anderen.

Hunters Blick übersprang sie und versuchte, die Witterung zu erfassen. Etwas nicht ganz Menschliches, aber auch nicht ganz Gestaltwandler.

„Ich weiß wirklich nicht, was sich der Designer dabei gedacht hat", fuhr die junge Frau fort. „Und Reginas Kleid. Was hat es denn damit auf sich?"

Hunter trat zur Seite und streckte den Hals, um die Seiteneingänge des Zeltes zu überprüfen. Wer oder was ließ jede einzelne Alarmglocke in seinem Körper losgehen?

„Ich finde, es schmeichelt ihr ganz und gar nicht."

Hunter konzentrierte sich auf eine kleine Gruppe von Gästen, die neben der Bühne stand. Roger Vanderpelt, der Öl-Tycoon selbst, war mit seinen üblichen Kumpanen anwesend. Ein weiterer Mann, der von seinem eigenen Gefolge umgeben war, kam durch einen Seiteneingang herein – ein Spätankömmling, der eine Schau daraus machte, Hände zu schütteln und Schultern zu klopfen.

Hunter wandte sich ab, da er mehr Interesse daran hatte, den Diamantring zu finden als einen Geschäftsmann. Aber irgendetwas zog seine Aufmerksamkeit wieder auf den Spätankömmling. Hunter streckte erneut den Hals aus und versuchte, einen Blick auf das Gesicht des Mannes zu werfen. Was war es an diesem Mann, das Hunters inneren Bären nervös werden und brummen ließ?

Er ging am Rand des Zeltes entlang und wich dabei Stühlen, Blumen und zwei kleinen Jungen aus, die sich an andere Gäste heranzuschleichen versuchten. Bilder durchfluteten seine Gedanken – Visionen, die nicht im Geringsten hierher gehörten.

Bilder von Alaska und von der Hütte neben dem rauschenden Bach, in der er als Kind gelebt hatte. Er sah seine Mutter mit ihrer Handarbeit auf der Veranda sitzen. Es war eine dieser perfekten Mittagsstunden im späten Frühling, als alles neu und frisch erschien. Er sah sich selbst als Kind, wie er Steine in den Fluss warf, die die so schön spritzten.

Eine traumhafte Erinnerung, die in Wirklichkeit ein Albtraum war, denn von da an ging alles bergab.

Das nächste Bild stieg wie in einem schlecht geschnittenen Film in ihm auf. Seine Mutter lachte und lächelte ihn an, aber dann riss sie ihren Kopf nach Norden herum und sprang auf die Füße.

Hunter ballte die Fäuste, als er sich den älteren Vanderpelts und den Menschen um sie herum näherte. Wer war der Neuankömmling? Der große Mann mit dem silbernen Haar?

Die Dringlichkeit in der Stimme seiner Mutter hallte durch seine Gedanken. *Hunter, komm zu mir. Schnell.*

Sie hatte schreckliche Angst gehabt und obwohl er damals nicht wusste, warum, war er zu ihr geeilt und hatte sich hinter ihrem Rock versteckt.

„Du würdest nicht glauben, wie schwierig es ist, von Alaska nach Hawaii zu kommen", sagte der große Mann zu Roger Vanderpelt, während sich Hunter langsam näherte.

„Ich schwöre, dass diese Pipeline schon zwanzig Jahre lang im Entstehen ist", sagte Roger Vanderpelt. „Wann werden wir endlich den Papierkram dafür in die Wege leiten?"

Frau Vanderpelt seufzte. „Ach, mein Lieber. Dieses Projekt hat dir schon all diese Jahre Magengeschwüre bereitet. Müssen wir jetzt darüber reden?"

„Entschuldigung. Es besteht keine Notwendigkeit, jetzt über Geschäfte zu sprechen." Der Neuankömmling lachte mit tiefer Stimme.

Hunter blinzelte und bewegte sich schnell durch das grelle Licht.

Ich bin hier, um über Geschäfte zu sprechen, knurrte eine tiefe Stimme in seinem Kopf. Eine weitere Erinnerung an diesen schrecklichen Tag vor so langer Zeit.

Ich werde nie mit Ihnen Geschäfte machen und das wissen Sie selbst, hatte seine Mutter dem großen Mann, der auf die Hütte zukam, verkündet. Er hatte vier Handlanger an seinen Seiten gehabt, die alle grausam gegrinst hatten.

Sind Sie sich sicher? hatte der Mann geantwortet.

Mein Gefährte und ich haben es Ihnen bereits gesagt und wir sagen es Ihnen noch einmal– hatte sie begonnen und ihre Hände in die Hüften gestemmt.

Ihr Gefährte ist tot, hatte der Mann gelacht.

Hunter erinnerte sich daran, dass die Fingerknöchel seiner Mutter auf der Stuhllehne ganz weiß geworden waren. Er erinnerte sich daran, wie er gegen die Sonne geblinzelt hatte, so, wie er jetzt gegen die Lichter dieses Partyzeltes blinzelte, um das Gesicht des Feindes zu erkennen.

Jemand trat zur Seite und Hunter erstarrte, als er das Gesicht vor sich sah, das ihn nachts in seinen Träumen heimsuchte. Eine ältere, verwitterte Version, aber mit Sicherheit derselbe Mann.

Jericho Deroux, verschwinden Sie von meinem Grundstück, hatte seine Mutter geschrien, trotzig bis zum Ende.

Der große Mann im Festzelt zündete ein Streichholz an und hielt eine Zigarre hoch, genau wie er damals ein Streichholz an den Haufen Anmachholz auf der Veranda der Hütte gehalten hatte.

Nicht, hatte Hunters Mutter geflüstert und war zurückgetreten.

„Nicht", sagte Frau Vanderpelt zu dem Gast. „Rauchen verboten, erinnerst du dich?"

Oh, Hunter erinnerte sich genau. Er erinnerte sich daran, wie die Hütte in Flammen aufgegangen war. Er erinnerte sich daran, wie Jericho vorgerückt war, als er und seine Mutter in die Richtung des Baches flohen.

Lauf, Hunter, hatte seine Mutter in einem heiseren, flüsternden Ton zu ihm gesagt. *Lauf. Ich werde ihn hier aufhalten.*

Und das hatte sie auch getan. Sie hatte in Bärengestalt gegen Jericho gekämpft und sich dabei auf die übernatürliche Kraft einer Mutter berufen, die entschlossen war, ihr Kind zu beschützen. Aber Jericho war größer und stärker gewesen. Sein Messer war schärfer als die Klauen seiner Mutter gewesen. Er hatte sie aufgeschlitzt, bis er ihren Körper schließlich in den Fluss gestoßen hatte. Hunter war ihr hinterhergepaddelt und hatte sich im rauschenden Wasser an ihr Fell geklammert, bis sie in einem Strudel kilometerweit flussabwärts zum Stillstand kamen. Er hatte eine Stunde lang versucht, sie ins Leben zurückzustupsen, und eine weitere Stunde lang an ihrer Seite gezittert, weil er nicht wusste, was er tun sollte. Erst als Jericho und seine Männer in den Untiefen des Flusses auftauchten, war er schließlich geflohen. Irgendwie hatte er zwei Wochen in der Wildnis überlebt, bevor er einen entfernten Verwandten fand, der ihn widerwillig aufgenommen hatte. Ihm wurde die strenge Regel auferlegt, dass er seinen Bären niemals zeigen durfte. Wirklich niemals, nicht nur, wenn keine Menschen in der Nähe waren.

Er ballte seine Hände zu Fäusten, als sein Bär im Inneren wütete. Dieser Mann hatte kaltblütig seine Eltern getötet. Ein Mann, der angeblich tot sein sollte – der einzige Grund, warum Hunter ihn nicht aufgespürt hatte, um sich zu rächen.

Räche dich, knurrte sein Bär. *Jetzt.*

Die Spitzen seiner Krallen drücken gegen das Fleisch unter seinen Fingernägeln, als sie darum bettelten, entfesselt zu werden.

Jericho Deroux löschte sein Streichholz mit einer genervten Handbewegung und sah sich dann um. Seine Nase zuckte und er kniff die Augen zusammen, als er sich in der Umgebung umsah.

Hunter erstarrte, als der Blick des Mannes einfach über ihn hinwegfegte. Ein Dutzend widersprüchlicher Reaktionen schossen ihm durch den Kopf.

Töte ihn!

Versteck dich vor ihm!

Locke ihn hinaus und töte ihn, sobald ihr außer Sichtweite seid.

Hunter knirschte mit den Zähnen. Sich zu verstecken war die Idee des Jungtiers in ihm, das selbst nach all diesen Jahren immer noch verloren und einsam war.

Wir verstecken uns nicht. Wir rächen uns, knurrte sein Bär. *Und zwar jetzt.*

Aber auch das würde nicht funktionieren, nicht mit all diesen Menschen um sie herum. Einschließlich Dawn, die irgendwo in der Nähe sein musste.

Schweiß brach auf seiner Stirn aus, als er die Fäuste ballte. Verdammt noch mal. Er musste beweisen, dass er nicht das raubtierhafte Ungeheuer war, vor dem sich Dawn so fürchtete. Also konnte er Jericho nicht töten.

Nicht einmal, wenn das Monster es verdient hat? heulte sein Bär.

Langsam und widerwillig sammelte er jeden noch so hauchdünnen Funken der Selbstbeherrschung zusammen und gelobte, Jericho nicht anzugreifen.

Vergib mir, Mutter, flüsterte er in Gedanken.

Also blieb ihm nur noch eine Möglichkeit – er musste zusehen und warten. Um sich zu überlegen, wie er Jericho zu Fall bringen konnte, ohne dass Dawn ihn dafür hassen würde.

Er trat in den Schatten zurück, als Jericho sich erneut umsah. Als der Mann nicht innehielt oder irgendein Zeichen des Erkennens zeigte, atmete Hunter auf. Halbblüter hatten nicht den gleichen scharfen Geruchssinn, den Gestaltwandler hatten, obwohl sie dieselbe rohe Kraft besaßen.

Jericho zuckte mit den Schultern und wandte sich wieder seiner Unterhaltung zu, während seine Augen weiter durch den Raum schweiften. Sein Blick blieb eher auf attraktiven, jungen Frauen als potenziellen Bedrohungen hängen. Dann schaute er in Richtung Eingang und seine Augen leuchteten mit erneutem Interesse auf.

Hunter folgte seinem Blick – und erstarrte. Dort stand Dawn und sah absolut atemberaubend aus. Sie war zweifellos die schönste Frau auf dieser Party, ohne es auch nur zu versuchen. Vielleicht war sie die schönste, weil sie es nicht versuchte. Und scheiße – Jerichos gieriger Blick schweifte an ihrem Körper auf und ab.

„Entschuldigt mich", murmelte Jericho zu den Vanderpelts und ging gezielt auf Dawn zu.

Kapitel 12

Direkt nachdem sie das Auto geparkt hatte, war Dawn von Hunter weggelaufen und zu den Toiletten gestürmt, um sich etwas Wasser ins Gesicht zu spritzen. Sie brauchte es nach dem Gespräch, das sie gerade geführt hatten.

Gefährten? Kämpfe um Frauen? Seelensteine? Zu was für einer verrückten Welt gehörte Hunter denn?

Sie tupfte sich Wasser auf den Hals und die Wangen und machte sich dann auf den Weg zum Partyzelt. Sie runzelte dabei die ganze Zeit die Stirn. Für einen kurzen Moment hatte sie gedacht, dass die Mauern zwischen ihr und Hunter alle eingerissen worden waren. Aber jetzt erschienen sie ihr höher als je zuvor.

Sie holte tief Luft und hielt am Eingang des Festzeltes inne. *Zeit, dich auf deine Arbeit zu konzentrieren, Officer Meli,* befahl sie sich selbst.

Das Zelt war voll und eine Band war dabei, sich aufzuwärmen. Glücklicherweise nicht die Boygroup-Band des Bräutigams. Weitere Gäste strömten herein und einige schüttelten Gras von ihren Schuhen ab. Offensichtlich hatte sie es gerade noch rechtzeitig geschafft. Die Probetrauung auf dem Rasen war geschafft und alle begannen nun, sich zu entspannen. Junge Männer waren auf ihrem Weg zum Buffet, während sich die Frauen an den Seiten des Zeltes versammelten. Ältere Leute und Paare kamen hier und dort in kleinen Gruppen zusammen und bildeten ihre eigenen Cliquen.

Sie ließ ihren Blick über den Schauplatz schweifen und suchte instinktiv nach Hunter. Wo war er?

Sie ertappte sich dabei und suchte stattdessen nach den wichtigsten Hochzeitsgästen. Sie wollte nicht mehr an Hunter denken. Sie war im Dienst, also sollte sie sich besser unter die Gäste mischen und aufmerksam nach möglichen Bedrohungen suchen.

Sie zuckte zusammen. Bis zu ihrem Gespräch mit Hunter war sie zuversichtlich gewesen, dass sie mit jedem potenziellen Dieb umgehen könnte. Aber was wäre, wenn vor ihren Augen ein Gestaltwandlerkampf ausbrechen würde? Könnte sie es verkraften, Hunter erneut in seiner Bärenform zu sehen?

Behalte die Möglichkeit einfach im Hinterkopf und bleibe in Sicherheit, hatte er gesagt. Sie wagte nicht, sich vorzustellen, was genau diese *Möglichkeit* mit sich bringen könnte.

„Das hier ist gar nichts", raunte eine junge Frau zu einer anderen. „Meine Cousine hat auf Tahiti geheiratet. Das hättest du mal sehen sollen."

Dawn verzog das Gesicht. Sie war sich ziemlich sicher, dass sie jene Hochzeit auf den Seiten der Klatschmagazine gesehen hatte.

„Hast du Ricky gesehen?", kicherte die zweite Frau.

Dawn sah sich um, aber der Bräutigam war nirgends zu sehen.

„Ich wette, er ist mit der Blondine abgehauen, die sich ihm schon den ganzen Tag lang an den Hals geworfen hat."

Dawns Blick landete direkt auf Hunter, angezogen von einer instinktiven Kraft, von der sie sich nicht sicher war, ob sie sie beim Namen nennen wollte. Er streifte am Rande des Zeltes herum und studierte die Gäste. Zweifellos hielt er auch nach dem Diamanten Ausschau. Die Auswahl war groß, wenn man die prominente Gästeliste dieser Veranstaltung in Betracht zog. Jedes Mal, wenn er an einer Frau mit tiefem Ausschnitt vorbeikam, verspannte sich Dawn. Aber Hunter ging stets an ihnen vorbei, ohne sich für die üppigen Dekolletés oder die chirurgisch vergrößerten Brüste zu interessieren.

Gestaltwandler glauben an vorbestimmte Gefährten, hatte er gesagt. *Daran, die eine Person zu finden, die für dich bestimmt ist. Diejenige, an die dein Herz für immer gebunden sein wird und die du bis ans Ende deiner Tage lieben wirst.*

Seine Augen hatten sanft geglüht, als er die Worte gesprochen hatte. Und ehrlich gesagt, hatte dieser Teil der Gestaltwandlerwelt seinen Reiz. Es waren die anderen Aspekte, die sie beunruhigten – die Kämpfe, die verborgenen Feinde, die Anspielungen auf eine feudale Gesellschaft.

Sie beobachtete, wie Hunter an einer Frau vorbeiging, die vortäuschte eine Serviette fallenzulassen, um Hunter einen ungehinderten Blick auf ihr freizügiges Kleid zu ermöglichen. Hunter schien es nicht zu bemerken. Seine Augen und seine Bewegungen waren auf einen einzigen Gast konzentriert – einem Koloss eines Mannes mit silbernem Haar und einem teuren Anzug. Sicher ein weiterer wohlhabender Freund der Vanderpelts.

Dawn ließ ihren Blick im Zelt umherschweifen und fragte sich, wer sonst noch ein Gestaltwandler sein könnte. Der große Mann dort drüben an der Bar – war er ein Gestaltwandler? Und was war mit dem Mann, der mit je einer Frau links und rechts von sich lachte – war er ein Mensch?

Sei nicht albern, entschied sie. *Hunter ist der einzige Gestaltwandler hier. Nicht wahr?*

Sie schluckte bei ihrer eigenen Frage und wunderte sich, ob sie recht damit hatte. Sie fragte sich, wie sie Menschen von Gestaltwandlern unterscheiden würde, wenn letztere weder Fell noch Reißzähne aufblitzen ließen.

Wenn sie genauer darüber nachdachte, erinnerte sie sich, dass Hunter sie von Anfang an in seinen Bann gezogen hatte. Irgendetwas war an ihm schon immer ein wenig anders gewesen. An seinen Freunden auch. Nun, zum einen würden Hunter und seine Freunde in jeder Menschenmenge durch ihren Körperbau und ihr gutes Aussehen auffallen. Aber sie alle strahlten unterschwellig auch noch etwas anderes aus. Eine rohe, kraftvolle Präsenz. Und die Augen – sie alle hatten unglaublich intensive Augen.

Sie sah den großen Mann an der Bar erneut an, aber seine Augen waren leer und gelangweilt. Der Mann, der mit den zwei Frauen lachte, schien lebhafter zu sein, aber auch er hatte nicht diese *Vielleicht springe ich einfach in einem Satz über ein hohes Gebäude*-Ausstrahlung, die Hunter und seine Freunde besaßen.

„Gefällt Ihnen die Party?" Eine tiefe, kratzige Stimme ertönte an ihrer Seite und ließ sie zusammenzucken.

Dawn wirbelte herum und starrte den Mann an, der sich an sie herangeschlichen hatte. Es war der silberhaarige Mann, der ihr zuvor schon aufgefallen war. Ein Mann, der praktisch so groß wie breit war, mit dunklen, raubtierhaften Augen und mit einer Statur, die davon zeugte, dass er noch immer viele Stunden im Fitnessstudio verbrachte.

Sie trat zurück und räusperte sich. Gefiel ihr die Party? Nicht besonders, nein.

„Es ist ganz reizend." Sie zwang sich, ihre Mundwinkel zu einem Lächeln hochzuziehen.

„Möchten Sie etwas trinken?" Er berührte sein Revers, um sie auf seinen feinen, maßgeschneiderten Anzug aufmerksam zu machen. Sollte sie etwa beeindruckt sein?

„Nein, danke."

Sie drückte ihre Hände durch und machte sich bereit, sich zu verteidigen. So geschmeidig und kultiviert der Mann an der Oberfläche erschien, hatte er doch auch eine raue, animalische Ausstrahlung mit einem grausamen Funkeln in den Augen.

Er schnippte mit den Fingern nach einem der Caterer. „Zwei Champagner."

„Ich sagte, ich möchte nichts trinken."

„Natürlich wollen Sie das."

Gott, am liebsten hätte sie ihre Dienstmarke herausgezogen und diesem Arsch das eine oder andere über sexuelle Belästigung erzählt. Dass ein Nein auch nein bedeutete, unabhängig davon, wie sehr er ein *Ja* hören wollte. Sein ganzes Auftreten war großspurig und gebieterisch. Anmaßend, als sollte sie auf ein Fingerschnippen so reagieren, wie es eine angestellte Hilfskraft tun würde.

„Sie müssen mich entschuldigen", sagte sie, wobei sie die Betonung auf *müssen* legte und gedanklich ein stummes *Arschloch* hinzufügte.

Sie trat von ihm weg. Als Undercover-Polizeibeamtin sollte sie unbemerkt bleiben und keine Szene verursachen. Und wenn sie diesen Idioten noch eine Minute länger anschauen müsste, wäre sie versucht, ihm in sein arrogantes Gesicht zu schlagen.

Er packte ihren Ellbogen – hart – und riss sie näher zu sich. „Sie müssen unbedingt einen Schluck probieren." Er ließ ein wölfisches Grinsen aufblitzen und es drehte ihr den Magen um.

Sie riss ihren Arm hoch und löste sich aus seinem Griff. „Und Sie müssen sich wirklich zurückhalten. Und zwar sofort."

Sie machte es zu einem Befehl, nicht zu einer Bitte. *Es kommt nur auf die Stimme an*, hatte einer ihrer ersten Polizeimentoren gesagt.

Sein Grinsen wandelte sich zu Schock und dann zu einem wütenden Blick, der sagte: *Ich lasse mir von Frauen nichts befehlen. Genau genommen, lasse ich mir von niemandem etwas befehlen.*

Die Vorstellung, den Mann in einem Streifenwagen auf die Wache zu bringen, stieg in Dawns Gedanken auf. Es verleitete sie fast dazu, die Dinge eskalieren zu lassen, nur um den Mann in seine Schranken weisen zu können. Aber ein guter Polizist entschärfte knifflige Situationen und sie war nicht hier, um Gäste zu verhaften.

Aber scheiße. Hunter schlich sich von hinten an den Mann heran und sah aus wie ein Vulkan, der kurz vor dem Ausbruch stand.

Mit schneller Reaktion ließ sie ein strahlendes Lächeln aufblitzen und schob sich an dem Mann vorbei, um nach Hunters Hand zu greifen. „Oh, da bist du ja, Liebling", rief sie und zog ihn weg, bevor er eine Szene machen konnte. „Ich habe dich schon gesucht."

Ihre Nackenhaare stellten sich auf, als sie die Spannung zwischen den beiden Männern spürte – der ältere, arrogante Idiot, dessen funkelnden Blick sie genau spüren konnte, und der überfürsorgliche Hunter, dem sie so sehr hatte ausweichen wollen.

„Rettest du mich wieder?", murmelte sie und zog Hunter in Richtung Tanzfläche. So sehr sie ihn zuvor auch hatte meiden wollen, wurde ihr Körper bei seiner Berührung doch ganz warm. Verdammt, warum hatte dieser Mann eine solche Wirkung auf sie?

Sie hatte schon halb damit gerechnet, es Hunter leise abstreiten zu hören, aber er sagte kein Wort. Er warf dem älteren Mann Blicke zu, als wolle er ihn töten, und sein ganzer Körper sträubte sich. Seine Augen glühten vor Wut und die Bartstoppeln an seinem Kinn schienen vor ihren Augen dichter zu werden. Ein leises Knurren stieg in seiner Kehle auf und ...

Oh Scheiße.

„Hunter", flüsterte sie und strich ihm mit der Hand über die Schulter.

Sein Blick verharrte auf dem Mann, also zog sie Hunter in eine Drehung und zwang ihn, sich abzuwenden. Dies ermöglichte ihr, selbst einen Blick auf den Mann zu werfen, und Gott sei Dank – ein anderer Gast war auf ihn zugekommen und schüttelte seine Hand. Eine willkommene Ablenkung.

Trotzdem knurrte Hunter weiter.

„Hunter", zischte sie.

Sie sah in seine Augen und ... oha. Bei der rasenden Wut, die in ihnen loderte, wäre sie am liebsten zurückgewichen. Im gleichen Moment sehnte sie sich jedoch danach, ihn fest zu umarmen und seinen Zorn verschwinden zu lassen.

Sie holte tief Luft – tief genug für sie beide. Ja, Hunter verwirrte sie völlig. Und ja, diese ganze Bärensache erschreckte sie. Aber wenn sie ihm so nah war, klopfte ihr Herz heftig vor Freude. Und dieses Gefühl der Richtigkeit, das Gefühl der Vollständigkeit, das sie stets in seiner Nähe spürte, überwog alles andere.

„Kein guter Zeitpunkt, sich in einen Bären zu verwandeln." Sie streichelte seinen Arm.

Seine Augen blitzten auf, bevor er sie zusammenkniff.

Sie streichelte seinen Arm weiter und studierte seinen angespannten Gesichtsausdruck. In diesem großen Mann steckten so viele Gefühle. So wenige Möglichkeiten, sie herauszulassen. Aber ihre Berührung beruhigte ihn. Das Zucken seiner Stirn ließ nach und sein Puls wurde etwas langsamer. Er neigte ihr seinen Kopf leicht zu, wie ein Hund, der unbedingt gestreichelt werden wollte.

„Hunter", flüsterte sie und legte ihre Hand um seine Wange.

Seine Finger drückten ihre und erfüllten sie mit einem Gefühl von Kraft.

„Es gibt nie einen guten Zeitpunkt, um sich in einen Bären zu verwandeln." Er klang so verwundet, dass sie am liebsten weinen wollte. Der Bär war ein Teil von Hunter und jede Fessel um diesen Bären war eine Fessel um Hunters Seele.

Sie legte nun beide Hände um sein Gesicht. „Meine Mutter hat immer gesagt, dass es für alles eine rechte Zeit und einen rechten Ort gibt."

Er sah sie überrascht an. „Georgia Mae hat das auch immer gesagt."

Dawn nickte und erinnerte sich an die exzentrische alte Frau, die Hunters Vormund gewesen war.

Vielleicht eines Tages ... hätte sie fast gesagt, biss sich dann jedoch auf die Zunge. War sie wirklich bereit, sich vorzustellen, neben einem Bären durch den Wald zu wandern? Wahrscheinlich nicht. Aber Hunter den Raum zu geben, das zu tun, was er tun musste ... damit könnte sie vielleicht umgehen.

Sie hatte sich gerade zu einem Lächeln durchgerungen, als an einer Seite des Zeltes ein Tumult ausbrach. Dawn stöhnte. „Ich schätze, es ist Zeit für Reginas großen Auftritt."

Die Braut hüpfte regelrecht durch die Menge und alle drehten sich um und sahen ihr zu.

„Daddy! Daddy!"

Dawn verzog das Gesicht. „Wirklich? Wer nennt seinen Vater in der Öffentlichkeit Daddy?"

„Verwöhnte Rotzlöffel der High Society", murmelte Hunter abwesend. Sein Blick ruhte jedoch nicht auf Regina. Er war auf den grauhaarigen Mann gerichtet, der aus dem Zelt hinausschlüpfte.

„Daddy, ich will ihn noch mal sehen!"

Roger Vanderpelt schüttelte volle zwei Sekunden lang den Kopf, bevor Regina das Gesicht verzog. Dann lächelte er nachsichtig und griff in seine Brusttasche. Die privaten Sicherheitskräfte, die zwei Schritte hinter ihm standen, stellten sich breitbeinig auf und funkelten die Menge einschüchternd an.

„Also gut, wenn du darauf bestehst", sagte Roger Vanderpelt und zog ein Schmuckkästchen hervor.

Alle drängten nach vorn, als er den Deckel aufklappte. Ein Raunen ging durch die Menge, als das Licht auf dem Edelstein funkelte.

„Schau dir das einmal an", gaffte jemand.

„Was für ein Diamant", pfiff ein anderer.

Dawn konnte nicht anders, als genau wie alle anderen einen langen Hals zu machen. Dann sah sie Hunter an und suchte nach einem Zeichen des Erkennens auf seinem Gesicht. Wie hatte er es genannt? Einen Seelenstein. Es hatte sich für sie alles wie ein Haufen Hokuspokus angehört, aber verdammt, er war so ernst gewesen. Konnte es wirklich wahr sein?

Regina hielt den Diamanten ins Licht. „Ist der nicht toll?"

Wie aufs Stichwort begannen die Gäste zu applaudieren und biederten sich derartig an, dass Dawn beschämt war.

„Wer will ihn sehen?", rief Regina. Der Diamant blitzte auf, als sie ihn vor der Menge herumschwenkte. Es gab auch noch ein violettes Blitzen, das dem Verlobungsring an ihrem Finger entsprang.

Offensichtlich wollte Regina, dass die Leute *sie* ansahen. Der Diamant war nur ein Hilfsmittel, um die Aufmerksamkeit auf sich zu ziehen.

Regina begann, mit dem Schmuckkästchen in der Hand herumzustolzieren. Die beiden Sicherheitsmänner flankierten sie und hielten alle anderen zurück. Ein Wogen ging durch die Menge, als das Trio einen Rundgang durch das Zelt machte. Eine lange endlose Runde, bei der Dawn sich fragte, was das Besondere daran sein sollte. Aber als sie an ihr vorbeikamen, lehnte sie sich trotzdem vor.

Der Diamant glitzerte im hellen Licht des Partyzeltes. Ein reiner, klarer Kristall platziert auf dem schwarzen Samt des Schmuckkästchens. Dawn sah Hunter an. War dies ein normaler Diamant oder war es ein Seelenstein?

Die Reflexion des Diamanten flog über sein Gesicht, genau wie eine violette Linie, die von dem Amethyst an Reginas Verlobungsring ausgestrahlt wurde.

Hunters Augen weiteten sich und er stand regungslos dort – regungslos bis auf seine Lippen.

Dawn bemühte sich, ihn zu hören, aber sie konnte nicht verstehen, was er sagte. War es der Seelenstein?

Regina winkte jemandem mit einer Hand zu. Das Seltsame daran war, dass Hunter der Bewegung aufmerksam folgte. Sein Blick war auf den Amethyst und nicht auf den Diamanten gerichtet.

Aber der Diamant war der Stein gewesen, den er erwähnt hatte, oder nicht? Dawn blickte von dem violetten Juwel an Reginas Finger zum Diamanten in ihren Händen. Sie beide funkelten im hellen Licht, aber der Amethyst strahlte eine Lebendigkeit aus, die ihr zuvor noch nicht aufgefallen war. Und die Art wie Hunter ihn anstarrte ...

Seelensteine ... besondere Kräfte ... schlummern ... Feinde ... Sie erinnerte sich an seine Worte.

Regina drehte noch eine weitere triumphierende Showrunde durch das Zelt, bevor sie zu ihren Eltern zurückkehrte. „Wo ist Ricky?", forderte sie und sah sich nach dem Bräutigam um. „Ich will, dass er ihn auch sieht."

„Das ist genug, Liebling. Gib ihn mir zur sicheren Verwahrung zurück", sagte Roger Vanderpelt. Seine Stimme war nachsichtig, aber er musste seine Hände verdrehen, um das Schmuckkästchen aus Reginas Griff zu lösen.

„Verflucht noch mal, wo ist Ricky?", meckerte Regina.

„Achte auf deine Wortwahl, Liebes", murmelte ihre Mutter und warf einen Blick auf ihre Freunde.

Regina verschwand, während sie etwas über ihren Verlobten murmelte. Hunters Blick folgte ihr den ganzen Weg bis zur Tür.

„Ist er es? Ist das ein Seelenstein?", flüsterte Dawn und biss sich schnell auf die Zunge. Moment. Sie glaubte doch nicht wirklich an dieses verrückte Zeug, oder doch?

Hunters Lippen blieben einen langen Augenblick versiegelt, aber sein Körper bebte praktisch vor Anspannung. Er blickte nach links und rechts, offensichtlich hin und her gerissen, ob er Regina oder dem grauhaarigen Mann folgen sollte.

„Nein. Ich meine, ja. Ich meine ... "

„Hey", sagte eine der vollbusigen Brautjungfern und tippte Dawn am Arm an. Sie sprach in einem verschwörerischen, flüsternden Ton und Dawn fragte sich einen Augenblick, ob die Frau etwas über Seelensteine wusste. Aber nein.

„Ihr Lippenstift ist verschmiert", sagte sie schnippisch, bevor sie Regina folgte.

Dawn starrte sie an. Dachte die Frau etwa, dass Lippenstift ihr größtes Problem wäre? Sie rieb sich mit dem Handrücken über den Mund und drehte sich zu Hunter um. „Besser?"

Seine Gedanken waren woanders, das konnte sie sehen, aber er schenkte ihr trotzdem ein kleines Lächeln. „Schlimmer."

„Verdammt." Sie schwor sich, nie wieder Undercover zu arbeiten. Wer kümmerte sich schon um Lippenstift? Das Problem war allerdings, dass Clownslippen sie in der Menge auffallen lassen würden. Und da die privaten Leibwächter der Vanderpelts ein Adlerauge auf den Diamanten zu haben schienen, dachte sie sich, sie könnte für eine Minute zur Toilette gehen.

„Ich bin gleich wieder da", sagte sie, bevor sie losging. Und hoppla – sie hatte die ganze Zeit über Hunters Hände gehalten. Als sie ihre Finger seinen entzog, spürte sie ein erneutes Kribbeln.

Als sie das Zelt verließ, erschien ihr die kühle Nachtluft frischer und sauberer denn je zu sein, zumindest nach dem stickigen Partyzelt. Beim Hauptgebäude des Resorts erstreckte sich die Schlange vor der Damentoilette bis in den Flur hinaus. Sie ging durch einen Seitengang zu einer anderen Toilette, die nur wenige Leute benutzten. Sie prüfte ihr Spiegelbild und zog eine Grimasse, bevor sie nach einem Papiertuch griff, um den verschmierten Lippenstift abzuwischen.

„Hey", kreischte jemand im Flur.

Dawn hielt kurz inne und rannte dann zur Tür. Was ging dort vor sich?

Die nächste Tür war eine Besenkammer und sie war nur angelehnt. Eine Sekunde später stürmte eine Frau heraus, die ihr Kleid fest umklammerte. Sie rannte mit wildem Blick an Dawn vorbei.

„Warten Sie–", begann Dawn, als sie die Tränen der Frau und die zerrissene Personaluniform des Resorts sah – die Anzeichen einer nur knapp vereitelten Vergewaltigung.

Als Nächstes kam ein Mann aus der Besenkammer und Dawn wirbelte herum, bereit, den Mann zu packen und ihn festzunehmen.

Es war Toby, der Parkwächter, und Dawn schreckte zurück. Wäre der sanftmütige Toby wirklich in der Lage, eines der Dienstmädchen zu misshandeln?

Aber Tobys Gesicht war bleich und seine Hände zitterten, als er eine weitere Person ansprach. „Ich werde nichts verraten. Ich schwöre es Ihnen. Aber hören Sie. Sie können nicht einfach …"

„Jetzt hörst du mir mal zu, Junge", knurrte eine tiefe Stimme aus dem Inneren der Besenkammer.

Dawn trat vor, bereit, beide zu verhaften, und erstarrte plötzlich, als der grauhaarige Mann auftauchte und Toby mit dem Finger gegen die Brust stieß. „Wenn du deinen Job behalten willst, hältst du deine verdammte-" Der Mann unterbrach seinen Satz und riss seinen Blick zu Dawn herum.

Eine Minute lang starrten Dawn und Toby den älteren Mann an wie zwei Rehe im Scheinwerferlicht. Dann fluchte der Mann unter angehaltenem Atem, richtete stillschweigend seine Krawatte und schloss seinen Hosenstall.

Dawns Herz klopfte heftig in ihrer Brust, als sich das Bild zusammenfügte. Toby hatte das Mädchen nicht angegriffen. Er hatte die Gewalttat versehentlich gestoppt. Dieser ältere Mann – ein Mann, den Hunter wie einen Todfeind behandelt hatte – war derjenige gewesen, der versucht hatte, die junge Frau zu vergewaltigen.

Der silberhaarige Mann ging mit wenigen Schritten an Dawn vorbei, hielt inne, um seinen Kragen im Spiegel zu prüfen, und verschwand dann um die Ecke. Dawn stand sprachlos über seine Frechheit dort, ohne sich zu bewegen. Sie hatte Regina für schlimm gehalten, aber verdammt – dieser Mann war das Böse selbst. Arrogant. Selbstherrlich. Ein Mann mit völliger Missachtung für jeden anderen außer sich selbst.

„Ich habe nichts getan", sagte Toby mit zitternder Stimme. „Ich habe nur die Tür geöffnet und er war …"

Sie eilte dem Mann hinterher. Dieses Monster würde nicht damit durchkommen. Nicht während sie im Dienst war.

Ein Mitarbeiter des Hotelsicherheitsdienstes kam auf sie zugeeilt und sie packte seinen Arm und schleppte ihn als Verstärkung mit sich.

„Wir müssen diesen Mann aufhalten. Ich buchte ihn ein." Sie zeigte auf die Rückseite des maßgeschneiderten Anzugs, der bereits durch die Vordertür verschwand.

„Sind Sie verrückt geworden?", zischte der Mann. „Sie können doch Jericho Deroux nicht verhaften."

Dawn erstarrte mitten im Schritt. „Jericho ... "

Jericho Deroux hat unser Haus niedergebrannt, hatte Hunter gesagt, kurz nachdem er den Tod seiner Mutter erwähnt hatte.

Sie schüttelte den Arm des Wachmanns und musste sich vergewissern. „Jericho wer? Von wo?"

„Jericho Deroux. Mächtiger Öl-Typ aus Alaska. Er ist ein enger Vertrauter der Vanderpelts. Glauben Sie mir, Sie wollen sich nicht mit ihm anlegen."

Dawn eilte zur Tür hinaus. Oh, sie würde sich mit Jericho anlegen. Wie viele Frauen hatte er in seiner Zeit vergewaltigt? Wie viele Zeugen hatte er bedroht oder bestochen, damit sie schwiegen? Sie rannte hinter ihm her und plante bereits ihre nächsten Schritte. Sie würde sich Verstärkung holen und den Mann verhaften. Dann würde sie das Dienstmädchen ausfindig machen und sie davon überzeugen, Anklage zu erheben und gegen ihn auszusagen. Sie würde persönlich dafür sorgen, dass dieses arrogante Arschloch im Gefängnis landete. Sie würde ... sie würde ...

Sie zwang sich, langsamer zu werden und einen kühlen Kopf zu bewahren. Nur ein kleiner Fehler und eine Anklage wegen sexueller Misshandlung könnte von Spitzenanwälten, die ein Mann wie Jericho zwangsläufig haben musste, in Stücke gerissen werden.

Sie spähte ins Partyzelt hinein. Jericho ging beiläufig zu den Vanderpelts hinüber und fing an zu plaudern, als wäre nichts passiert. Dawn wurde es übel, als sie sich seine Worte vorstellte.

Entschuldigt meine Verspätung. Das niedliche, junge Ding, das ich in die Besenkammer gezwungen habe, hat sich geweigert zu kooperieren.

Sie stellte sich vor, wie Roger Vanderpelt mitfühlend antworten würde: *Wenn Frauen doch nur ihren Mund halten und die Beine breitmachen würden.*

Natürlich würden sie so etwas nicht sagen. Sie würden über Wirtschaft und Politik reden und weiter glauben, die Welt gehöre Männern wie ihnen.

Sie knirschte mit den Zähnen und versuchte zu entscheiden, wie sie weiter vorgehen sollte. Verstärkung, das war es, was sie brauchte. Sie durfte den Fall nicht vermasseln, bevor nicht alles genau vorbereitet war.

Sie entdeckte Hunter eine halbe Sekunde, nachdem er sie entdeckt hatte. Sein winziges grüßendes Lächeln wandelte sich jedoch zu einer zusammengepressten Linie der Besorgnis, als sie ihre eigenen Gesichtszüge schnell wieder zu einem ruhigeren Ausdruck zwang. Aber es war zu spät – Hunter hatte den Blick des Ekels gesehen, mit dem sie Jericho angesehen hatte. Seine Hände bewegten sich an seinen Seiten wie die eines Revolverhelden, der bereit war, seine Waffe zu ziehen, und er funkelte Jericho noch wütender an als zuvor. Dawn wünschte sich fast, dass sich Hunter in einen Bären verwandeln und Jericho in Stücke reißen würde. Tatsächlich war sie erstaunt, dass er es nicht schon früher getan hatte. Jericho hatte seine Eltern getötet. Wenn dies kein Beweis für Hunters Selbstbeherrschung war, dann wusste sie es auch nicht.

Aber Hunter hatte anscheinend soeben seinen Wendepunkt erreicht. Er stieß sich von der Wand ab und ging schnurstracks auf Jericho zu.

„Oh scheiße", fluchte sie und beeilte sich, Hunter abzufangen, bevor es zu spät war.

Kapitel 13

Das Partyzelt war lebhaft mit ausgelassenen Unterhaltungen, aber Hunter hörte nichts, als das Rauschen des Blutes in seinen Adern. In dem Augenblick, in dem er Dawn hereinkommen sah, wusste er, dass etwas passiert war. Sie wirkte verängstigt und wütend – und warf Jericho tödliche Blicke zu.

Er würde Jericho umbringen. Er würde den Mann in Stücke reißen und ins Meer schleudern – und die Folgen wären ihm scheißegal. Dieser Mann hatte seine Eltern getötet und sein Heim niedergebrannt. Dieses Monster hatte alles, was ihm lieb und teuer war, aus seinem Leben gerissen. Und jetzt hatte Jericho irgendetwas getan, das Dawn verängstigte. Wie konnte Hunter sich nicht rächen wollen?

Als Jericho ihn das erste Mal provoziert hatte, hatte er Selbstbeherrschung geübt. Aber ein zweites Mal würde es nicht geben. Er hatte genug.

„Warte, Hunter. Nicht." Dawn packte seinen Arm.

Er hätte sich beinahe von ihr losgerissen, aber genau wie schon zuvor sandte ihre Berührung eine beruhigende Welle der Güte durch ihn, und seine Wut verebbte. Nicht völlig – er brodelte immer noch unter der Oberfläche – aber zumindest stieg ihm kein Dampf mehr aus den Ohren.

„Hunter, hör mir zu. Ich habe eine bessere Idee", sagte Dawn.

Eine bessere Idee implizierte, dass auch sie erwogen hatte, Jericho umzubringen, und das reichte aus, um ihn zu stoppen. Dawn – seine Dawn – war zu derartigem Hass fähig?

Ihre Blicke trafen sich und sein Zorn spiegelte sich in ihren Augen. Zorn und Entschlossenheit, zusammen mit den schwachen Umrissen eines Plans.

Und zur Hölle. Der Plan einer klugen Frau war immer besser als die vagen Rachegelüste eines wütenden Bären. Also folgte er Dawn zum Seiteneingang und hinaus an die frische Luft.

Dawn warf Jericho einen weiteren Blick zu, als Hunter ihre Hände nahm. Sie zitterten ein klein wenig – vor Wut, nicht aus Angst.

Sie würde einen großartigen Bären abgeben, murmelte das Tier in ihm.

Er verkniff sich, *Amen* zu sagen. So sehr ihm diese Idee auch gefiel, das Einzige, was noch brisanter wäre als ein rachsüchtiger Bär, waren zwei davon, besonders in einem Moment wie diesem.

„Was ist passiert?" Er berührte ihre Schulter. „Hat er dich angefasst? Hat er dir wehgetan?"

Dawn schüttelte heftig den Kopf. „Der Mann würde sich am Boden krümmen und seine zerquetschten Eier wiegen, wenn er es versucht hätte."

Hunter zuckte zusammen – und strahlte im gleichen Moment vor Stolz. Seine Gefährtin war seit ihren High-School-Zeiten weit gekommen. Aber Jericho war ein Halbblut und Dawn wäre auf gar keinen Fall in der Lage, Jericho abzuwehren, sollte er seine vollen Kräfte entfesseln.

„Er war hinter einem der Zimmermädchen her. Toby hat sie zufällig entdeckt, Gott sei Dank."

Hunter nahm sich vor, den Jungen, wenn sich die Dinge hier endlich beruhigt hätten, den Rolls Royce auf dem Resort-Gelände fahren zu lassen – sollten sich die Dinge jemals beruhigen. Er hatte das ungute Gefühl, dass ihnen eine höllische Nacht bevorstand.

Kai! Cruz! rief er über die mentale Verbindung, die sie über Jahre hinweg miteinander entwickelt hatten. Er brauchte Verstärkung und zwar bald. Jericho verlieh der Situation eine ganz neue Gefährlichkeit – das, und die Tatsache, dass sie es vielleicht doch mit einem Seelenstein zu tun hatten.

„Ich hätte Jericho fast verhaftet, aber mir wurde bewusst, dass es besser wäre, die Dinge ruhigzuhalten", fuhr Dawn fort.

Hunters innerer Bär nickte kräftig. *Ruhig. Genau. Wir zerren Jericho in die Schatten hinaus und reißen ihn auseinander, wo es niemand sehen kann. Ganz leise. Und* dann *kann Dawn ihn verhaften.*

„Also dachte ich … "

Ein Schrei unterbrach Dawn und sie beide rissen ihre Blicke in Richtung Strand herum.

„Nein!", schrie eine Frau.

„Was denn jetzt?", murmelte er.

Dawn sprintete eine halbe Sekunde vor Hunter in die Richtung, aus der der Schrei gekommen war. Ein paar Schritte später blieb sie stehen, um sich die Schuhe auszuziehen, bevor sie barfuß weiter rannte.

„Dawn, warte!", rief er und folgte ihr. Was zum Teufel war denn jetzt wieder los? Wurde noch eine Frau angegriffen?

Die Schreie gingen weiter und er konnte ein ganzes Arsenal von Worten, Protesten und – Beleidigungen? – ausmachen, die vom Strand herüberschallten. Jenseits des gelben Absperrbandes und der Schilder, auf denen stand: *Warnung! Starke Brandung. Strand bis auf Weiteres geschlossen*, wohlbemerkt. Hunter erreichte den Anstieg und wurde langsamer, als er sah, wer es war.

Regina, die den größten Wutanfall aller Zeiten hatte. Dieses Mal hatte sie allerdings einen guten Grund dafür.

„Du kleiner Scheißer! Du Arschloch!", schrie sie und schleuderte Sand auf ein Pärchen, das am Strand kauerte.

„Regina, ich kann es dir erklären", protestierte Ricky, der Bräutigam.

Hunter hatte fast Mitleid mit dem Kerl. Fast, aber nicht ganz, denn Ricky war nackt, genau wie das Mädchen, mit dem er zusammen war. Welch ein Dreckskerl würde seine Verlobte am Vorabend der eigenen Hochzeit betrügen?

„Und du!", kreischte Regina die vollbusige Blondine an. „Ich dachte, du wärst meine Freundin, du Schlampe!"

Wellen schlugen hinter ihnen ans Ufer – große Wellen, sieben oder acht Meter hoch und völlig ungewöhnlich für diese dem Wind abgewandte Küste.

„Wir haben nur … ähm … ", versuchte Ricky zu erklären.

Hunter drehte sich um und ging den Weg zurück, den er gekommen war. Er hatte keine Zeit für diese Scheiße.

„Du hast gerade meine Brautjungfer gefickt, du Kotz-
brocken!"

Regina hatte wirklich ein besonderes Vokabular auf Lager.
Hunter schüttelte den Kopf und schaute zurück, ob Dawn ihm
folgte – gerade noch rechtzeitig, um zu sehen, wie Regina sich
den Verlobungsring vom Finger riss und zum Wurf ausholte.

„Warte!" Hunter rannte auf sie zu. Wenn der Amethyst das
war, wofür er ihn hielt …

„Zwischen uns ist es vorbei. Du bist erledigt, Ricky. Ich
werde dafür sorgen, dass Daddy deine Karriere zerstört."

„Regina, Baby", versuchte Ricky es erneut. Aber es war zu
spät.

Regina schleuderte ihren Arm zu einem verdammt guten
Wurf nach vorn, bis hin zum finalen Kick aus dem Handge-
lenk. Der Amethyst flog durch die Luft. Die Zeit wurde lang-
samer, als Hunter zusah, wie er sich seinen Weg durch den
Himmel bahnte. Eine glitzernde, violette Linie zeichnete seine
Flugbahn nach, während er im Mondlicht funkelte – wie ein
Meteor, der durch den Nachthimmel streifte und den ganzen
Weg lang glühte.

Oder besser gesagt, der in Richtung Ozean rauschte, wo die
reißenden Wellen ihre Zähne zeigten.

„Du verrückte Schlampe!", schrie Ricky. „Weißt du eigentlich, was dieser Ring wert ist?"

Hunters Kinnlade klappte hinunter und sein Blick folgte
dem übernatürlichen Leuchten. Dieser Ring war mehr wert, als
sich jeder Mensch vorstellen konnte, denn nur ein Seelenstein
leuchtete so.

Er griff in die Leere, als wollte er ihn dazu bringen,
zurückzukommen. Heilige Scheiße. Kai hatte recht gehabt –
der Diamant war kein Seelenstein. Aber der Amethyst war es.
Hunter war sich zuvor nicht ganz sicher gewesen, aber jetzt
wusste er es genau. Der Edelstein zog ihn an wie ein Magnet.
Er hatte seine Kraft gespürt, als Regina ihren Ehering im Zelt
vorgeführt hatte.

Warum hatte er ihn nicht schon früher spüren können? Weil
das verdammte Ding geschlummert hat, dachte er sich, bis die
Nähe zu diesem Diamanten seine Kräfte erweckt hatte.

Edelsteine sind wie eifersüchtige Frauen, hatte Silas einst erklärt. *Zumindest pflegte mein Großvater das zu sagen.*

Der Amethyst stieß einen letzten hellen violetten Lichtimpuls aus, bevor er ins tosende Meer stürzte und in den Wellen verschwand.

Hunter rannte auf die brausende Brandung zu und blieb plötzlich stehen. Vor ihm erhob sich eine unsichtbare Wand und eine Reihe hässlicher Erinnerungen stieg in seinem Kopf wieder auf. Erinnerungen an das rauschende Wasser, das gedroht hatte, ihn unter die Oberfläche zu ziehen, als er verzweifelt darum gekämpft hatte, bei seiner Mutter zu bleiben. Das Stechen des Salzes in seinen Augen und in seiner Kehle. Das Aufprallen gegen Felsbrocken unter der Oberfläche. Das verzweifelte Strampeln mit den Klauen in der reißenden Mündung, wo der Fluss aufs Meer getroffen war.

Mom, weinte das Bärenjunge in ihm. *Nein. Nein. Bitte ...*

Er stand wie angewurzelt dort und begegnete seiner einzigen größten Angst.

Dann raste etwas an ihm vorbei und spritzte durchs Flachwasser. Dawn. Seine Dawn, die völlig unbeirrt hinter dem Seelenstein hersprang.

„Nein!", brüllte er. Um Himmels willen, nein. Der Stein war es nicht wert. Noch nicht einmal ein Seelenstein. Nicht mit diesem verrückten Sturm vor der Küste, der die Wellen in Rekordhöhen trieb und das Wasser mit tödlichen Unterströmungen aufwirbelte.

Aber Dawn tauchte mit der Anmut eines einheimischen Inselmädchens ins Wasser ein, das mit dem Pazifik als Spielplatz aufgewachsen war.

„Dawn!", schrie er und riss sich die Jacke vom Leib.

Er hatte keine Ahnung, wie sie in diesem engen Kleid schwimmen wollte. Oder wie er sich angesichts all der Geister in seinem Kopf jemals dazu zwingen würde, ins Wasser zu gehen – scheiße, er hatte *wirklich* keine Ahnung. Aber er riss sich sein Hemd herunter und stürzte sich trotzdem hinter Dawn hinein.

Wasser. Schlimmes Wasser, schrie etwas tief in seiner Seele, als ihm die Gischt ins Gesicht spritzte.

Gefährtin! Muss meiner Gefährtin helfen! brüllte sein Bär noch lauter.

„Dawn!" Er zwang sich in der kurzen Pause zwischen zwei Wellen weiter voran. Wusste Dawn denn nicht, dass dies verrückt war? Und scheiße – sie war direkt unter eine brechende Welle getaucht, um hinauszuschwimmen, aber nicht wiederaufgetaucht.

Gefährtin, schrie sein Bär verzweifelt. *Gefährtin.*

Er hätte genauso gut die Tür zu einem Spukhaus voller verrottender, stöhnender Zombies aufreißen können – so schlimm war es, so schmerzlich quälend falsch war es. Aber seine Gefährtin war dort draußen. In Gefahr. Allein.

Hunter nahm den tiefsten Atemzug seines Lebens und tauchte ab, nur um von einer massiven Welle zurückgestoßen zu werden.

Panik machte sich in seinen Adern breit. *Dawn! Dawn!*

In seiner aktiven Dienstzeit hatte er sich in einem Dutzend höllischer Situationen befunden – Situationen, die den sicheren Tod bedeuteten, mit ohrenbetäubenden Explosionen, die seine Knochen und den Glauben an die Welt erschüttert hatten. Trotzdem er hatte jedes Mal einen kühlen Kopf bewahrt. Aber dieses Mal stand das Leben seiner Gefährtin auf dem Spiel und das erschütterte ihn bis aufs Mark.

Es wird Dawn nicht helfen, wenn du keinen klaren Kopf behältst, schrie er seinen Bären an.

Er stimmte seinen nächsten Versuch sorgfältiger ab und tauchte unter die Welle, anstatt direkt in sie hinein. Die Kraft des rauschenden Wassers zerrte an seiner Hose, aber die Unterströmung saugte ihn ins Meer hinaus, anstatt ihn wieder an den Strand zu spülen. Er strampelte vorwärts und behielt die Augen trotz des salzigen Stechens weit geöffnet. Wasser drang in seine Ohren und den Mund, als er unter der Oberfläche sprudelnde Schreie ausstieß.

Dawn! Dawn!

Eine Ewigkeit später tauchte er zum Luftholen auf – Gott sei Dank hinter den sich brechenden Wellen – und sah sich um.

„Dawn!"

Nichts. Ein unheimliches, wirbelndes Nichts, das in der Schwärze der Nacht noch schrecklicher wirkte.

Etwas spritzte zu seiner Linken und er wirbelte herum. „Dawn!"

Sie kam zehn Züge von ihm entfernt an die Oberfläche und tauchte sofort wieder ab, zu schnell, um seinen verzweifelten Schrei zu hören.

Tauchen, befahl er sich selbst. *Los.*

Er hätte genauso gut einem Spinnenphobiker sagen können, er solle seine Hand in ein Glas mit haarigen Vogelspinnen stecken, und dennoch tauchte Hunter ab. Nicht wegen des verdammten Edelsteins. Wegen Dawn. Er tauchte für seine Gefährtin.

Das Wasser tobte und schäumte, zerrte ihn nach unten und wirbelte ihn herum. Kleine Blitze von Biolumineszenz leuchteten fröhlich auf, als wäre dies alles ein Spiel. Er schwamm mit all seiner Kraft, fand nichts und tauchte wieder auf.

Keuchend fand er sich gute fünfzig Meter von der Stelle entfernt, an der er ins Wasser gegangen war – so stark war die Strömung. Er musste Dawn erwischen und dem Wasser entkommen, bevor ihre letzten Reserven aufgebraucht wären.

„Wir müssen wieder zurück", rief er als Dawn ein paar Meter weiter prustend auftauchte.

Sie schüttelte heftig den Kopf und riss an ihren Schultern herum, als wollte sie einen anhänglichen Oktopus abschütteln.

Ihr Kleid, dachte er. Sie riss sich das Kleid herunter, um ihre Arme und Beine freizubekommen.

„Du hast gesagt, er wäre wichtig, stimmt's?" Sie rang mit dem Stoff.

Hunter paddelte näher zu ihr und fragte sich, ob er es wagen würde, zu lügen. *Ähm, nein. Ich habe einen Fehler gemacht. Es ist nicht der Seelenstein. Lass uns einfach zurück ans Ufer schwimmen und die Sache vergessen, in Ordnung?*

„Du hast gesagt, dass er in den Händen des Feindes für das Böse missbraucht werden könnte. Stimmt's?", fuhr sie fort.

Er brauchte diese aufmunternden Worte nicht. Nicht, während sie beide ununterbrochen von unaufhörlich weiterrollenden Wellen im Meer angehoben und herabgesenkt wurden.

„Und da Jericho der Feind ist … “, fügte sie hinzu und sah dabei grimmiger aus denn je.

Hunter wollte schreien. Jericho war sein Feind, nicht Dawns. Wie hatte er sie in all das mit hineingezogen?

„Der Amethyst ist der Seelenstein, nicht der Diamant. Stimmt's?“, schrie sie.

Dawn wartete nicht auf seine Antwort, aber sein Gesichtsausdruck musste ihn verraten haben. Sie tauchte so anmutig wie ein Delfin und das Mondlicht schimmerte auf ihrer nackten Haut.

Hunter starrte sie einen Moment lang an und wollte unbedingt protestieren. *Dein* Aumakua *ist eine Eule, kein Delfin, also lass uns von hier verschwinden.*

„Verdammt.“ Er nahm einen tiefen Atemzug und folgte ihr, als Dawn in die pechschwarze Tiefe hinabtauchte.

Es war unheimlich gruselig, als das Wasser allen Lärm dämpfte und die Dunkelheit sie überkam – die seelenraubende Dunkelheit des Meeres um Mitternacht. Das Mondlicht durchdrang nur wenige Meter der schäumenden Oberfläche. Alles jenseits davon war ein Abgrund.

„Das ist verrückt“, schrie er, als sie das nächste Mal auftauchten. Er würde Dawn packen und sie mit oder ohne ihre Zustimmung ans Ufer zurückschleppen.

„Ich habe den Ring gesehen! Die Strömung hat ihn weitergetrieben, aber er ist gleich hier. Er ist so nah!“ Ihre Augen leuchteten. Mit einem flinken Spritzer der Füße tauchte sie wieder ab.

Dawn tauchte wie ein Seevogel; Hunter eher wie ein rostiges U-Boot. Roter Alarm schallte durch jeden Nerv seines Körpers. *Ah-wuh-ga! Ah-wuh-ga!*

Er würde wirklich nie wieder in Berührung mit Salzwasser kommen. Er würde möglicherweise sogar dem Duschen abschwören, wenn er und Dawn diesen Albtraum irgendwie überlebten. Sie waren sogar noch weiter hinausgespült worden und das Meer war aufgewühlt und rau. Wie sollte es denn möglich sein, dass sie den Amethyst gesehen hatte?

Er tauchte in die Tiefe und folgte dem blassen Aufblitzen ihrer Füße. Völlig frustriert und ja – auch verängstigt. Aber dann glitzerte etwas und fiel ihm ins Auge.

Ein violettes Blitzen in der indigoblauen Tiefe. Der Seelenstein?

Natürlich ist das der Seelenstein, erwiderte sein Bär. *Schnapp ihn dir und bring es hinter dich.*

Er strampelte tiefer, jagte dem Stein – und Dawn hinterher. Der Druck in seinen Ohren verdoppelte sich, bis er das Gefühl hatte, sein Kopf würde explodieren. Dawn war eine ganze Körperlänge tiefer als er. Wie zum Teufel schaffte sie das?

Der Amethyst rief nach ihm, als die Strömung ihn mit sich riss.

Folge mir. Komm zu mir. Du brauchst meine Hilfe, schien der violette Schein zu sagen.

Hunter knirschte mit den Zähnen. Er brauchte kein gottverdammtes Juwel. Er brauchte seine Gefährtin.

Du brauchst mich, um sie zu beschützen. Das violette Licht wirbelte in den Unterwasserstrudeln.

Er schnaubte und verschluckte sich sofort am Salzwasser. Wie zum Teufel sollte der Amethyst – der Erdstein – seine Gefährtin draußen im Meer beschützen? Im Gegenteil, er gefährdete sie und lockte sie in tückische Gewässer hinaus.

Das violette Licht pulsierte. *Du brauchst mich.*

Hunter strampelte zurück an die Oberfläche und rang nach Luft, während er sich verzweifelt nach Dawn umsah. Einen Moment später, brach sie wie ein Tümmler, der seinen nächsten Trick zeigen wollte, unter der Wasserfläche hervor.

„Ich hatte ihn fast!"

Er griff nach ihrer Hand, aber verfehlte sie. „Lass es, Dawn. Wir müssen hier weg."

„Ich kann ihn holen! Ich bin mir sicher, dass ich es kann."

Berühmte letzte Worte, dessen war er sich sicher.

„Die Strömung ist zu stark." Er deutete auf die Küste. Schon bald würden sie um die Ecke gezogen und dann – gegen die Felsen geschleudert? Aufs offene Meer hinausgezerrt? Vom Sog, der um seine Knöchel wirbelte, ertränkt werden?

„Vertrau mir", sagte sie und tauchte erneut ab.

Hunter starrte dem Spritzen hinterher. Sie wollte, dass er ihr bei etwas so Verrücktem wie diesem vertraute?

„Warte –", begann er und verstummte dann.

Vertrau mir.

Er hatte sie um einen viel größeren Vertrauensvorschuss gebeten, ihren Glauben in ihn zu setzen – in den Mann, der sich vor ihr aus seiner Grizzlybärform verwandelt hatte. Er strampelte einen Moment lang fassungslos auf der Stelle, holte dann tief Luft und tauchte wieder ab. Obwohl sein Instinkt ihm riet, Dawn beim Knöchel zu packen und den Amethyst aufzugeben, folgte er seiner Gefährtin. Dawn schwamm schnell wie ein Fisch nach unten und bewegte sich sanft in der Strömung. Der Seelenstein leuchtete aus der Tiefe und rief ihn zu sich.

Du brauchst mich. Sie braucht mich.

Hunter fühlte sich schwindlig, aber er tauchte trotzdem ab. Für Dawn, nicht für das Juwel. Nur für seine Gefährtin.

Vertrau mir, murmelte der Edelstein. Oder hallten Dawns Worte in seinem benebelten Verstand nach?

Der Wasserdruck hämmerte in seinem Kopf. Er blinzelte und versuchte, seinen Blick zu fokussieren, als alles zu schnell verschwamm. In einem Moment war der Seelenstein dort und zwinkerte ihm zu und im nächsten Augenblick war er verschwunden.

Hunter wirbelte mit einer Drehung herum. Verdammt. Er war so nah dran gewesen. Dawn auch. Wo zum Teufel war dieser Stein?

Die unsichtbare Hand des Meeres wirbelte ihn so lange umher, bis er oben von unten nicht mehr unterscheiden konnte. Seine Lungen schmerzten, als er wie wild paddelte.

Er ertrank. Er war dabei zu ertrinken.

Aber er durfte nicht ertrinken. Zumindest nicht, bis er Dawn in Sicherheit gebracht hatte.

Verzweifelt suchte er nach irgendeinem Orientierungspunkt oder dem Glühen des Erdsteins, aber da war nichts. Nur ein wässriger Abgrund. Seine Sicht verschwamm und er begann, sich Dinge einzubilden. So wie eine Meerjungfrau, die an ihm vorbeischwamm und nach seiner Hand griff. Er stieß die Meerjungfrau weg. Wo war Dawn?

Hunter, erklang ihre Stimme schwach in seinem Kopf, als Blasen aus dem Mund der Meerjungfrau strömten.

Er blinzelte mit wunden Augen. Oh. Das war gar keine Meerjungfrau. Es war Dawn. Sie griff nach ihn und eine Sekunde später schossen sie beide nach oben. Sie schnappten nach Luft.

„Ich habe ihn!", schrie sie und hielt eine fest zusammengepresste Faust in die Luft. Zwischen ihren Fingern leuchtete ein violetter Schein, der sich in ihren Augen und ihrem strahlenden Gesicht widerspiegelte. „Ich habe den Ring!"

Hunter packte sie beim Arm. Dieses Mal würde er sie nicht loslassen. Zwischen zwei Atemzügen schrie er: „Du bist verrückt, weißt du das?"

Sie lachte. „Verrückter als ein Typ, der sich in einen Bären verwandeln kann?"

„Definitiv verrückter."

Und trotz allem seufzte sein Bär verträumt. *Definitiv meine.*

„Lass uns von hier verschwinden." Sie zeigte – nicht auf den Strand, sondern auf die felsige Landzunge, die sich ins Meer erstreckte.

Hunter sah sie schief an. Hatte sie zu viel Salzwasser geschluckt? Oder vielleicht war sie wirklich eine Meerjungfrau ...

„Wenn wir zurückschwimmen, müssen wir gegen die Strömung ankämpfen. Auf diesem Weg können wir uns von ihr treiben lassen."

„Ja – sie würde uns direkt bis nach Lanai treiben", warnte er und zeigte auf die nächste Insel fünfzehn Kilometer entfernt.

Sie schüttelte den Kopf und schwamm dabei leicht auf der Stelle. „Wir müssen nur im richtigen Moment aus der Strömung brechen, wenn wir um die Ecke kommen. Komm schon Hunter. Wo warst du denn, als wir als Kinder immer um Sandy Point herumgeschwommen sind?"

Er hatte irgendwo mit dem Schwanz zwischen den Beinen gekauert und an seine Mutter gedacht, verdammt.

„Es ist genau dasselbe", sagte Dawn. „Vertrau mir."

Da war es wieder – Vertrauen. Ein kleines Wort, das den Kern der Probleme auf den Punkt brachte, die ihn und seine Gefährtin voneinander trennten. Es ging gar nicht so sehr um Gestaltwandler und Menschen oder die Kluft zwischen Frauen und Männern. Es drehte sich nur um Vertrauen. Wenn er wollte, dass sie ihm vertraute, musste er ihr vertrauen.

Hunter paddelte näher an ihre Seite und zwang sich zu einem Nicken. „In Ordnung."

Dawn hatte es leicht klingen lassen, aber ihr Gesicht war angespannt, als sie aufs offene Meer hinausgezogen wurden und um die Landzunge schwammen, an der die Wellen heftig über die Felsen krachten. Sie wippten knapp außerhalb des schäumenden Streifens dahin und warteten auf den richtigen Moment.

„Jetzt?", fragte er – ja bettelte fast – als der erste Zipfel von Sandstrand auf der anderen Seite der Landzunge in Sicht kam.

„Noch nicht", murmelte sie und beurteilte ein paar unsichtbare Faktoren, die Hunter nicht ergründen konnte. Gut, dass seine Inselschönheit ihr ganzes Leben lang eine Wasserratte gewesen war.

„Jetzt?" Er beäugte die Felsen, an denen sie vorbeigespült wurden.

Sie schüttelte den Kopf, aber eine Sekunde später schrie sie auf und schwamm los. „Jetzt!"

Hunter stürzte ihr hinterher und strampelte, um sich aus der reißenden Unterströmung zu befreien. Wasser wirbelte um seine Schultern und Beine und versuchte, ihn zu überzeugen, draußen auf offener See zu bleiben und zu spielen.

Wohl eher, draußen auf offener See zu bleiben und zu ertrinken. Er schwamm weiter, bis er fast mit Dawn zusammenstieß, die innegehalten hatte.

„Was jetzt?", keuchte er.

„Jetzt reiten wir einfach auf einer Welle hinein", sagte sie.

Einfach und *Welle* waren zwei Wörter, die ungefähr genauso gut zusammenpassen wie *Spaß* und *Sprengstoff*, zumindest was Hunter betraf. Insbesondere mit Wellen, die so hoch waren. Dawn strampelte im Wasser, hatte ihre Hand fest um den Seelenstein geschlossen und studierte die Wellen, wie es ein Surfer tun würde.

„Die nächste ist unsere."

So, wie die Wellen aufs Ufer schlugen, schien es genauso schwierig aus dem Wasser herauszukommen wie hineinzugelangen.

„Und los", murmelte Dawn und paddelte langsam vorwärts. Sie beschleunigte, als die Welle anstieg und sie höher hob.

Hunter tat sein Bestes, seine Gedanken freizubekommen, und folgte ihr. Er musste nur noch diesen einen letzten Teil hinter sich bringen. Dann würde er – und noch wichtiger, Dawn – in Sicherheit sein.

Das Wasser hob ihn an und bildete eine riesige Welle. Es hatte einen gewissen Rausch, den Elementen die Kontrolle zu übergeben. Aber das Wasser stieg immer weiter an und riss ihn mit sich, bis er über den Rand einer hoch aufragenden Klippe hinunterblickte. Das Wasser brodelte, rauschte und brüllte, als die Welle brach.

Hunter stürzte vom Reiten auf dem Kamm in einen Abgrund, wo er unter Wasser gezogen wurde. Er taumelte hin und her und strampelte verzweifelt auf der Suche nach einem Ausweg im Wasser wie ein Mann im Schleudergang.

Das ohrenbetäubende Brüllen wurde zu einem leiseren Zischen und einfach so berührte er im Flachwasser den Grund. Er stand gerade noch rechtzeitig auf, um von der nächsten Welle überrollt zu werden. Das Wasser zerrte an seinen Füßen und versuchte, ihn zurück ins Meer hinauszuziehen. Aber jetzt war er draußen und Dawn war es ebenfalls – sie rollte an den Strand, so wie es Kinder taten. Er stolperte hinüber und fand sie keuchend und mit wildem Blick am Boden.

„Wow", murmelte sie und griff nach der Hand, die er ihr entgegenstreckte. „Das war aufregend."

Aufregend? Hunter zog sie in sichere Entfernung von den Wellen weg und schloss sie in eine riesige Umarmung. Aufregend war der Frühling in Alaska, wenn die Wiesen mit Wildblumen, Bienen und Sonnenschein lebendig wurden. Aufregend war die Art und Weise, wie sich seine Herzfrequenz jedes Mal verdreifachte, wenn er Dawn ansah. Aufregend war der Gedanke, dass sie ihn ohne die geringste Zurückhaltung umarmen würde, so als glaubte sie genauso fest an Schicksalsgefährten wie er.

Genauso wie sie es in diesem Moment tat.

Himmlisch. Hunter fühlte sich, als würde er aus der absoluten Hölle in den Himmel transportiert. Er berührte ihren Rücken, ihre Taille, ihr Haar und versicherte sich, dass es ihr gut ging. Er atmete ihren Duft, zusammen mit dem Geruch von Erdbeeren und Guaven, der vom Ufer herüberwehte.

„Hunter", murmelte sie.

Er bewegte sich nicht. Er konnte sich nicht bewegen.

„Hunter." Sie klopfte ihm auf den Rücken.

„Hmm?", murmelte er in ihr Haar.

„Willst du den Edelstein gar nicht sehen?", fragte Dawn, deren Stimme an seiner Schulter gedämpft klang.

Er blinzelte verwirrt. Ach ja, richtig. Der Seelenstein.

Nein, hauchte sein Bär und seine menschliche Seite stimmte ihm zu.

„Erst brauche ich noch einen Moment mit dir", murmelte er. Das war eine glatte Lüge. Er würde mindestens eine Woche brauchen, um nach dem, was soeben passiert war, wieder zu Atem zu kommen. Am liebsten würde er diese Woche genauso nahe bei seiner Gefährtin verbringen, wie sie sich jetzt waren.

„Hey", flüsterte sie. „Es geht mir gut."

Ihm ging es ganz sicher nicht gut. Jedenfalls jetzt noch nicht.

Abgesehen vom Geräusch der Brandung, die gegen das Ufer hämmerte, war der Strand friedlich. Keine schreienden Bräute, keine lärmende Musik, keine Menschenmassen. Nur er und seine Gefährtin unter tausend funkelnden Sternen. Lebend. Sie waren auf der abgelegenen Seite des Resorts an Land gegangen und niemand war in der Nähe.

Schließlich löste er sich von ihr und hielt sie an den Schultern fest.

„Hübsch, oder?", flüsterte sie und hielt den Amethyst hoch.

Er starrte ihr weiter in die Augen. „Wunderschön." Langsam schweifte sein Blick über ihren durchnässten BH, zu ihrem Höschen und auf die ganze Haut dazwischen.

Er hatte irgendwann einmal ein Gemälde in einem Kunstbuch gesehen – ein Gemälde der Venus, die aus dem Wasser stieg. Es sollte die weibliche Schönheit verkörpern, aber Hunter wusste es besser. Dawn würde diese Göttin mit Leichtigkeit schlagen.

Sie sah den Amethyst an. „Also ein Seelenstein. Leuchtet er deshalb so?"

Er nickte. Nicht, dass er ein Experte für diese Juwelen war. Nicht einmal Silas, der jedes letzte Stückchen der Drachenkunde nach Informationen zu den Seelensteinen durchforstet hatte, kannte die ganze Geschichte. Aber normale Edelsteine leuchteten nicht so. Soviel wusste er.

Sie drückte ihm den Amethyst in die Hand. „Hier, nimm du ihn."

Er schob ihn zu ihr zurück. „Nein, du."

Hinter ihnen zerbrach ein Zweig und eine tiefe Stimme höhnte: „Wie wäre es, wenn ich ihn nehme?"

Hunter wirbelte herum und drückte Dawn hinter seinen Körper.

„Jericho", spie er und zitterte vor Wut.

„Wie nett von dir, den Seelenstein für mich zurückzuholen. Und wie ich sehe, hast du mir ein weiteres Geschenk mitgebracht." Jericho grinste und ließ seinen Blick über Dawns fast nackten Körper schweifen.

Sechs bullige Gestalten traten an beiden Seiten hinter Jericho hervor. Hunter krümmte seine Finger und ließ seine Krallen schmerzhaft nah gegen die Oberfläche drängen.

„Nur über meine Leiche", knurrte er.

Jericho gluckste: „Ja. Genau das ist mein Plan."

Kapitel 14

Als sie den ersten Fuß auf den Strand gesetzt hatte, war Dawn für einen kurzen Augenblick überglücklich gewesen. Sie hatte es geschafft. Sie war durch die Strudel geschwommen und mit dem Amethyst der Strömung entkommen. Sie hatte es unbeschadet zurück ans Ufer geschafft und Hunter hatte ihr die Umarmung ihres Lebens gegeben.

Es war also wirklich Zeit für einen kleinen Siegestanz, nicht wahr?

Aber dann war Jericho Deroux aufgetaucht und ließ ihr das Blut in den Adern gefrieren.

Als Polizeibeamtin war Dawn in ihrem Leben schon mehrfach Schwierigkeiten nur knapp entronnen. Selbst Maui hatte seine dunkle, kriminelle Seite und sie hatte alles gesehen. Aber noch nie zuvor hatte sie etwas wie diese brutalen, bösartigen Schwingungen gespürt, die dieser Mann am Strand ausstrahlte.

Jericho hatte schon einmal kaltblütig gemordet; dessen war sie sich sicher. Und er würde es wieder tun. Er würde jeden Mann eliminieren, der sich ihm in den Weg stellte, und jede Frau nehmen, auf die er Lust hatte.

Der kühle, berechnende Teil ihres Verstandes begann, die Polizeiverfahren für den Umgang mit dieser Art von Psychopath durchzugehen. Aber nichts davon würde jetzt funktionieren und sie wusste es.

Hunter machte sich größer und breiter, als sie ihn je gesehen hatte, und schützte ihren fast nackten Körper mit seinem. Normalerweise würde sie mit den Augen rollen und ihren Freiraum fordern, aber dies waren Gestaltwandler und normale Regeln galten jetzt nicht. Soviel war offensichtlich. Die Frage war, welche Regeln dann galten?

Feudalgesetze, sagte ihr Bauchgefühl. *Kämpfe um dein Leben.*

„Gib mir den Seelenstein." Jericho schnippte mit den Fingern.

Hunter warf Dawn einen Blick zu. Manchmal war dieser Mann unmöglich zu lesen. Aber jetzt war er wie ein offenes Buch – er sah sie an, dann den Ring, dann Jericho. Er wog ab, ob er den Ring gegen ihr Leben eintauschen konnte.

Dawns Mund klappte auf. Hunter hatte fortwährend betont, wie wichtig die Seelensteine waren und wie entscheidend es war, sie aus den Händen des Feindes fernzuhalten. Zog er es wirklich in Erwägung, ihn um ihretwegen aufzugeben?

Der Mann war ein Prinz. Ihr Prinz, selbst wenn er zum Teil Bär war.

Nein, teilte sie Hunter mit den Augen mit. *Dieser Dreckskerl würde sich nie an eine solche Vereinbarung halten.*

Sie schloss ihre Finger um den Ring und starrte Jericho an.

Hunter knurrte vor sich hin. Er fletschte die Zähne, ballte die Hände zu Fäusten und zitterte praktisch vor Wut – aber er hielt sich zurück.

Für sie. Er hielt sich für sie zurück. Wenn sie dem Mörder ihrer Mutter gegenüberstünde, könnte sie dann die gleiche Zurückhaltung zeigen?

„Der Ring", bellte Jericho.

„Oh, du meinst diesen Ring?", sagte sie cool, trat in sein Blickfeld und machte eine Show daraus, ihn auf ihren Finger zu schieben. „Ich glaube nicht."

In dem Augenblick, als sie den Ring über das zweite Gelenk ihres Ringfingers geschoben hatte, durchfuhr sie ein kleiner Stromstoß. Ein violetter Schimmer entflammte im Herzen des Steins und ihre Hand wurde warm. Wow – war das ein gutes oder ein schlechtes Zeichen?

Jericho sah sie mürrisch an. „Du weißt nicht, mit wem du dich anlegst, Baby."

Du bist derjenige, der nicht weiß, mit wem er sich anlegt, Arschloch. Jahrelanger Polizeidienst half ihr, diese Worte zurückzuhalten, aber ihr Blick sprach Bände. Jericho mochte reich, mächtig und gefährlich sein – aber, wenn er dachte, sie wäre ein leichtes Ziel, sollte er besser noch einmal nachdenken.

Hunter machte eine unauffällige Geste mit dem Ellbogen und deutete an, dass sie sich davonschleichen sollte, aber sie stand entschlossen an seiner Seite.

„Ich sagte, gib mir diesen Ring", knurrte Jericho.

Dawn sah sich um. Diese Ecke des Resorts war menschenleer und der Lärm der Probeparty würde jeden Hilferuf übertönen. Das Meer befand sich hinter ihnen und die hohe, felsige Landzunge, um die sie und Hunter herumgeschwommen waren, befand sich zu ihrer Linken. Rechts erstreckte sich noch mehr Strand, bis dieser an einer weiteren Landzunge der Küste endete und hinter einer scharfen Biegung außer Sichtweite verschwand.

„Ist Cruz in der Nähe?", flüsterte sie Hunter zu. „Oder Kai?" Sie hatte seine Gestaltwandlerfreunde die ganze Woche lang gemieden, aber zur Hölle, in diesem Moment würde es ihr wirklich nichts ausmachen, sie zu sehen.

Hunter schüttelte knapp den Kopf. Es waren nur sie beide, ganz allein.

Sie sah sich nach einer behelfsmäßigen Waffe um. Vielleicht ein Stück Treibholz oder eine weggeworfene Flasche. Irgendetwas.

Ihr Finger pochte, als würde der Ring versuchen, ihr etwas zu sagen. Im gleichen Moment flatterte eine geflügelte Gestalt durch den Himmel auf Jericho zu. Der große Mann schlug danach, als sie an ihm vorbeiflog.

„Verdammte Fledermaus."

Hunter nutzte den Moment seiner Ablenkung, um warnend zu flüstern: „Diese Typen sind Gestaltwandler. Gestaltwandler und ... Schlimmeres."

Sie sah die bulligen Männer am Strand an. Was wäre denn schlimmer als ein Gestaltwandler? Mehrere der Männer hatten eine so sperrige Statur wie Hunter auch. Sie waren also möglicherweise Bären. Einer der anderen war schlanker und geschmeidiger, was sie an Cruz erinnerte. Großer Gott, was wäre, wenn er ein Tiger war? Die anderen lagen irgendwo dazwischen und Jericho selbst – nun, sie hätte ihn für einen Bären gehalten, aber jetzt – jetzt war sie sich nicht mehr so sicher.

„Es tut mir leid, dass ich dich da mit hineingezogen habe", murmelte Hunter.

Sie schüttelte den Kopf. „*Wir* sind da gemeinsam hineingeraten. Und wir schaffen es gemeinsam wieder heraus."

„Wir?" Hunters Stimme klang hoffnungsvoll.

Sie nickte, weil sie ihrer Stimme in diesem Moment nicht traute. Die geheime Welt der Gestaltwandler war immer noch schwer zu begreifen, aber Hunter? Hunter war ein Traummann, Bär oder nicht.

„Ich liebe dich, Hunter. Ich vertraue dir", sagte sie.

Sie hätte stundenlang in diese Augen schauen können, die sie mit Dankbarkeit und Erleichterung ansahen, aber sie hatte nur Zeit für einen kurzen Blick, bevor Jericho höhnte.

„Hunter? Woher kenne ich diesen Namen bloß? Lass mich mal überlegen." Er machte eine Schau daraus, über sein Kinn zu streichen. „Ach, stimmt ja. Das feige, kleine Bärenjunge, das vor all diesen Jahren den Schwanz einkniff und geflohen ist."

Hunter versteifte sich, aber Dawn höhnte zurück: „Lass mich mal raten. Ihr wart seiner Familie zehn zu eins überlegen?"

Jericho sah sie mit zusammengekniffenen Augen an. „Irgendwie ganz ähnlich, wie wir jetzt auch in der Überzahl sind, meine Liebe."

Dawn versuchte, sich einzureden, dass ihre Chancen mit sieben zu zwei gar nicht so schlecht standen.

„Was bist du doch für ein harter Kerl", erwiderte sie mit bissigem Sarkasmus.

Jericho schien sie nicht zu hören. „Du hast Glück, dass ein Mann in meiner Position seinen Preis nicht teilen muss. Ich kriege dich ganz für mich allein."

Es drehte ihr den Magen um.

Jericho machte eine Geste, um seine Handlanger anzutreiben.

Als drei der Männer vorrückten, packte Hunter ihren Arm fester. Einer der Männer zog sich am Kragen. Ein anderer knöpfte seine Jacke auf und warf sie zur Seite. Ein dritter stieß ein verzerrtes Geräusch aus und krümmte sich nach vorn, während die anderen vor Erwartung glucksten.

„Bären", raunte Hunter ihr ins Ohr, um sie vorzubereiten. „Zwei Bären und ein Wolf."

Sie krümmten sich vornüber, zerrissen ihre Kleidung und landeten in grotesken, verdrehten Formen auf allen vieren. Jeder von ihnen stieß würgende, knurrende Geräusche aus, als das Fell auf ihren nackten Rücken spross und ihre Schnauzen länger wurden.

Über ihnen flatterten Flügel – die Fledermaus griff erneut an – und Jericho meckerte erneut.

Bitte. Keine Vampire, wollte Dawn betteln und behielt die Männer im Blick, die sich vor ihren Augen in Tiere verwandelten.

Die Verwandlung geschah nicht augenblicklich, aber sie dauerte auch nicht lange. Der Wolf war der Erste, der seine vollendete Form annahm. Er schnaubte, schüttelte sein graues Fell kräftig durch und pirschte sich mit einem Schwung des Hinterteils langsam an sie heran. Die Bären stapften einen Augenblick später los und brummten vor sich hin. Die Männer, die noch immer hinter ihnen standen, lachten fies und schauten dabei zu.

„Dawn", murmelte Hunter.

Dawn zwang sich, zu nicken. „Tu es. Verwandle dich."

Sie täuschte eine starke, sichere Stimme vor, aber innerlich zitterte sie. Sie schaute sich um und versuchte Hunter und seine leisen Grunzgeräusche zu ignorieren. Sie und Hunter hätten eine bessere Chance, wenn er sich verwandelte. Und verdammt, auch sie selbst musste sich kampfbereit machen.

Links neben ihr wippte ein Stück Treibholz im Wasser herum und sie griff danach. Ein solides, ein Meter langes Stück, das sie wie eine Keule schwingen konnte. Sie machte einen Probeschwung und sprang von der schieren Wucht des Aufpralls auf dem Boden beinahe zurück.

Wow. Hatte sie das gerade getan?

Der Ring an ihrem Finger wurde fester und begann, heller zu leuchten. Zur gleichen Zeit bewegte sich etwas Großes und Nasses an ihrer Seite. Sie drehte sich um und starrte den Grizzlybären neben sich an. Ein riesiges, klobiges Tier, das sein dickes Fell schüttelte und sie mit emotionsgeladenem Blick ansah.

„Hunter", flüsterte sie. Heilige Scheiße.

Sie würde diese Augen überall erkennen, selbst wenn der Rest noch immer ein Schock für sie war. Die zuckende, schwarze Nase. Das dichte, schokoladenbraune Fell.

„Hunter." Sie schüttelte ehrfürchtig den Kopf.

Er schnaubte und drängte seine Nase in die Richtung ihrer Hand.

Bitte, schienen seine Augen zu flehen. *Bitte akzeptiere mich.*

Dawn atmete tief ein. Es gab Zeiten im Leben, in denen man durch ganz entscheidende Momente hetzte, ohne es zu bemerken. Aber diese schlichte Geste – Hunter zu berühren – würde etwas sein, das wie in Zeitlupe geschah und für immer in ihrem Herzen bleiben würde. Eine Wegscheide, an der sich Sekunden ihrem Kopf zu Minuten dehnten.

Sie krümmte ihre Finger und streckte die Hand langsam aus, bis sie sich schließlich berührten. Ihre Finger auf seiner Schnauze. Mensch zu Bär. Von einem Liebhaber zum anderen.

Oh. Mein. Gott.

Seine Nase war kühl wie die eines Hundes und der Hauch seines Atems war warm. Er stieß ihn wie einen Seufzer der Erleichterung aus und seine Augen funkelten.

„Hunter", flüsterte sie.

Seine Nase drängte sich näher, hielt am Ring inne und er sah sie wieder an.

Ach richtig. Der Ring. Der Seelenstein. Der mit den magischen Kräften.

Noch nie in ihrem Leben war sie so versucht gewesen, ein wildes Tier bei der Schnauze zu packen, um ein paar Worte herauszuschütteln. *Was soll ich damit machen? Wie funktioniert er?*

Dann knurrte ein Wolf und Hunter zuckte. Er stapfte am Strand entlang und hinterließ tellergroße Spuren im Sand.

Dawn hatte gerade noch ausreichend Zeit, das Stück Treibholz an ihre Schulter zu heben, bevor der Kampf ausbrach.

„Jetzt beeilt euch." Jericho klang gelangweilt. „Tötet ihn. Sie, will ich lebend haben."

Das tiefe Knurren wurde zu regelrechtem Gebrüll, als die Gestaltwandler zum Angriff übergingen. Der Wolf kam auf sie zu, während die Bären Hunter mit einem Aufprall rammten, den sie bis in ihre Knochen spüren konnte.

„Hunter!", schrie Dawn und schwang das Holz, um den Wolf abzuwehren. Der sprang zurück, schoss erneut vorwärts und schnappte nach ihren Füßen.

Ihre riesigen Zähne fletschend katzten und schlugen die Bären aufeinander ein. Hunter bäumte sich auf die Hinterbeine auf, schlug einen Gegner zur Seite und stürzte sich auf den anderen. Sie wälzten sich in einem wilden Gewirr aus Fell und Reißzähnen herum.

Dawn schwang das Treibholz in die Richtung des Wolfs. Er drängte sie zurück und öffnete damit eine Lücke zwischen ihr und Hunter. Er drängte sie in die Richtung von …

Sie wirbelte gerade noch rechtzeitig herum, um sich vor einem von Jerichos Männern zu ducken, der sich von hinten herangeschlichen hatte.

„Ich sagte, schnappt sie euch!", brüllte Jericho von seinem Posten.

Jedes Mal, wenn der Mann etwas sagte, kochte die Wut in ihr über und der Amethyst strahlte heller.

„Nimm das." Sie schlug dem Wolf so heftig gegen die Schulter, dass ihr das Treibholz aus der Hand rutschte. Trotzdem heulte die Bestie auf und rollte zur Seite.

Irgendwo in Dawns Hinterkopf registrierte sie, dass etwas Seltsames vor sich ging. Die Bestie wog weit über einhundert Kilogramm und doch war sie von ihrem Schlag mindestens vier Meter weit weggerollt. Aber sie hatte keine Zeit, darüber nachzudenken, denn der Mann war wieder da und versuchte, sie zu packen.

Sie holte aus und ballte all ihre Kraft, so wie sie es jeden Freitag im Fitnessstudio tat. Sie zog zusätzliche zornige Energie aus dem Gedanken an den Mann, der versucht hatte, sie zu vergewaltigen.

Wow! Ihr Schlag prallte auf und ließ den Mann rückwärts taumeln, sodass sein Hintern in den Sand stürzte.

Dawn starrte ihre eigene Faust an. Selbst wenn sie so heftig schlug, wie sie nur konnte, hatte sie den Sandsack nie so bewegt, wie ihre männlichen Kollegen es konnten. Aber verdammt – dieser Schlag hatte genügend Kraft gehabt, um einen Sandsack aus seinen Ketten zu reißen.

Sie atmete tief und zitternd und starrte auf den Ring. Der Amethyst in seiner Mitte strahlte – fast selbstgefällig.

Ein Bär brüllte und lenkte ihre Aufmerksamkeit nach rechts, von wo der Wolf wieder auf sie zusprang. Sie lenkte ihn mit einem wütenden Tritt um. Die Bestie landete auf den Füßen und starrte sie keuchend an. So wie ihm die Zunge aus dem Maul hing, dachte auch er: *Heilige Scheiße.*

Heilige Scheiße, allerdings. Dawn krümmte die Finger. Wie viel Kraft steckte in diesem Stein? Und wie lange würde er ihr helfen, diese Ganoven abzuwehren?

Kapitel 15

Als ein Bär vor Schmerzen aufschrie, zuckte Dawn zusammen und betete, dass es nicht Hunter war. Sie wirbelte herum. Die beiden Grizzlybären, die ihm gegenüberstanden, waren zwar etwas kleiner als er, aber sie waren zu zweit und wer wusste schon, wann ihre Gestaltwandlerfreunde ihnen zu Hilfe kommen würden. Sie schaute auf den Ring und hoffte, er würde ihr eine Möglichkeit aufzeigen, wie sie gegen eine Kreatur von der Größe eines Bären kämpfen könnte. Selbst wenn er ihre physische Kraft verstärken würde, würden ihr davon keine Reißzähne oder Klauen wachsen.

Sie schluckte. *Gott, zumindest hoffe ich es nicht.*

„Du und du. Dort runter", befahl Jericho den anderen Männern. „Ich will ihn sterben sehen. Sofort! Und sie will ich in einem Stück."

Die drei Männer liefen los und Dawn verzweifelte. Selbst wenn sie und Hunter sie eine Zeit lang aufhalten konnten, gab es keine Möglichkeit, so vielen Feinden zu entkommen.

Eins nach dem anderen, beschloss sie und trat zurück. Der Mann, den sie geschlagen hatte, stieß ein ersticktes Geräusch aus und sie fragte sich, ob sie ihm die Nase gebrochen hatte. Aber als sie sich umdrehte, sah sie einen Puma und keinen Mann. Seine gelbbraunen Augen leuchteten wie die einer Katze, die sich bereitmachte loszuspringen, und seine Schultern krümmten sich.

Sie schnappte sich das Treibholzstück und schwang es herum. „Versuch es mal", forderte sie ihn heraus. „Versuch es nur."

Der Puma knurrte, als könnte er es nicht erwarten, seine Reißzähne in ihrem Hals zu versenken. Blitzschnell war die Bestie über ihr und stieß sie zu Boden. Sie rollte herum und der Puma wälzte sich mit ihr. Er schnappte mit seinen riesigen Eckzähnen. Sie schlug mit einem weiteren übernatürlichen Ausbruch der Kraft nach ihm und kroch zurück, aber das wütende Tier sprang sofort wieder auf und ragte über ihr.

„Ich will sie lebend!", schrie Jericho.

Der Puma knirschte mit den Zähnen und war offensichtlich mehr an Rache interessiert, als an den Befehlen des Chefs. Er stürzte los und sie riss die Hände hoch. „Nein!"

Hunter brüllte, aber er war zu weit weg und zu sehr mit seinen eigenen Feinden beschäftigt, um ihr zu helfen.

Es rauschte in der Luft über ihrem Körper und sie machte sich auf den reißenden Aufprall der riesigen Katze gefasst. Aber sie spürte nichts als ein leichtes Flattern von Flügeln.

Sie öffnete die Augen und krabbelte schnell rückwärts.

„*Pu'eo*", hauchte sie.

Es war gar keine Fledermaus gewesen, die zuvor an Jericho vorbeigeflogen war. Es war eine Eule. Eine Eule, die mit ihren Krallen auf den Puma zielte. Sie flatterte wie verrückt um die Augen der Katze herum, um Dawn Zeit zur Flucht zu verschaffen. Sie sprang auf die Füße und starrte schockiert.

Sie hatte nie einen Grund gehabt, die Geschichten infrage zu stellen, die über Generationen weitergegeben worden waren. Geschichten, die behaupteten, dass die Geister ihrer Vorfahren die Gestalt von Eulen annahmen. Aber sie hatte angenommen, dass die *Aumakua*-Legenden auch ein märchenhaftes Element enthielten.

Offensichtlich nicht.

Die Eule war nur so groß wie ihr Unterarm – bei Weitem nicht so groß wie die Gestaltwandler um sie herum – aber sie kämpfte mit grimmiger Entschlossenheit.

Lauf, signalisierten ihr die wilden Flügelschläge. *Verschwinde.*

Hunter brüllte und sie schwankte, hin- und hergerissen, ob sie Hilfe holen oder an seiner Seite bleiben sollte. Doch dann kam der Wolf auf sie zu und seine Zähne schnappten einen Zentimeter neben ihrem Gesicht zu. Mit einem schnellen Tritt befreite sie sich und rannte den Strand hinunter. Genug war genug. Ihre einzige Möglichkeit bestand darin, Hilfe zu holen.

Schritte donnerten hinter ihr her und Jericho schrie.

„Verdammt noch mal. Ihr erledigt den Bären. Du und du, helft mir, sie zu fangen."

Dawn keuchte, als sie einen Neuankömmling aus der entgegengesetzten Richtung auf sich zu rennen sah. Noch einer von Jerichos Gestaltwandlern?

Sie warf einen Arm hoch und duckte sich, als die entgegenkommende Bestie sprang.

„Was zum … ", murmelte sie, als das Tier direkt über sie hinwegfegte und auf ein anderes Ziel zusteuerte. Verwirrt schaute sie der unscharfen, schwarz-orangenen Bewegung hinterher. Ein Tiger?

Hunter brüllte hinter ihr. Ein erleichtertes Brüllen, wenn es so etwas gäbe, mit dem deutlichen Klang von *Gott sei Dank, bist du hier.*

„Cruz." Sie starrte den Tiger an, der sich ins Gefecht stürzte.

Hunters Bär war ein Mammut, das alles in Sichtweite zerquetschte, während Cruz' flinker Tiger mit den spektakulären Bewegungen eines Akrobaten herumsprang. Der Wolf schrie im Todeskampf; der Puma fauchte und wich zurück.

Dawn wollte jubeln. Cruz hatte ihre Chancen soeben von unmöglich zu wirklich, wirklich unwahrscheinlich verschoben, und sie würde nehmen, was sie kriegen konnte.

Der einzige Mann – oder die einzige Bestie – der nicht in die Schlacht verwickelt war, war Jericho selbst. Er starrte sie mit zusammengekniffenen Augen an.

„Du", knurrte er und näherte sich ihr erneut.

Dawn war versucht, die Kraft des Seelensteins an Jericho auszuprobieren, aber ihr gesunder Menschenverstand setzte sich durch und sie rannte los. Ihre nackten Füße rutschten im Sand und stolperten schließlich über das stachelige Gras, als sie sich vom Strand entfernte.

Hoch oben flog die Eule und sauste direkt über sie hinweg, als sie auf Jericho zusteuerte.

„Verdammt noch mal", schrie der Mann.

Dawn blickte zurück und sah, wie er zögerte, um nach einem Stein zu suchen, den er nach der Eule werfen konnte.

„Nein!", schrie sie, als er einen Felsbrocken von der Größe einer Abrissbirne vom Boden anhob.

Mit einem riesigen Grunzen schleuderte er den Felsbrocken in Richtung Eule, die sich hastig zurückzog. Dawn starrte entsetzt auf die Entfernung, die der Felsbrocken zurückgelegt hatte. Er landete mit einem heftigen Schlag.

„Ich sagte, ich will diesen Ring", knurrte Jericho und rannte hinter ihr her.

Dawn sprintete los und fragte sich, welche Art Gestaltwandler er wohl war – oder ob er überhaupt ein Gestaltwandler war. Vielleicht war Jericho einfach nur ein Mann mit übernatürlichen Kräften. Sie runzelte die Stirn, als sie sich vorstellte, was ein Mann wie er mit der Kraft des Seelensteins anrichten könnte.

Der Erdstein, hatte Hunter ihn genannt. Ihre Gedanken rasten, als sie versuchte, zu entschlüsseln, was das bedeutete.

Sie war kurz davor, den Anstieg zu erklimmen, der zum Hauptbereich des Resorts führte, als ein buckliger Hund – nein, eine Hyäne – aus dem Nichts auftauchte und eine ungleiche Zahnreihe aufblitzen ließ. Sie schnitt ihr den Weg ab und da Jericho sich ihr von hinten näherte, hatte sie nur eine Wahl – sie musste die felsige Landzunge hinaufrennen, um die sie und Hunter geschwommen waren. Derselbe Felsvorsprung, auf dem sie zuvor gestanden hatte, als Regina aufgetaucht war.

Sie zögerte bei dem Schild, auf dem geschrieben stand: *Betreten auf eigene Gefahr*. Die Klippe war nicht nur instabil – sie war auch eine Sackgasse. Was würde sie tun, wenn sie den Gipfel erreichte?

Irgendwo hinter ihr kläffte die Hyäne und das Fauchen einer Katze riss durch die Stille der Nacht.

Sie betete, dass es Cruz war. Pfoten kratzten über die Erde, während der Gestaltwandlerkampf weiterging. Auch menschliche Füße donnerten weiter und Jericho stürmte hinter ihr hinauf.

Dawn stolperte und krallte sich mit Händen und Füßen am Boden fest, bis sie ganz oben ankam. Sie blickte über den steilen Abhang und hoffte, dass sie vielleicht ins Meer springen könnte. Aber die Klippe endete in zerklüfteten Felsen – der sichere Tod. Was angesichts der Alternative in Jerichos Sinn einen gewissen Reiz hatte.

Sie drehte sich um, stemmte einen Fuß zurück und hob die Hände zu einer Verteidigungshaltung. Würde Jiu-Jitsu gegen einen Mann wie Jericho helfen?

Er wurde langsamer und blieb vor ihr stehen, als er ein riesiges Messer aus seinem Stiefel zog. Seine Augen glühten rot – blutrot, wie die eines Ghuls – und er lachte leise. „Na, was machst du jetzt?"

Dawn biss die Zähne zusammen. Sie fragte sich das Gleiche.

„Ich sag dir, was du tun wirst", fuhr er fort und senkte seine Stimme bei seiner schrecklichen Drohung. „Zuerst nimmst du den Ring ab, bevor ich ihn dir abschneide."

Dawn weigerte sich, sich das genauer vorzustellen.

„Dann gehst du auf die Knie ... " Sein Gesicht verzog sich zu einem Lachen. „Und befolgst meine Anweisungen ganz genau."

Sie fragte sich, ob seine Anweisungen beinhalten würden, von der Klippe zu springen oder seinen Schwanz zu lutschen. Ihr wurde von beidem schlecht, aber sie würde die Klippe ganz sicher bevorzugen.

Sie ballte ihre Hände und wünschte, der Ring könnte ihr eine wundersame Lösung herbeizaubern. Vielleicht ein Lichtschwert. Oder eine Streitaxt. Irgendetwas, um diesen Mann zu Fall zu bringen.

Aber der Seelenstein glühte nur still.

Hilf mir, wollte sie schreien, als sie ihn schüttelte. *Hilf mir bitte.*

Jericho lachte. „Dummer Mensch. Der Erdstein mag deine Kräfte vielleicht zu einem gewissen Grad verstärken – aber meine Kraft wird er exponentiell vervielfachen." Seine Augen leuchteten gierig, als er nach vorne griff.

„Und was wirst du mit dieser Kraft tun?"

Jericho höhnte und sie hasste ihn noch so viel mehr. „Ich tue, was ich immer tue. Wohlstand schaffen und ihn nach unten sickern lassen. Wohlstand verbreiten."

„Also ist das alles fürs Allgemeinwohl. Na sicher. Als ob."

Er lachte. „Es gibt immer ein paar, die das Licht nicht sehen können. Baumkuschler. Und diese verdammten Flower-Power-Typen." Er hob seine Finger bei dem Begriff zu Gänsefüßchen in die Luft.

„Hunters Eltern", fügte sie der Liste hinzu.

Jericho zuckte mit den Schultern. „Irregeleitete Narren. Sie hatten ihre Chance, abzusahnen. Niemand kann mich aufhalten – und du am allerwenigsten. Und jetzt gib mir den Stein."

Sie zögerte noch eine Sekunde und hob dann die Hand. „Also gut", sagte sie schnippisch. „Nimm ihn."

Seine Augen blitzten wie das Mondlicht über einem blutroten Meer und er kam näher. „Braves Mädchen. Vielleicht werde ich nicht zu grob zu dir sein, wenn ich dich das erste Mal probiere."

Galle stieg in ihrer Kehle auf, aber sie hielt ihre Hand ruhig und überließ es dem violetten Schein, ihn näher anzulocken.

„Ich habe schon so lange danach gesucht", murmelte er.

Pfoten kratzten am Fuße des Hügels über die Erde und jeder Muskel in Dawns Körper verkrampfte sich. Näherten sich weitere Gestaltwandler? Und wenn ja, welche?

„Meiner", murmelte Jericho und lehnte sich über den Ring.

Dawn zwang sich, abzuwarten, bevor sie ihren letzten verzweifelten Plan umsetzen konnte. „Deiner", ermutigte sie ihn, noch näherzukommen.

Ihre Finger zitterten, als Jericho über ihr schwebte. Dann ballte sie in einer schnellen Bewegung eine Faust und schlug nach oben. Der Amethyst schlitzte in einer scharfen Linie über Jerichos Wange. Er stolperte mit einem Aufschrei zurück.

Jetzt, Lauf! schrie sie sich selbst zu.

Aber Jericho wirbelte herum und schlug sie mit der Hinterhand so kräftig ins Gesicht, dass ihr die Zähne klapperten. Sie landete mit einem Grunzen und ihre Sicht verschwamm.

„Schlampe. Dir werde ich es zeigen."

Jericho hob sie wie eine Marionette hoch und schleuderte sie erneut zu Boden. Sie landete auf dem Rücken und es verschlug ihr den Atem. Ihre ganze Welt drehte sich und kippte zur Seite. Selbst Jericho schien für einen Moment innezuhalten und um sich zu sehen.

Dawn drückte ihre Handflächen auf den Boden. Hatte der Boden unter ihr wirklich gebebt oder hatte sie es sich nur eingebildet?

Ein wildes Knurren hallte durch die Nacht und Dawn schrie beim Anblick eines sich nähernden Bären auf. Ein stiller Schrei, der mit weitaufgerissenem Mund endete, als der Bär auf Jericho zustürmte.

„Hunter?" Sie schwankte auf die Füße.

Das Brüllen des Bären donnerte in ihren Ohren und sie brach immer noch schwindlig zusammen. Ihre Hand schlug auf dem Boden auf und die Erde grollte. Ein echtes Grollen, nichts, das sie sich eingebildet hatte.

„Du!", grunzte Jericho, als sich der Bär auf ihn stürzte.

„Hunter!", schrie sie.

Punkte tanzten vor ihren Augen umher, als sie den Abhang hinter ihm absuchte. Näherten sich noch andere Gestaltwandler oder hatte Hunter sie alle überwunden?

Sie starrte, aber kein anderes Lebewesen nahm auf dem Hang Gestalt an. Jetzt gab es nur noch sie, Hunter und Jericho.

Hunter stieß Jericho in Richtung Klippe, aber sein Gegner drängte ihn mit einer Kraft zurück, die seiner Größe absolut nicht entsprach. Hunter griff ihn ein zweites Mal an, aber Jericho zwang ihn mit einem Messerhieb zurück.

„Versuch es doch mal, du kleines Bärenkind. Versuch es doch."

Seine Stimme war so spöttisch, so grausam, dass Dawn mit der Faust auf den Boden schlug. Dieses Mal bebte die gesamte Klippe und sogar Jericho hielt inne, bevor er Hunter weiter anstachelte. „Komm und hol mich, Bärenkind."

Dawn stützte sich noch immer verwirrt auf dem Boden ab. War das ein kleines Erdbeben gewesen?

Der Amethyst schien im Mondlicht. Sie hielt ihn hoch und zwang ihren verwirrten Verstand, die Dinge zu durchdenken.

Erdbeben ... Erdstein ...

Hunter und Jericho kämpften weiter, aber sie achtete nicht auf sie. Als Regina auf den Boden gestampft hatte, hatte sich die ganze Klippe so angefühlt, als würde sie nachgeben. Regina hatte in den letzten Tagen ziemlich oft Dinge herumgestoßen und Dawn war von der Kraft der schlanken Frau überrascht gewesen.

Sie hielt den Seelenstein hoch und schließlich machte es klick. Der Erdstein hatte Regina etwas von seiner Kraft verliehen. Der Erdstein hatte die Klippe zum Beben gebracht.

Ich kann es wieder tun, schien der Amethyst ihr zuzuzwinkern.

Jericho lockte Hunter vorwärts und Dawn fragte sich, ob sie es wagen würde, diese verrückte Hypothese zu testen.

Hunter humpelte und sein Fell war blutrot gefärbt. Jericho hingegen war relativ frisch. Sie sah ihn mit zusammengekniffenen Augen an und gab der Wut nach, die in ihr aufwallte. Dieser Mann hatte Hunters Mutter getötet und wer wusste schon, wie viele andere noch. Ein Mann, der sich berechtigt fühlte, nach Lust und Laune zu töten und zu vergewaltigen.

Sie ballte eine Faust und hielt sie hoch über den Boden. Sie schaute und wartete.

Hunter stürmte erneut auf Jericho zu und ihr Herz weinte um ihn. So viel Mut. Solch eine Hingabe. Solch eine Beharrlichkeit, ungeachtet aller Widrigkeiten.

Sie fletschte die Zähne wie ein wildes Tier und zwang sich, zuzusehen. Jericho schwang das Messer, aber Hunter duckte sich gerade noch rechtzeitig. Er rammte Jericho und stieß ihn an den Rand der Klippe. Aber Jericho riss seinen Ellbogen hoch und schlug ihn gegen Hunters weiche, schwarze Nase.

Ein Knochen brach. Der Bär brüllte frustriert auf. Jericho höhnte.

Dawn zitterte und wartete auf ihre Chance. War es zu spät?

Der Grizzlybär bäumte sich auf seine Hinterbeine auf, aber Jericho trat ihn in die Rippen und Hunter stürzte rückwärts bergab.

Da. Jetzt!

Hitze breitete sich aus dem Ring aus und strahlte durch Dawns Körper. Er sandte ihr das deutlichste Signal, das sie sich nur wünschen konnte. Sie schmetterte ihre Faust auf den Boden. Einmal. Zweimal.

Die Erde grollte und Jericho riss zum Ausgleich seine Arme hoch. Er drehte seinen Kopf in ihre Richtung und sah sie mit zusammengekniffenen Augen an.

Sie schlug erneut auf den Boden und ignorierte den Schmerz des Aufpralls.

Dieser Mann muss sterben, sagte sie zum Erdstein. Sie – die Frau, die immer an Recht und Ordnung und an die Macht der Justiz geglaubt hatte – stieß plötzlich Todesurteile aus. Es gab keinen anderen Weg.

Hilf mir, flüsterte sie und schlug ihre Faust erneut auf den Boden.

Die Klippe grollte und ließ Jericho taumeln und schwanken.

„Hör auf damit", schrie er und schwankte wie ein Betrunkener.

Hilf mir, die Welt von diesem Übel zu befreien, schrie sie und schlug weiter auf die Erde ein.

Um sie herum erhob sich ein Gebrüll. Zuerst dachte sie, es wäre Hunter, der für einen weiteren Versuch zurückkam. Aber es war der Boden, nicht Hunter, und das Grollen wurde immer lauter.

„Ich sagte ... ", forderte Jericho. Dann riss er die Augen weit auf.

Sie starrte ihn an und zeigte ihm ihre Faust. Der Amethyst glühte in der Dunkelheit, bevor sie ihre Hand ein weiteres Mal hinunterriss – und sie am Boden behielt.

Vibrationen rauschten durch die Erde, ihren Arm hinauf und durch ihren Körper. Sie konnte sich nicht bewegen. Sie war auf Händen und Knien mit dem Gesicht nach oben geneigt und beobachtete, wie die Erde bebte. Jericho kämpfte um sein Gleichgewicht, als sich zwischen ihnen ein Spalt öffnete, der in einer gezackten Linie den Felsvorsprung zerriss.

„Nein!", schrie Jericho.

„Doch", flüsterte sie.

Die Erde donnerte. Felsen stürzten herab. Jericho schrie. Dawn kroch rückwärts, als der Abhang vor ihr wegkippte und ins Meer hinabstürzte. Jerichos Arme wirbelten in der Luft herum und dann stürzte auch er, als die Kante der Klippe abbrach.

Dawn starrte auf die rutschenden Felsen und war an der Abbruchstelle wie erstarrt. Ein Durcheinander von Geröll und Dreck verschwand gemeinsam mit dem Körper ihres Feindes in der tosenden Brandung.

Ihr Herz schlug wild, als sie ihre Hand hob – langsam, als würde sie eine Granate zünden. Die Erde hörte auf zu beben und das Geräusch der Brandung ersetzte das der herabstürzenden Felsen. Langsam kroch sie zurück und starrte. Dann eilte sie zu dem Bären hinunter, der blutend im Gras lag.

„Hunter … "

Sie fiel auf die Knie und umarmte ihn. Es kümmerte sie nicht, dass sie grobes Fell anstatt glatter Haut unter ihren Händen spürte, denn so oder so war die Seele in diesem Körper Hunters.

„Hunter, bitte … " Sie suchte nach einem Lebenszeichen. Dann schrie sie auf, denn die Erde schien sich erneut zu bewegen. „Nein", krächzte sie.

Sie sah sich wild um, aber es war nicht die Erde. Es war nur sie selbst, die in einem regelmäßigen Muster auf und ab gehievt wurde. Hunter atmete, hob und senkte seine Brust mit jedem Atemzug und bewegte sie dabei mit.

„Hunter! Bist du OK?"

Der Bär hob den Kopf und zuckte zusammen. Langsam klimperte er mit seinen langen Wimpern.

Sie schloss ihre Hände um seine Schnauze. „Bitte sag mir, dass es dir gut geht."

Der Bär schnaubte schwach und ließ den Kopf wieder sinken. Sie setzte sich neben ihn und streichelte den einen Fleck seines dichten Fels, der nicht blutverschmiert war. Ihre Hand pochte, aber sie beachtete es nicht. Was waren schon ein paar gebrochene Knochen? Solange kein anderer böser Gestaltwandler auftauchte, ging es ihr und Hunter gut.

„Dawn", murmelte er und sie riss überrascht die Augen auf.

Wow. Er hatte sich unter ihrer Berührung stillschweigend verwandelt. Sie war so erschüttert gewesen, dass sie es kaum bemerkt hatte.

„Dawn", sagte er und zog sie an seine Seite.

Sie schlang ihren Körper in einer riesigen Umarmung um ihn. Er hatte genügend gekämpft und sie genug beschützt. Jetzt war sie an der Reihe, sich um ihn zu kümmern.

„Du bist unglaublich", flüsterte er mit kratziger Stimme.

Sie streichelte mit der Hand über seine Wange. „Du bist hier der Unglaubliche."

Eine Eule rief aus dem Wald am Fuße des Hügels. Für einen Moment fühlte sich die Erde friedlich an. Selbst als ein Tiger aus den Schatten trat und schnaubte, blieb Dawn ruhig.

„Cruz", murmelte Hunter. „Mann, ich bin dir etwas schuldig."

Der Tiger blinzelte mit seinen gelbgrünen Augen. *Ja, allerdings,* schien er zu sagen.

„Wo geht er hin?", fragte Dawn, als Cruz sich mit einem Schweifschlag umdrehte. „Geht es ihm gut?" Eine gezackte Schnittwunde verunstaltete seine Seite und er humpelte.

„Er geht zurück zum Strand, um aufzuräumen. Und ja, er wird heilen."

Aufräumen bedeutete, die Leichen loszuwerden, Dawn wusste das, aber es war ihr zu diesem Zeitpunkt egal. Zumindest bis einen Augenblick später, als ein riesiger Schatten über sie hinwegfegte.

„Oh." Sie duckte sich.

Hunter nickte nur und winkte. „Das ist Kai."

Dawn starrte mit offenem Mund.

Sicher. Man kann Drachen hier von Zeit zu Zeit fliegen sehen, hatte Lily einst gesagt.

Dawn klappte den Mund wieder zu. Sie und Lily würden demnächst ein langes Gespräch führen müssen.

„Mit welchen anderen Gestaltwandlern bist du denn noch befreundet?"

Dann verstummte sie und gaffte. Hunter war nackt. Sehr nackt. Aber sie hatte kaum Zeit, diesen Gedanken zu verarbeiten, als in nicht allzu weiter Ferne Stimmen zu hören waren. Alarmiert schaute sie bergab. Was jetzt?

„Oh Mann", murmelte Hunter.

Eine Gruppe von Leuten stürmte aus dem Resort – Partygäste und Resort-Angestellte, die durch die abstürzenden

Felsen alarmiert worden waren. Einige gestikulierten, während andere vorneweg rannten, um den Schaden zu begutachten.

Hunter schlang seine Hand um ihre und versteckte den glühenden Ring.

„Was ist passiert?", rief ein Mann.

Dawn versteckte ihr Gesicht an Hunters Brust. Wie sollten sie einen Gestaltwandlerkampf erklären, Seelensteine und die Tatsache, dass sie nackt am Rande einer frisch abgestürzten Felsklippe lagen?

„Die ganze Klippe ist abgestürzt", antwortete jemand. Die Schritte wurden lauter und kamen näher.

„Ich wusste, dass dieser Abhang instabil war", sagte eine andere Person.

„Die Wellen haben die Landzunge wahrscheinlich unterspült."

Dawn schüttelte ihren Kopf an Hunters Brust. *Nein. Noch mal raten.*

„Moment mal, was macht ihr denn da?", rief eine Frau und starrte sie an.

Hunters Gesicht war nur einen Zentimeter von Dawns entfernt. Sie sah ihm direkt in die Augen und flüsterte: „Was sollen wir sagen?"

Seine aufgesprungenen Lippen verzogen sich zu einem Grinsen. „Vertraust du mir?"

Dawn nickte und flüsterte zurück: „Ja. Und du musst mich das übrigens nie wieder fragen."

Sein Grinsen wurde breiter und er drückte seine Lippen auf ihre. Er schlang seine Hände um ihren Rücken und drehte sie leicht, um sie zu verdecken.

Es war der verrückteste Zeitpunkt für einen Kuss, aber sie war dabei. Ihr Mund öffnete sich unter seinem und sie knabberte leicht an seinen Lippen. Ihr Herz schlug schneller.

„Hey, was macht ihr beiden denn hier oben?", fragte ein Neuankömmling.

„Heilige Scheiße. Die Klippe ist abgestürzt und ihr macht hier rum?", sagte jemand anderes.

Dawn unterdrückte ein Kichern, küsste Hunter jedoch weiter. Sie konnte sich schon die Witze im Hauptquartier vorstellen, wenn die Jungs Wind davon bekämen, dass sie während ihrer Dienstzeit halb nackt in einen Wachmann verschlungen aufgefunden worden war.

Muss guter Sex gewesen sein, würde einer ihrer Kollegen witzeln.

Hat er deine Welt zum Beben gebracht, Dawn? würden sie wahrscheinlich als Nächstes fragen.

Und sie würden immer weitermachen, bis die ganze Sache komplett außer Kontrolle geriet.

Dawn grinste unter ihrem Kuss und kuschelte sich enger an Hunter. Irgendwie war ihr das alles egal. Und in gewisser Weise stimmte es auch. Hunter hatte ihre Welt zum Beben gebracht. Auf die bestmögliche Art und Weise.

Kapitel 16

Drei Tage später ...

„Mmm“, murmelte Hunter und wälzte sich im Bett herum.

Eine Meeresbrise säuselte sanft über den Rasen vor der Hütte und ein kleiner Vogel zwitscherte in den Bäumen. Die Vorhänge bewegten sich träge und obwohl er es nicht sehen konnte, konnte er sich die Morgensonne vorstellen, die auf dem ruhigen Meer glitzerte.

Hunter streckte sich unter der Decke und genoss das warme, schlaffe Gefühl seiner Gliedmaßen. Nichts war besser, als langsam aufzuwachen und den Übergang von der Traumzeit in die Realität in die Länge zu ziehen.

Die Realität ist sogar noch besser als ein Traum, sagte sein Bär mit einem selbstgefälligen Gähnen.

Er schloss seine Finger über Dawns Hand und zog sie enger an sich. Alles war in Ordnung. Mehr als in Ordnung – alles war perfekt. Die Vanderpelt-Hochzeit war vorbei. Der Rolls Royce stand wieder in der Garage und am allerbesten war, dass Dawn dicht an ihn gekuschelt in seinem Bett lag.

Sein Bär hatte recht. Manchmal war die Realität besser als ein Traum – obwohl beides verdammt gut war. Er hatte von einer idyllischen Hochzeit auf Maui geträumt. Nicht von Reginas – um Himmels willen, nein. Die war in der Nacht erledigt gewesen, als die kleine Göre ihren Verlobungsring ins Meer geworfen hatte. Die Zeitungen waren in den folgenden Tagen natürlich voll mit der Geschichte gewesen.

Prominente Braut lässt Bräutigam sitzen, sagt Jahrhunderthochzeit ab.

Taucher auf der Jagd nach vermisstem $100.000 Ring.

Weinende Braut verlässt Maui im Privatjet. Blumenrechnung unbezahlt.

Es schien, als hätte ganz Maui aufgeatmet, als die Vanderpelts abgereist waren.

Die Zeitungen waren so sehr mit dem Klatsch und Tratsch beschäftigt, dass dem Verschwinden von Jericho Deroux lediglich eine Randbemerkung auf Seite drei der *Maui News* gewidmet wurde. *Alaska Pipeline-Boss vermisst – Im Meer verschollen?*

Hunter umarmte Dawn fester. Als er ihre Schulter küsste, seufzte sie und drehte sich in seinen Armen um. Sie schenkte ihm ein verschlafenes Lächeln. „Guten Morgen."

Der beste Morgen meines Lebens, murmelte sein Bär den dritten Tag in Folge. Hunter nahm an, er würde das für den Rest seines Lebens jeden Morgen sagen.

„Guten Morgen", flüsterte er und streichelte sanft mit dem Finger über ihre Wange.

Sie schloss ihre Augen und ihre Brust hob sich mit tiefen, schläfrigen Atemzügen.

„Bist du das, der so schnurrt?", murmelte sie einen Augenblick später.

„Das ist Keiki."

Das Kaliko-Kätzchen war am Vorabend früh verschwunden, so wie sie es immer tat, wenn es ihm im Schlafzimmer zu hitzig wurde. Keiki hatte die meisten der letzten zweiundsiebzig Stunden wohl irgendwo anders verbracht – höchstwahrscheinlich bei Cruz. Kein Wunder, wenn man bedachte, wie lange Hunter und Dawn in schweißtreibender Ekstase und ineinander verschlungen waren. Aber für den Moment war Keiki zurück und hatte es sich auf der Matratze hinter Dawn bequem gemacht. Sie schnurrte lauter, als man es bei einem so winzigen Ding für möglich gehalten hätte.

„Mmm. Ich hatte den besten Traum", murmelte Dawn.

Hunter zwirbelte eine Strähne ihres seidigen Haares mit seinen Fingern – ein weiterer, wahrgewordener Traum – während er ihr zuhörte.

„Eine Hochzeit. Unsere Hochzeit."

Der Atem stockte in seiner Kehle. Er hatte dasselbe geträumt.

„Du und ich und eine Handvoll Gäste, hier auf dem Rasen am Koa Point", fuhr Dawn fort.

Hunters Hand zitterte leicht im weichen Fell des Kätzchens. Er hatte es sich genauso vorgestellt. Nur er und Dawn und eine Handvoll von Gästen. Die Leute, die wirklich zählten. Kai, Cruz, Boone und Silas – die Männer, mit denen er über die Jahre hinweg so vieles durchgemacht hatte – und natürlich Tessa, Nina, Lily, Dawns Mutter und ein paar von Dawns Freunden.

„Hatte Lily ein rosa-orangefarbenes *Mu'umu'u* an?", fragte er völlig regungslos.

Dawn riss die Augen auf. „Woher wusstest du das?"

„Ich hatte den gleichen Traum."

Auch die anderen Details stimmten überein, wie sie im Gespräch herausfanden.

„Es gab eine wunderschöne Vase mit wilden Iris und noch eine mit Drachenfruchtblüten", murmelte Dawn.

Hunter schluckte den Kloß in seinem Hals hinunter, bevor er antwortete. „Die Iris stehen für meine Mutter und die Drachenfruchtblüten für Georgia Mae, meine Pflegemutter."

Dawn ließ ihre Hand über seinen Arm gleiten und sein Kummer fiel von ihm ab.

„Georgia Mae", murmelte Dawn. „Ich habe mich etwas über sie gefragt. Du hast gesagt, sie war eine Eulengestaltwandlerin, richtig?"

Er nickte schweigend.

„Glaubst du, das hat etwas mit mir und meinem *Aumakua* zu tun?"

Er strich mit der Hand über Dawns seidiges Haar und sah ihr tief in die Augen. „Ganz ehrlich? Ich weiß es nicht. Möglicherweise verbindet sich ihr Geist irgendwie mit deinem *Aumakua*. Ich weiß nur, dass das Schicksal seine ganz eigene Art hat, Dinge zu offenbaren."

Sie starrten einander an und ließen die Sekunden verstreichen, während sie in Gedanken versunken waren. Aber das Schicksal war für Hunter ein solches Rätsel, dass er nie sonderlich weit kam, wenn er darüber nachdachte. Er war einfach so dankbar, dass ihm seine Gefährtin geschenkt worden war.

Vielleicht war die Hochzeit kein Traum, flüsterte sein Bär hoffnungsvoll. *Vielleicht war sie eine Vision.*

Hunters Lippen bewegten sich, aber er sagte nichts. Er konnte nichts sagen. Er hoffte nur und verlor sich in den Tiefen von Dawns dunklen Augen.

„Mir gefällt der Gedanke einer Hochzeit", wagte er es endlich. Die meisten Gestaltwandler machten sich nicht die Mühe, aber das war ihm egal – er wäre über jede Form von Versprechen glücklich, das er seiner Gefährtin geben konnte.

„Mir gefällt der Gedanke auch", sagte sie.

Seine Brust zog sich zusammen, als wäre sein Herz gerade auf die doppelte Größe angeschwollen.

„Wirklich?"

Sie nickte. „Wirklich."

Er dachte erneut an den Traum und spulte bis zu dem „Ich will"-Teil vor.

„Wirklich?", flüsterte er, nur um sicherzugehen.

Sie lachte und küsste ihn dann. „Wirklich."

Er schloss die Augen und versuchte, die Dinge mit den Visionen der glücklichen Jahre, die vor ihnen lagen, nicht zu überstürzen. Er und Dawn könnten zunächst etwas Zeit damit verbringen, sich ein gemeinsames Leben aufzubauen. Vielleicht könnten sie ein paar Jahre später, wenn Dawn einverstanden war, ein paar Junge zusammen bekommen. Bärenjunge, die von den Gestaltwandlern von Koa Point geschätzt, geliebt und vor allem beschützt werden würden. Vielleicht könnte er mit ihnen und Dawn eines Tages nach Alaska reisen. Vielleicht ...

Er fing seine Gedanken wieder ein, bevor sie sich darum drehten mit Dawn gemeinsam alt zu werden – aber zum Teufel, auch das klang nach Glückseligkeit.

„Weißt du, wovon ich noch geträumt habe?", fügte Dawn hinzu. Ihre Stimme wurde leiser und nervöser.

Er streichelte ihre Schultern. „Wovon?"

Sie fuhr mit einer Hand über seine nackte Brust und bis zu ihrem Hals hinauf. „Vom Paarungsbiss", flüsterte sie.

Sein Herz schlug schneller. Härter. Sie hatte *Traum* gesagt, nicht *Albtraum*, nicht wahr?

Er hatte in den letzten Tagen sein Bestes getan, ihr alles zu erklären und sich geschworen, nie wieder ein Geheimnis vor seiner großen Liebe zu verbergen. Die ganze Zeit hatte er Angst gehabt, dass die Details sie verschrecken würden. Schließlich würde es sich für einen Menschen ziemlich barbarisch anhören, mit acht Zentimeter langen Reißzähnen in den Hals gebissen zu werden. Verpaarte Gestaltwandler hingegen beschrieben diese Erfahrung als den Höhepunkt ihres Lebens.

„Nina hat gesagt ... "

Hunter riss seinen Kopf vom Kissen hoch. „Nina?"

Dawn errötete. „Sie, Tessa und ich haben uns gestern mal unter Frauen unterhalten. Weißt du noch, als ihr den Abwasch gemacht habt und wir zum Strand gegangen sind?"

Hunter wurde blass, als er sich fragte, wie viele anschauliche Details sie miteinander geteilt hatten. Er studierte Dawns Gesicht und errötete leicht. Sie errötete ebenfalls. Aber wenn er genauer hinsah, erkannte er, dass der rosige Farbton ihrer Wangen nicht von Angst oder Verlegenheit herrührte. Es war Erregung.

Er schnupperte unauffällig und ja – da war er. Der süße, zuckrige Duft in der Luft.

Dawn klimperte schüchtern mit den Wimpern, bevor sie fortfuhr. „Nina hat gesagt, dass es unglaublich war. Tessa auch."

Hunter nahm sich vor, für diese beiden die schönsten Blumen Mauis aufzuspüren.

Sein Bär grinste innerlich und eine langsame, schleichende Hitzewelle breitete sich in seinen Adern aus.

Dawns Hand wanderte an seiner Brust auf und ab und glitt jedes Mal ein Stückchen tiefer, wovon sein Schwanz hart wurde. Ihre Augen strahlten heller. Sie drückte ihre Finger fester auf seine Haut, bis sich sein Schwanz nach oben streckte und verzweifelt nach ihrer Berührung sehnte.

Er ließ seine Hände von ihrer Taille zu ihren Seiten wandern und neckte ihre Brüste.

„Nina hat gesagt, dass es ihr so gut gefallen hat, dass sie es jetzt ständig machen.“

Hunter war sich nicht sicher, ob er noch viel mehr über das Sexualleben von Nina und Boone hören wollte, aber ja, davon hatte er auch gehört. Dass der Paarungsbiss wiederholt werden konnte, wenn ein Paar seine Bindung im Laufe seines Lebens erneuerte.

Dawn ließ ihren Knöchel über seine Wade gleiten. Ihr Haar lag ausgebreitet über dem Kissen und ihre Brustwarzen streckten sich in die Höhe. Als er seine Hand über ihre Brust gleiten ließ, krümmte sie sich ihm entgegen und stöhnte.

„Hunter, ich will den Paarungsbiss nicht nur. Ich brauche ihn.“ Sie zog ihr Bein höher und öffnete sich für ihn. Als sie ihre Hand das nächste Mal hinunterschob, streichelte sie mit den Fingern über seinen Schwanz.

Hunter atmete tief ein. Er hatte sich so lange gegen den Drang gewehrt, seine Gefährtin für sich einzufordern, dass er jetzt dachte, er würde verrückt werden. Die sanfte Glückseligkeit der letzten Tage hatte die Spannung etwas entschärft, aber in dem Moment, als Dawn Paarung erwähnte, kehrte das brennende Bedürfnis sofort zurück.

Er rutschte über sie und hielt ihre freie Hand über ihrem Kopf fest. Es blieb gerade genug Platz zwischen ihren Körpern, um mit ihrer anderen Hand seinen Schwanz zu umfassen.

„Entschuldige, Keiki“, kicherte Dawn, als das Kätzchen floh.

„Tschüss, Keiki“, murmelte er. Dann wandte er sich an Dawn und wurde ernst. „Sich zu verpaaren ist für immer. Dauerhafter und vollkommener, als es eine Ehe je sein könnte.“

„Gut.“ Ihre Augen leuchteten auf.

„Es ist nicht nur für ein Leben. Man sagt, die Verbindung würde bis ins Jenseits weiterbestehen.“

„Sogar noch besser.“

Er schloss seine Augen und fühlte sich, als würde er vor Freude durch ein Feld von Wildblumen springen. So, als würden im Nebenzimmer ein Dutzend Harfen spielen und einen hohen sehnsüchtigen Ton anschlagen.

Seine Hände zitterten, ganz ähnlich wie seine Stimme. „Ich will dich, Dawn. Ich wollte dich schon seit Jahren. Mehr als alles andere. Aber du musst dir sicher sein. Es wird dich auch zu einem Gestaltwandler machen."

Sie hob sich von der Matratze, um ihre Lippen auf seine zu drücken. „Fühlt sich das sicher an?"

In dem Augenblick, in dem ihr Mund seinen bedeckte, stöhnte er auf.

„Fühlt sich das sicher an?" Sie ließ ihre Hand an seinem Schwanz auf und ab gleiten.

Ein Feuerwerk explodierte in seinem ganzen Körper und entfachte Blitze der Lust. Sein Schwanz drückte sich gegen ihre Hüfte, als er seinen Kopf zu ihrer Brust sinken ließ, unfähig, sich zu beherrschen.

„Ja ... ", keuchte sie und krümmte sich ihm entgegen. „Ja ... "

Er hatte lediglich mit den Lippen über ihre Brustwarze streichen wollen, aber am Ende verzehrte er sie, zog die enge Knospe zwischen seine Lippen und saugte hart.

„Ja ... ", stöhnte sie. „Hunter ... "

Sie ließ seinen Schwanz los, griff nach seiner freien Hand und führte sie zwischen ihre Beine. „Bitte."

In den vergangenen Tagen hatten sie Dutzende Male zwischen schierer Ekstase und erschlaffter Glückseligkeit verbracht, aber die Dringlichkeit, die sie jetzt ergriff, war etwas völlig Neues. Als hätte die Flamme, die das Schicksal am Ende einer langen Zündschnur entzündet hatte, endlich das Dynamit erreicht.

Jetzt, schrie sein Körper. *Mach sie zu deiner.*

Er ließ seine Hand über ihr Zentrum kreisen und tauchte dann in sie hinein. Ein Finger, dann zwei und er bewegte sie leicht und verteilte ihre feuchte Hitze.

Sie ist bereit. So bereit, heulte sein Bär, als er spürte, wie sich ihr Körper seinem hingab.

Dawn packte seine Schultern und rief seinen Namen.

Er spreizte seine Hand breit und umkreiste sie mit seinem Daumen, während er seine Finger tiefer gleiten ließ.

„So gut", stöhnte sie und streckte ihm ihre Hüften entgegen.

Er ließ ihre Brust los, holte tief Luft und nahm erneut ihren Mund in Besitz. Nachdrücklich. Er bewegte seine Zunge über ihre, so wie er seinen Schwanz über ihr Geschlecht streichen lassen wollte.

Dawn – seine wunderschöne, kontrollierte Dawn – krümmte sich und stöhnte unter seinem Körper, als sie alles losließ.

Es gefällt ihr, loszulassen, sagte sein Bär. *Sie braucht es.*

Er tauchte seine Finger und Zunge tiefer und schneller in sie, als er ihren Körper immer weiter in eine sinnliche Wolke trieb. Dawn drängte sich ihm verzweifelt entgegen und kratzte mit den Fingernägeln über seinen Rücken.

Hunter ...

Er konnte schwören, dass er ihre gierigen Schreie in seinem Kopf hören konnte.

In schwindelerregender Eile stützte er seine Hände neben ihrem Kopf ab, spreizte ihre Beine weiter auseinander und positionierte seinen pulsierenden Schwanz über ihrem Eingang.

Worauf wartest du noch? heulte sein Bär.

Dawn riss die Augen auf und sah ihm tief in seine.

Darauf. Darauf hatte er gewartet. Auf diese zusätzliche Verbindung. Die Gewissheit, dass sie sich absolut und hundertprozentig sicher war.

In dem Moment, in dem sie nickte, stieß er in sie hinein.

Der Rausch überkam ihn gleich sechsfach. Sein Schwanz brannte und er genoss, wie sie sich eng um ihn zusammenzog. Er warf den Kopf zurück und sandte ein stilles Stöhnen in Richtung Zimmerdecke. Er stieß mit seinen Hüften zu und hätte fast das Gleichgewicht verloren.

„Ja ... " Dawn bewegte sich im gleichen Rhythmus.

Es war mehr als Liebesspiel – fast so, als würde das Schicksal ein Meisterwerk inszenieren. Er konnte nichts anderes tun, als die Welle zu reiten, die sie beide mitgerissen hatte.

Er ließ sich auf seine Ellbogen sinken und schnaufte an ihrem Nacken, als sich ihr Rhythmus beschleunigte. Dawns Haare waren wie ein Vorhang, der ihren unglaublichen Duft in sich einschloss. Er drückte sein Gesicht näher an ihre Haut, während er die ganze Zeit mit den Hüften weiter stieß.

Hals ... Gefährtin ... meine ..., sang sein innerer Bär.

Als er begann, an der weichen Haut ihres Halses zu knabbern, neigte Dawn ihren Kopf nach hinten, um ihm besseren Zugang zu verschaffen. Er leckte sie mit der Zunge, schmeckte sie und ließ sich von seinen Instinkten leiten. Als er sein stoppliges Kinn in ihrer Halsbeuge auf und ab gleiten ließ, konnte er ihren Puls und die Wellen der Hitze unter ihrer Haut spüren.

„Hunter ... ", stöhnte sie und umklammerte seinen Hinterkopf.

Seine Eckzähne verlängerten sich in einem langsamen, schmerzhaften Gleiten, das sich fast genauso gut anfühlte wie Dawn, die seinen Schwanz umklammerte.

Gefährtin ..., rief sein Bär. *Meine ...*

Er kratzte mit den Zähnen über ihre Haut, als der Druck, der sich in seinem Körper aufbaute, weiter anstieg.

Genau in dem Moment, als er in ihr explodierte, biss er zu.

Hunter versenkte seine Zähne tief und hielt sie fest. Das Gefühl war fast so, als wäre er wieder in den Wellen gefangen, die sie ein paar Tage zuvor ans Ufer getragen hatten, aber auf eine gute Art und Weise. Dieser Rausch von Empfindungen. Das Gefühl, dass eine höhere Kraft die Kontrolle übernahm. Der Instinkt, den Atem anzuhalten und jeden seiner Muskeln anzuspannen. Dawn klammerte sich an ihn, wie sie es am Strand getan hatte und ihr Körper erschauderte immer wieder.

So gut ... ja ... mehr ..., bettelte sie.

Er konnte ihre Gedanken hören. Hörte sie seine?

Meine Gefährtin ... liebe dich ... brauche dich ...

Langsam zog er seine Zähne heraus, umschloss ihren Hals jedoch weiter mit seinen Lippen, während seine Gestaltwandleressenz in ihren Adern zirkulierte.

Es ist Zeit loszulassen, murmelte sein Instinkt ein paar Herzschläge später.

Aber er wollte sie nie wieder loslassen.

Ihr seid jetzt miteinander verbunden. Es ist Zeit, loszulassen.

Er schlang seine Arme fester um Dawns Körper und ließ seine Lippen allmählich weicher werden. Er strich mit der Zunge über die Bisswunde und spürte, wie die Haut heilte, als er sie losließ.

Sie ist sicher. Du kannst loslassen.

Er ließ sich fallen und keuchte in das Kissen neben ihrem Kopf, als er einen angespannten Muskel nach dem anderen in seinem Körper lockerte.

„Oh mein Gott", flüsterte Dawn.

Er erstarrte. War sie verletzt? Blutete sie? Bereute sie es?

Sie summte, als ihr Körper neben seinem ganz weich wurde. „Das fühlt sich so gut an."

Hunter stieß einen langen, erleichterten Atemzug aus.

„Versprichst du mir, dass wir das wiederholen können ... und dann noch einmal und noch einmal?", hauchte sie.

Hunter lachte – ein Lachen, das tief in seinem Herzen begann und durch seine Brust rauschte, bevor es schließlich in den Raum entwich. „Ich verspreche es." Er umarmte sie fest. „Ich verspreche es dir, meine Gefährtin."

Epilog

„Also, was passiert jetzt?", knurrte Cruz.

Dawn spitzte die Lippen und sah die Männer und Frauen an, die sich an diesem Abend im Gemeinschaftshaus an Koa Point versammelt hatten. Eine Meeresbrise wehte gelegentlich in das offene Gebäude hinein und verschwand dann wieder, ganz ähnlich wie die kleine Keiki, die sich an Dawns Beinen rieb. Überall um sie zirpten Grillen und winzige Fünkchen wurden aus den Tiki-Fackeln in die Luft gewirbelt, die die Wege um die Versammlungsstätte herum erhellten.

Nur Stunden zuvor hatte Dawn den Höhepunkt ihres Lebens erlebt. Den ganzen Nachmittag hatte sie vom Paarungsbiss gestrahlt. Dann hatte sie so tief geschlafen wie noch nie zuvor in ihrem Leben und ihr Körper kribbelte immer noch. Tatsächlich hatte sie immer gut geschlafen, seit sie nach Koa Point gekommen war. Das hatte sicherlich mehr mit Hunters beruhigenden Umarmungen zu tun als mit dem bescheidenen Komfort seiner Hütte. Es war ein hübsches, grünes Gebäude mit weißen Zierleisten, gebaut im klassischen Plantagenstil. Ein Ort, der sich so sehr wie ein Zuhause anfühlte, dass sie am liebsten sofort eingezogen wäre. Sie hatte sich sogar schon eine Ecke für ihr antikes Grammophon ausgesucht. Sie hatte sich mit Hunter darauf geeinigt, zu Anfang abwechselnd eine Woche bei ihr und eine Woche bei ihm zu verbringen, aber sie wusste bereits, wo sie schließlich enden würden. Und wer konnte es ihr verdenken? Koa Point Estate war unglaublich und die Tore schienen die Probleme der Außenwelt einfach auszusperren.

Irgendwann in ihrem glückseligen Nebel des Nachmittags war Boone gekommen, um sie zu einem Treffen zu rufen, und die Angst hatte sich wieder an den Rand ihrer Welt gedrängt.

„Was machst du da?", hatte sie Hunter gefragt, als er beim Verlassen der Hütte seine Schulter am Türrahmen rieb.

Er schaute verdrießlich nach unten. „Das ist so eine Art Bärensache", sagte er mit einem Schulterzucken und versuchte, herunterzuspielen, was sie als bedeutsam empfand. „Wir markieren gern unser Revier."

Sie hatte gelacht, aber als er im Gemeinschaftshaus seine Schulter an ihre drückte, lief ihr ein freudiger, kleiner Schauder den Rücken hinunter. Ein Schauder, der sagte: *Ich gehöre ihm und er gehört mir.*

Und Junge brauchte sie ihn jetzt. Die Nacht war hereingebrochen, das Treffen hatte begonnen und Cruz' grimmige Worte hatten den Raum in Stille gestürzt.

Also, was passiert jetzt?

Dawn zwang sich, nicht zu zappeln, als sie sich umsah.

Die Gestaltwandler von Koa Point waren alle anwesend – Gott sei Dank in ihren menschlichen Gestalten.

Obwohl sie ihre Lektion über gute und böse Gestaltwandler gelernt hatte, hatte sie immer noch ein wenig Angst, wenn sie den anderen gegenüberstand. Boone und Nina konnten sich beide in Wölfe verwandeln. Cruz war der Tiger, dem sie ihr Leben zu verdanken hatte. Kai, Tessa und Silas waren alle Drachengestaltwandler. Drachen, um Himmels willen!

Du wirst auch bald ein Gestaltwandler sein, hatte Hunter ihr erklärt.

Seltsamerweise erschreckte sie dieser Gedanke nicht. Tatsächlich war sie neugierig, wie das wohl sein würde. Trotz allem wäre es gewöhnungsbedürftig, unter so vielen Getaltwandlern zu leben.

Hunter und auch Keiki bei sich zu haben half ihr. Das Kätzchen sprang zu Cruz hinüber und schnurrte laut. Als Cruz – der schlanke, hart gesottene Cruz, der die gleiche verwundete-Krieger-Ausstrahlung hatte, die Hunter einst umgeben hatte – als dieser Cruz leicht lächelte und das Kätzchen an seine Brust hob, wäre Dawn fast der Kiefer aufgeklappt. Er hielt Keiki beschützend fest, starrte in die Ferne und streichelte ihr Fell. Dieser Mann ähnelte Hunter mehr, als sie es geahnt hatte. Ein

Beschützer, kein Unruhestifter. Ein Mann, der sein Leben für eine edle Sache opfern würde.

Aber Hunter hatte die traurige Hülle abgelegt, die ihn immer umgeben hatte. Er strahlte, genau wie sie selbst. Cruz hingegen ...

„Gute Frage", sagte Kai. „Was passiert jetzt?"

Alle Augen richteten sich auf Silas, den Anführer der Koa Point Gestaltwandler. Er fuhr sich mit einer Hand durch sein dunkles Haar und sah Dawn an.

Was? Was wollte er?

Hunter räusperte sich und stupste sie an, und dann erinnerte sie sich wieder. Der Amethyst. Der Seelenstein. Langsam zog sie den Ring aus der Tasche und legte ihn auf den Tisch.

„Der Erdstein", murmelte Silas.

Alle beugten sich vor. Dann zog Tessa eine Halskette über ihren Kopf und legte sie neben dem Ring auf dem Tisch. Beim Anblick des auf eine Silberkette gefädelten Smaragds klappte Dawns Mund auf.

„Der Lebensstein", sagte Hunter mit gedämpfter Stimme.

„Schaut mal", flüsterte Tessa, als beide Edelsteine zu glühen begannen.

Silas nickte und gab Nina ein Zeichen, die einen riesigen Rubin neben die anderen beiden Edelsteine legte. „Der Feuerstein."

Auch dieser begann zu strahlen, bis sie alle drei wie die Glut in einem frisch entfachten Feuer loderten.

Dawn starrte auf das Trio der Edelsteine. Wenn Lily doch nur hier wäre – sie hätte sicher einen Kommentar auf Lager, um die Spannung im Raum zu brechen. Aber Dawn konnte nur starren.

Sie haben besondere Kräfte, hatte Hunter gesagt. *Kräfte, derer sich die meisten Menschen nicht bewusst sind.*

Sie schluckte den Kloß in ihrem Hals hinunter. Sie erinnerte sich an den Energieschub, den der Amethyst durch ihren Körper gesandt hatte, als sie den Ring zum ersten Mal auf ihren Finger steckte.

„Kontrolliert jeder von ihnen ein Element?", wagte sie zu fragen.

Silas schüttelte den Kopf. „Die Namen sind eher symbolisch als wörtlich gemeint, soweit ich das beurteilen kann. Der Erdstein repräsentiert meiner Meinung nach alle Facetten der Natur. Aber so viel von der Drachenlehre ist verloren gegangen ...“ Er verstummte und schüttelte den Kopf.

Kai zeigte auf den Amethyst. „Er war die ganze Zeit vor unseren Augen. Regina hat diesen Ring getragen. Warum konnten wir ihn nicht früher spüren?“

Alle sahen Silas an, aber dieser schaute zu Hunter und zog die Augenbrauen hoch, als er darauf wartete, dass der Bärengestaltwandler zu sprechen begann.

Hunters Finger schlossen sich fester um ihre und sie drückte zurück.

„Ich denke, dass der Amethyst geschlummert hat“, sagte Hunter. „Erst als der Diamant in seine Nähe gebracht wurde, wurde der Amethyst zum Leben erweckt.“

„Warum der Diamant? Er ist kein Seelenstein“, fragte Nina.

„Edelsteine sind wie eifersüchtige Frauen“, sagte Boone. Als Nina ihm auf den Arm schlug, zeigte er mit dem Finger in Silas’ Richtung. „Seine Worte, Liebling. Nicht meine.“

„Silas – ernsthaft?“ Tessa stemmte die Hände in die Hüften.

Dawn versteckte ein Grinsen. Sie mochte diese Frauen. Der Raum pulsierte mit Alphahormonen, aber Tessa und Nina ließen sich nicht im Geringsten davon einschüchtern. In gewisser Weise ähnelte es dem männlich dominierten Polizeiteam. Diese Gestaltwandler waren zwar auf einem ganz anderen Level als Dawns Kollegen, aber trotzdem. Sie entspannte sich leicht. Ja, damit könnte sie umgehen.

Hunter sah sie an, so muskulös und mit so sanften Augen, und sie grinste. Ja. Hier könnte sie es tatsächlich aushalten.

Silas zuckte mit den Schultern. „Drachenkunde. Du weißt ja, wie es ist.“

Tessa zog ein Gesicht und murmelte so etwas wie: „Ich lerne noch.“

„Wie dem auch sei“, fuhr Silas fort. „Das scheint der Katalysator gewesen zu sein.“

„Aber Regina hat die Klippe nicht zum Einsturz gebracht“, erwiderte Kai.

„Ich glaube, Dawns *Aumakua* hat geholfen, seine Kräfte zu lenken und zu verstärken." Silas nickte ihr respektvoll zu.

Sie kniff die Lippen zusammen und war dankbar für die Geister der Ahnen, die ihr in den kritischsten Zeiten den Weg gewiesen hatten.

Boone klatschte mit einer *Das-war's-dann* Geste in die Hände. „Nun, der Erdstein gehört jetzt uns."

Hunter funkelte ihn an. „Er gehört Dawn."

„Oh. Nein. Moment mal", sagte sie schnell.

„Du hast ihn aus dem Meer gefischt", sagte auch Kai.

„Das kann schon sein, aber als Mitglied der Polizei von Maui ... sagen wir einfach, ich würde lieber nicht noch eine Regel verbiegen. Gott weiß, dass ich das in letzter Zeit zu genüge getan habe."

Hunter sah bei dieser Bemerkung niedergeschlagen aus, also drückte sie seine Hand. „Ich habe ein Gelübde abgelegt, nicht wahr? Aber ich verstehe, dass einige Dinge manchmal außerhalb des Gesetzes laufen müssen – solange wir uns an die Grundgedanken des Gesetzes halten. Außerdem scheint es mir, dass die menschliche Welt ohne etwas so Mächtiges in ihren Händen besser dran ist."

Silas rieb sich nachdenklich das Kinn. „Manchmal denke ich, dass die Welt der Gestaltwandler ohne sie auch besser dran wäre."

„Was hätte Jericho mit dem Erdstein getan?" Dawn bedauerte ihre Frage sofort, als sich Hunters Schulter versteifte.

„Ich habe ein wenig recherchiert", sagte Kai. „Anscheinend hat er bereits seit Jahren versucht, diese Öl-Pipeline durchzusetzen. Die vorgeschlagene Route hätte durch unberührte Wildnis geführt – ein Teil davon Gestaltwandlerterritorium ..."

Dawn klammerte sich an Hunters Arm und dachte daran, was er als Jungtier durchgemacht hatte.

„... also würde ich sagen, Jericho hätte ihn benutzt, um die letzten Ausharrenden zu überwältigen."

„Du hast es geschafft, Mann." Boone grinste Hunter an. „Du hast ihn aufgehalten."

Hunter schüttelte den Kopf. „Dawn hat ihn aufgehalten."

„Der Erdstein hat ihn aufgehalten", korrigierte sie ihn. „Aber jetzt ist er hier. Das ist gut, oder?", fragte sie, als sich eine schwere Stille ausbreitete. „Ihr könnt ihn sicher verwahren."

Silas nickte langsam. Resigniert. „Wir werden unser Bestes tun. Aber die Seelensteine rufen einander. Was bedeutet, dass die anderen beiden ... "

Jedes Gesicht im Raum wurde lang und Cruz hielt Keiki ein wenig fester.

Hunter bemerkte Dawns verwirrten Blick und sprach den Rest des Satzes aus. „Die anderen beiden könnten jederzeit auftauchen."

„Und wenn man bedenkt, was wir durchmachen mussten, um diese drei hier zu sichern ... " Kai zog Tessa näher an sich.

Sekunden schwerwiegender Stille verstrichen.

„Hey, die Seelensteine haben uns aber auch Segen gebracht. Nicht wahr?" Boone legte seinen Arm um Ninas Schulter.

Dawn sah sich im Raum um. Kai und Tessa hatten sich durch den Smaragd gefunden. Boone und Nina hatten sich wegen des Rubins kennengelernt. Und was sie selbst betraf ... Dawn hielt Hunters Hand fester. Der Amethyst hatte ihr den Mann beschert, den sie seit Jahren insgeheim geliebt hatte.

Sie sah Cruz und Silas an, die einzigen beiden Junggesellen, die in der Bande noch übrig waren. Würde das Schicksal auch ihnen die wahre Liebe bringen?

„Also was machen wir jetzt?" Sie beäugte die Juwelen.

Silas Blick wanderte von einem Gesicht zum anderen und dann schüttelte er den Kopf. „Wir beobachten. Wir warten."

Dawn sah Hunter an, der noch etwas hinzufügte. *Wir lieben einander.*

Sie lächelte zurück. *Das werden wir auf jeden Fall tun.*

Sneak Peek: Der Ruf des Tigers

Tigerwandler Cruz Khala traut keinem Menschen. Auch dem Schicksal traut er nicht – noch nicht einmal in Form einer Frau, die seine gequälte Seele heilen kann. Aber es steht mehr als nur Liebe auf dem Spiel, als sich skrupellose Gestaltwandlertruppen auf der sonnigen Insel Maui versammeln, um einen unschätzbar wertvollen Edelstein mit geheimnisvollen Kräften zu stehlen. Ehe er sich versieht, wird Cruz zur letzten Verteidigungslinie zwischen dem Saphir und dem puren Bösen – und zum Einzigen, der in der Lage ist, das Leben seiner vorbestimmten Schicksalsgefährtin zu retten.

Unbeschwert und sorgenfrei? Jetzt nicht mehr. Für Jody Monroe, Profi-Surferin, gingen die Dinge einen guten Lauf – bis ein unbekannter Scharfschütze ihre Welt auf den Kopf stellt. Sie entkommt mit der Hilfe eines geheimnisvollen Frem-

den mit eindringlichen, gelbgrünen Augen, der alle ihre Ängste
– und Sehnsüchte – erweckt. Cruz ist der Widerspruch selbst:
schroff und mürrisch, zutiefst verschlossen und doch zärtlich
und beschützend gegenüber denen, die er liebt. Und sexy. Die
ganze verdammte Zeit so verführerisch sexy. Schon bald ist
nicht mehr nur Jodys Leben in Gefahr. Ihr Herz ist es ebenfalls.

∞∞∞∞

Lust auf einen weiteren tollen paranormalen Liebesroman voller Action, Spannung, Romantik und Leidenschaft? *Der Ruf
des Tigers*, Buch 4 in der *Aloha Shifters: Juwelen des Herzens*
Serie, ist in Kürze bei Amazon erhältlich.

Weitere Titel von Anna Lowe

Aloha Shifters - Juwelen des Herzens

Der Ruf des Drachen (Buch 1)

Der Ruf des Wolfes (Buch 2)

Der Ruf des Bären (Buch 3)

Der Ruf des Tigers (Buch 4)

Die Verlockung des Drachen (Buch 5)

Der Ruf des Fuchses (Buch 6)

Aloha Shifters - Pearls of Desire

Die deutsche Ausgabe ist ab Dezember 2020 bei Amazon erhältlich. Im englischen Original sind die folgenden Titel bereits verfügbar.

Rebel Dragon (Buch 1)

Rebel Bear (Buch 2)

Rebel Lion (Buch 3)

Rebel Wolf (Buch 4)

Rebel Heart (Die Vorgeschichte zu Buch 5)

Rebel Alpha (Buch 5)

Fire Maidens - Billionaires & Bodyguards

Die deutsche Ausgabe ist ab Sommer 2020 unter
Töchter des Feuers - Billionaires & Bodyguards *bei*
Amazon erhältlich. Im englischen Original sind die
folgenden Titel bereits verfügbar.

Fire Maidens: Paris (Book 1)

Fire Maidens: London (Book 2)

Fire Maidens: Rome (Book 3)

Fire Maidens: Portugal (Book 4)

Fire Maidens: Ireland (Book 5)

Fire Maidens: Scotland (Book 6)

Fire Maidens: Venice (Book 7)

Fire Maidens: Greece (Book 8)

Fire Maidens: Switzerland (Book 9)

The Wolves of Twin Moon Ranch

Im englischen Original bei Amazon erhältlich.

Desert Hunt (die Vorgeschichte)

Desert Moon (Buch 1)

Desert Blood (Buch 2)

Desert Fate (Buch 3)

Desert Heart (Buch 4)

Desert Rose (Buch 5)

Desert Roots (Buch 6)

Desert Yule (eine Kurzgeschichte)

Desert Wolf: Complete Collection (vier Kurzgeschichten)

Sasquatch Surprise (ein Ableger der Twin Moon Story)

Blue Moon Saloon

Im englischen Original bei Amazon erhältlich.

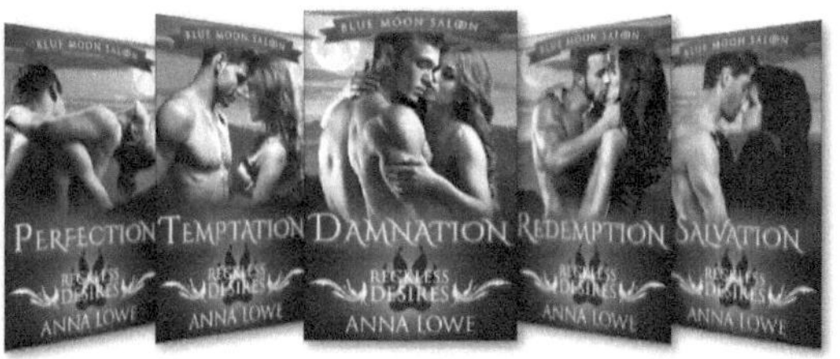

Perfection (die Vorgeschichte in Kurzform)

Damnation (Buch 1)

Temptation (Buch 2)

Redemption (Buch 3)

Salvation (Buch 4)

Deception (Buch 5)

Celebration (ein Festtagsschmaus)

Shifters in Vegas

Paranormal romance with a zany twist. Im englischen Original bei Amazon erhältlich.

Gambling on Trouble

Gambling on Her Dragon

Gambling on Her Bear

Serendipity Adventure Romance

Im englischen Original bei Amazon erhältlich.

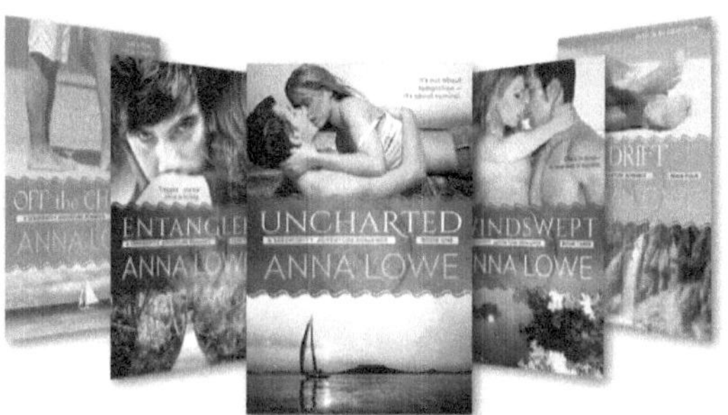

Off the Charts

Uncharted

Entangled

Windswept

Adrift

Travel Romance

Über Anna Lowe

USA Today und Amazon Bestseller Autorin Anna Lowe schreibt fesselnde Romane mit tatkräftigen Heldinnen und unwiderstehlichen Helden in exotischen Umgebung, mit jeder Menge Zündstoff für scharfe Romantik.

Sie liebt Hunde, Sport und Reisen, die auch die Inspiration für Ihre Bücher liefern. Wenn Anna nicht gerade in die Arbeit an ihrem nächsten Buch vertieft ist, kannst Du Sie am Wochenende beim Wandern in den Bergen antreffen. Egal wo und wie – sie wird den Tag mit einem leckeren Stück Zartbitterschokolade ausklingen lassen.

Einfach mal vorbeischauen, auf AnnaLoweBooks.com/de